中国古代文心论的现代阐释

程相占 著

时代出版传媒股份有限公司
安徽教育出版社

图书在版编目（CIP）数据

中国古代文心论的现代阐释 / 程相占著.—合肥：安徽教育出版社,2023.5
ISBN 978-7-5336-9871-3

Ⅰ.①中… Ⅱ.①程… Ⅲ.①中国文学－古代文论－研究 Ⅳ.①I206.2

中国版本图书馆CIP数据核字（2022）第221772号

中国古代文心论的现代阐释
ZHONGGUO GUDAI WENXINLUN DE XIANDAI CHANSHI

出 版 人：费世平
责任编辑：江　舟
责任校对：汪　攀
装帧设计：许海波
技术编辑：陈善军

出版发行：安徽教育出版社
地　　址：合肥市经开区繁华大道西路398号　邮编：230601
网　　址：http://www.ahep.com.cn
营销电话：(0551)63683012,63683013
排　　版：安徽时代华印出版服务有限责任公司
印　　刷：安徽新华印刷股份有限公司

开　本：650mm×960mm　1/16
印　张：22.25
字　数：244千字
版　次：2023年5月第1版
印　次：2023年5月第1次印刷
定　价：78.00元

（如发现印装质量问题,影响阅读,请与本社营销部联系调换）

序：探文心奥妙

我不专治古典文艺学，但不时在注视着古典文论研究领域的发展。我一直坚信，中国当代文艺学的建构，如果缺少古典文论这一维度，不从这一宝贵资源中吸取营养，那是不可思议的。

正因如此，当青年学者程相占将他的书稿《文心三角文艺美学——中国古代文心论的现代转化》寄给我时，我饶有兴味地读完了它。这是一部探讨中国古代文论如何向现代转化的专著，它围绕"文心"这个核心来展开对中国古典文艺美学的全面研究，内容很吸引人，读后颇受启发。人类要想创造出美妙的文学艺术，既要花心思构思，又要花工夫雕龙塑凤。刘勰的《文心雕龙》，就既研究了为文之用心，又探讨了写作的技巧，全面探究为文之道，形成了中国自己的文艺学。

在古人看来，整个世界，天上人间，都充盈着"文"，天文、地文、人文都是文。不过，刘勰在《文心雕龙》中所探讨的为文之道，还是说的文章,凡是用语言文字写成的文都包括在内,既有纯文学,又有杂文学。无论是审美的文学,还是实用的文学,都要写得美,这是古代文人撰文的共同追求。刘勰的《文心雕龙》就在探讨文章如何写得美,所以我以前曾把它称作中国古典的文章美学。它也探讨了审美文学,但更多地涉及了实用文学,把各种文体分门别类地展开论述,阐述哪种文体要怎样写。因此,刘勰《文心雕龙》的最大贡献还在于不同文体写作论,其中包括了审美文学,但并不限于此,而是全面论及了各种文体如何写得美。

程相占研究中国古代文论的视野甚为广阔,并不只在纯文学领域。他将中国原来的文论传统称为"杂文学文论范式",而将受西方审美理论影响而形成的文论称作"纯文学文论范式"。而中国古代文论如何向现代转化,在他看来,关键就是要研究这两种文论范式的特点及其"化约"的可能性,找出"化约"的"内在理路"。

为文之道,最难解决的矛盾,正如陆机《文赋》中所说:"恒患意不称物,文不逮意。盖非知之难,能之难也。"文不逮意,这是一重矛盾;而意不称物,又是一重矛盾。如何解决"文—意—物"之间的矛盾,使之统一起来?这个"文心三角",一切文章都要面对,是所有文学(包括广义、狭义)的元问题。在陆机写《文赋》之前,中国古代哲学早有言意之辨,言及言和意的矛盾,如庄子在《天道》篇中说:"语之所贵者,意也,意有所随。意之所随者,不可以言传也。"庄子在《秋水》篇中又进一步说:"可以言论者,物之粗也;可以意致者,物之精也;言之所不能论,意之所不能察致者,不期精粗焉。"庄子在这里已觉察到语言的局限性,言不能都尽意,意不能都称物。但是,人类总是在不懈努力，不断创造出新的语言，尽可能表达自己的意，了解人生活在其中的世界。《周易·系辞》在言和意之间，加入了一个中介——象，充分发挥象的作用，使象能尽意。"书不尽言，言不尽意。然则圣人之意，其不可见乎？子曰：圣人立象以尽意，设卦以尽情伪。"魏晋时代王弼的《周易略例》中的《明象》特别阐明了象的独特贡献：立象以尽意。言不能尽意，而有了象，就可尽意。"夫象者，出意者也。言者，明象者也。尽意莫若象，尽象莫若言。言生于象，故可寻言以观象；象生于意，故可寻象以观意。意以象尽，象以言著。"

受这种象论的启发，在魏晋以后，运用生动的语言来唤起意象的审美文学就蓬勃发展起来。这种意象，和卦象不同，只存在于内心，是内心意象，可简称为心象。作为艺术的文学，就特别重视这种意象的经营，通过语言把这种内心意象表达出来，才能动人心魄，吸引人读。文艺美学既然要研究审美的文学，就不能不着力探讨这种意象的发生、发展规律，它区别于实用文学的审美结构、功能。这样，文心三角就转为"言—象—意"，象处在言、意的中介地位。

很有意思的是，正是因为心象成为文艺美学的重要研究对象，所以程相占干脆把文艺美学归入形而中学，我觉得很有见地。章学诚在《文史通义》中说："象之所包广矣，非徒《易》而已，六艺莫不兼之。……有天地自然之象，有人心营构之象。……心之营构，则情之变易为之也；情之变易，感于人世之接构而乘于阴阳倚伏为之也。是则人心营构之象，亦出天地自然之象也。"这人心营构之象，并非天地自然之象，而是内心意象，它是用来表达意或渗透着意的象，所以称为"意象"最为贴切。但意象只存在于内心。要写成文章或用其他符号表达出来，才形之于外。因此，象是意和言的中介，文艺美学把对意象的研究放在中介地位，把它称为"形而中学"也未尝不可。古人一向以为："形而上者谓之道，形而下者谓之器。"今人徐复观以为，在这中间，还应加上一句："形而中者谓之心"，研究"心"的哲学应称之为"形而中学"。庞朴则更进一层，在《一分为三》一书中提出，形而上和形而下之间，"更有一个'形而中'者，它谓之象"。形而上学研究道，形而下学研究器，而研究象的则为形而中学。文艺美学要深入研究文学艺术创作的意象经营、艺术构思，的确可把它归入形而中学。但是，需要有些补充。文艺美学对人心营构之象的研究，既不能脱离对天地自然之象（按庄子的说法"天地有大美"）的研究，又要研究意象经营如何和器结合（所谓"匠心独运"），而且，审美的文章和实用的文章，无论在意象经营和意匠经营方面，都有不同的特点和规律。

　　人类生活于其中的世界只有一个，每个人和世界的关系却是千差万别、各不相同的，因而每个人对世界的反映，也各有差别。人类除了要从实践上去掌握世界，也要从精神上去掌握世界。在历史实践中发展出来三种最基本的反映世界的方式：一是认识世界，对主体以外的客体（世界上的人、物、事）或客体之间的关系作认识，获得知识。认识世界要发挥主观能动性，意志、感情、想象等都会参与其中；调动主观能动性的目的，在于认识那个外在对象，因而要力求客观。科学认识是这种认识方式的最高形式。二是评价世界，在认识对象的基础上，评估这个客体对于主体究竟有什么价值。评价反映的是主体和客体的关系，客体对主体的意义，决定着主体对客体的态度。主体可以是个体，也可以是群体。实用功利可能对个人、也可能对群体而说，政治评价则是评估客体对一定群体的价值，而道德评价的主体则是更大的群体。道德文章的特征，就是对客体（世界上的人、物、事）的道德价值进行评价。三是体验世界，在人与人、人与物的精神交往中获得精神体验。在内心这种精神体验中，既包含对客体的认识和评价，又包含主体的态度，但两者已经融合在一起，物我两忘，主客不分。在精神体验中，审美体验更为精微、复杂，很难用抽象思维来把握，更难用语言来捕捉。因此，艺术文学只好借助于意象经营，把审美体验转化为艺术意象，营造艺术意境，才能把审美体验曲折地表达出来。正是因为审美体验的特殊性，所以才要用特殊的符号来表达它。文学艺术所用的，乃是"艺象"——一种特殊的"符象"。

审美活动是人类特有的一种意向性活动、一种掌握世界的特殊方式。审美活动得以进行，既要有审美的主体，又要有审美的客体。审美主体、审美客体在审美活动中形成特殊的对象性关系。马克思说得好："对象如何对他来说成为他的对象，这取决于对象的性质以及与之相适应的本质力量的性质；因为正是这种关系的规定性形成的一种特殊的、现实的肯定方式。"（《1844年经济学哲学手稿》）美学当然可以从审美对象这一客体入手进行研究，也可以从审美主体方面入手进行研究，但最终都要在审美主、客体的相互关系中才能探得审美活动的奥秘。而在审美活动中获得的审美体验，是对象意识和自我意识的交融，熔主、客体于一炉。它是艺术创造的灵魂。作家、艺术家如果对审美对象没有正确的体验，只有清晰的认识或正确的评价，写出的文章就只是科学文章或道德文章，自有其科学价值或道德价值；只有对生活有了正确的体验，作家、艺术家才有可能进行艺术创造。因此，作家、艺术家如何将生活体验提升为审美体验，进而提炼为艺术体验，将审美意象、意境符号化，创造出艺术形象（艺象），这是文艺美学所要研究的重要课题。

历来的美学研究，有的自上而下，有的自下而上。而当代现象学美学则从分析精神现象本身切入，致力于研究审美现象本身。这种方法，正如盖格尔在《艺术的意味》中所说的那样："它恰好处在自上而下的美学方法和自下而上的美学方法之间。"西方马克思主义美学也意识到了精神现象学对美学的影响，阿多诺在《美学理论》中就指出："现象学及其分支似乎命中注定就有助于一种新美学的详细论述，因为它们强烈反对自上而下的概念程序，而且也同样强烈地反对自下而上的方法。这确实是现代美学应有的样子。"中国古典美学不大在抽象思维上下功夫，不愿多作判断、推理、演绎，但十分注重对审美体验的分析，善于捕捉审美的直觉、感悟，以形象思维的方法来品评艺术。这种方法很值得现代美学借鉴。程相占的这部《文心三角文艺美学——中国古代文心论的现代转化》，十分重视对中国古典文论的"还原"，对原意作了深入钻研；但又不停留于此，而是进而作"生发"，用现代视角来对古典文论作现代阐释；更进一层，在"还原""生发"的基础上，还对中国古典文论作了新的建树。

全书以"言—象—意"为构架，以心象为本体向意和言两个方面逐步展开，层层递进，最后进入艺术境界，为我们展示出艺术世界的奥妙。作者关注的是中国古代文心论向现代的转化，因此，十分重视古代文心论和现代文艺美学的内在联系，不时用现代视角来审视古代文论。语言和实在、意义的关系，随着时代发展也在发生变化。詹姆逊就借用索绪尔的话说过：现实主义文学的语言主要是一种"参符"，用来再现世界中的客观对象；现代主义文学的语言，主要是一种"意符"，用来表现作者的意义；而发展到后现代文学，语言主要是一种"指符"了，只剩下符号本身以玩弄语言为乐，失去了意义和世界。书中虽然没有对此进行更深入的展开，但的确是抓住了文学发展的一个重要关节，很值得作进一步的研究。

相占除了对中国古代文论有深入的掌握以外，还很熟悉古代哲学、古代文化。如果能把古代文论和古代文学的创作实践更紧密地结合起来，我相信他会把研究更推进一层，作出更大的贡献。

胡经之

2002 年秋，深圳

目录

001 **绪论　化解传统与现代的对立紧张**

069 **第一章　文艺美学及其元问题**

072 　第一节　作为"形而中学"的文艺美学
090 　第二节　"文心三角"：文艺美学的元问题

107 **第二章　心本体及其生生底蕴**

110 　第一节　本体论歧义与美学纷争
121 　第二节　道本根、道本体与心本体
140 　第三节　一心开多门
163 　第四节　价值玄设："谓之"话语的价值论
　　　　　　　底蕴
173 　第五节　文心与水机：心本体的"随物赋形"

191 **第三章　文体的形而上意味**

194 　第一节　文体辨析的历史状况

001

203 第二节 古代礼学视野中的文体辨析
211 第三节 审美形式：文体的形而上意味

219 **第四章 文心三角的动态诠释**

222 第一节 从"意不称物"到"乘物游心"
234 第二节 从"文不逮意"到"名象交融"
245 第三节 道技两进：美是德性的符号

263 **第五章 意境：存在的澄明境界**

267 第一节 佛学的"缘起心枢"论与境界论
273 第二节 离形治心：中印思维方式的相通与融会
282 第三节 中国古代的文艺境界论传统
289 第四节 境界论传统的现代裂变与复归

301 **结语 走向生生美学**

325 **主要参考文献**

331 **跋 生命故事与思想事件**

339 **再版后记**

绪论

化解传统与现代的对立紧张

新时期以来，在现代性的策动下，我国文论出现了观念多元化和形态多样化的发展态势，怎样建设面向未来的文论新形态，成为学术界关注的热点。"中国古代文论的现代转换"这一应运而生的论题的实质在于：面对全球化程度日益加强的现实语境，如何将中华民族自身的文论传统资源作为内在基础和文化命脉，处理好文论建设的现代性与民族性的关系，创造出既具有现代思维高度，又具有民族特色的新的文论形态。

在笔者看来，要完成这一使命必须以适当的文学观念为前提。综观古今中外的文学观念，"杂文学"观与"纯文学"观是两种对立互补的基本文学观念。前者是19世纪之前的传统性观念，注重文学与社会生活、道德教化的关系；后者是19世纪之后产生的现代性观念，注重文学自身的特性和规律。这两种文学观念各有历史贡献和局限性，我们不能简单地认为后者比前者进步。要实现古代文论的现代转换，必须化解两种文论范式间的紧张关系。我们有必要深入分析造成传统与现代对立的思想文化根源，在宏观把握两种文论范式的基础上，探索化解它们之间内在紧张的操作程序。

促使我们产生上述思路的是"中国古代文论的现代转换"的论题。因此，我们这里就从对这一论题的述评开始。

一、关于"中国古代文论的现代转换"的争鸣

台湾学者林毓生的《思想与人物》一书，主要收录作者1975—1983年用中文所写的不同类型的文章，原在台北出版。1987年7月增补部分内容后将书名改为《中国传统的创造性转化》，1988年12月由生活·读书·新知三联书店再版。1995年李泽厚以"再说'西体中用'"为题在广州中山大学、香港中文大学举行讲演，其中提到林毓生的学说，并将"转化"二字改为"转换"，将"创造性转化"改为"转换性创造"。① 1995年下半年曹顺庆发表《21世纪中国文化发展战略与重建中国文论话语》② 一文，提出"重建中国文论话语"的主张，此后他又在不同文章中多次重申这个主张。1996年10月17日，由中国中外文艺理论学会、中国社会科学院文学研究所、陕西师大中文系联合举办的"中国古代文论的现代转换"学术研讨会在西安举行。《文

---

① 李泽厚：《再说"西体中用"——在广州中山大学香港中文大学讲演》，载陈明主编《原道》第三辑，中国广播电视出版社1996年版。
② 曹顺庆：《21世纪中国文化发展战略与重建中国文论话语》，载《东方丛刊》1995年第3辑。

学评论》1997年第1期在显著位置开设《关于中国古代文论现代转化的讨论》专栏，此后两年各期该专栏大都有文章发表。1997年出版的由曹顺庆主编的《中外文化与文论》第3辑也设置了《中国古代文论的现代转换》专栏，发表了八位学者的笔谈，1997、1998年出版的该刊第4、5辑均开设《重建中国文论话语》专栏。于是，中国古代文论的现代转换成为文艺理论界一个引人注目的论题。

林毓生《中国传统的创造性转化》一书主要论述中国传统思想的现代化问题，书中肯定了五四所揭橥的自由、理性、法治与民主的目标，但对五四思想的实质内容与思想方式的某些方面进行了严厉批评。书中探讨了五四思想中全盘反传统主义的历史渊源，提出许多反传统的五四人物并未能从传统一元论的思想方式中解放出来，以致犯了许多形式主义的错误。所以作者提出了"迈出五四以光大五四"的口号。该著试图重新界定中国人文传统优秀素质的现代意义，从纯正自由主义的角度提出：一个丰富而有生机的传统，既是维持社会与文化稳定的条件，同时又是促进社会与文化进步最重要的条件之一；自由、理性、法治与民主等五四理念，不能经由打倒传统而获得，只能通过对传统进行创造性的转化从而逐渐建立起一个新的、有生机的传统来逐渐获得。林氏认为这是中国知识分子当前最重大的课题。全书有多处提及"创造性转化"，都是针对"重建中国人文"这一目标而发的。概括地说，"创造性转化"的含义包括：一、它必须是创造性的，即必须是过去没有的东西；二、这种创造，除了需要精密而深刻地了解西方文化外，还需要精密而深刻地了解我们的传统文化。在这个深刻了解、交互影响的过程中产生了与传统的辩证连续性，在这种辩证连续性中产生了我们过去没有的新东西，同时这种新东西又与传统有辩证的衔接。林氏的理论根据是"文化与社会系统互相不能化约"的观念，即思想、信仰、价值的文化层面，与社会、政治、经济组织的社会政治结构层面必须区分开来，并区别对待。五四的整体反传统思想即犯了"文化化约主义"之谬误。文化系统与社会系统之间虽然相互影响，但传统中许多令人厌恶的行为模式与制度，并不是传统思想与价值造成的，反之亦然。总之，林著的观点是，面对未来，只有从传统中转化得来的东西，才能解决我们的问题。

我们之所以较为详细地介绍林氏的观点，是因为其观点所涉及的传统与现代、中国与西方等问题，是近百年来中国知识分子经常提到的话题，具有突出的代表性。近百年来出现的"中体西用"、"全盘西化"（"西体西用"）等论争，都是针对中国传统与现代的尖锐冲突而发的，李泽厚的"西体中用"针对的也是这一世纪矛盾。"中国古代文论的现代转换"这一论题，同样是在传统与现代、中国与西方的对立思想框架中展开的，也就是说，这一论题只不过是"中国传统的现代转化"这一学术口号在文艺理论领域的具体化。从我国目前的学科分类来看，中国文学是一级学科，文艺学是属于文学的二级学科，它下设文学理论与中国文学批评史等专业方向。中国古代文论的现代转化的本质是如何处理这两个专业方向之间的关系。因此，我们这里就以这两个专业方向之间的关系为观察角度，对有关的讨论进行一些简单的述评。

应该以古代文论为本重建中国文论话语，建设有中国特色的文艺学。这是曹顺庆、张少康、蒋述卓、蔡钟翔等人的观点。曹顺庆《重建中国文论话语》一文认为,当今世界文论中基本上没有中国人的声音;中国现当代文坛没有自己的理论,中国人患上了严重的"失语症",一旦离开了西方文论话语,就几乎没办法说话。他提出了一套"初步设想和具体做法":首先是从话语角度对中国传统文论进行发掘整理;其次是在与西方文论话语对话中使中国文论凸现、复苏与更新;再次是将初步复苏的中国文论话语放到古代文学和现当代文学甚至是外国文学中,测试其有效性及可操作性,在实践中对传统话语进行改造与更新;最后,在"杂语共生态"中,在广取博收中,逐步建立起既立足于本民族深厚文化根基,又适合当代文学实践的中国文论新话语。[①] 他在《再论重建中国文论话语》一文中又指出,中国文学理论之所以创造乏力,是因为它中断了传统,被人从本土文化精神的土壤中连根拔起;而传统中断的内在学理原因,在于传统的学术话语没有能够随着时代生活的发展变化而及时得到创造性的转换,因而在新的时代条件下失去了精神创生能力,活的话语退变为死的古董,传统精神的传承和创新也就失去了必要的手段,这就是我们所说的当今文论的严重"失语症"。究其原因,一是长期以来我们过分看重西方理论范畴的普适性;二是对文学理论建设的当代性重视不够。文章重申了"发掘整理—对话运用—博收重建"的操作步骤。[②]

张少康的思路与曹顺庆相似。他回顾了五四以来我国文艺学的发展历程,认为我们的文艺学始终没有超出"西学为体"的误区。他在《走历史发展必由之路——论以古代文论为母体建设当代文艺学》一文

---

① 曹顺庆:《重建中国文论话语》,载《中外文化与文论》1996年第1期。
② 曹顺庆、李思屈:《再论重建中国文论话语》,载《文学评论》1997年第4期。

中提出，当代文论建设必须以古代文论为母体和本根，要在中国古代传统文论的基础上，而不是按照西方的体系模式，来建设具有中国特色的当代文艺学。文章提出的目标是，在马克思主义世界观和文艺观的指导下，以中国古代文论为母体和本根，吸取西方文论的有益营养，建设有中国特色的当代文艺学。[①] 蒋述卓的思路与曹顺庆的观点更接近。他提出古代文论的"今用"是现实的需要与召唤，"用"的要点有三：一、立足于当代人文导向与人文关怀，面向当代人文现实，开展现实与历史的对话，吸收古代文论的理论精华；二、立足于民族精神与民族性格的继承与发扬，寻找古代文论的现实生长点，探索其在理论意义上和语言上的现代转换；三、从继承思维方式和批评形式入手，将古代文论特有的思维方式以及独有的批评方式与技法融入当代文学批评与理论中去，创造具有鲜明民族特色的当代文论。[②] 蔡钟翔也认为，实现中国古代文论的现代转换，建设有中国特色的文艺学，需要在继承传统的基础上创新。古代文论的现代转换是道难关，难点在于近百年来中国文化（不仅是文论）在传统与现代之间出现了断裂，今天要把这条断裂的线索再接起来是有很大的难度的。他说："实现古代文论的现代转换，建设有中国特色的文艺学，不是改头换面地恢复传统，而是必须在继承传统的基础上创新。拾洋人之牙慧不行，守古人之衣钵也不行，要立足于创新。"[③]

针对重建中国文论话语的呼声，一些学者则反对情绪化的鼓吹和

[①] 张少康：《走历史发展必由之路——论以古代文论为母体建设当代文艺学》，载《文学评论》1997年第2期。
[②] 蒋述卓：《论当代文论与中国古代文论的融合》，载《文学评论》1997年第5期。
[③] 蔡钟翔：《古代文论与当代文艺学建设》，载《文学评论》1997年第5期。

不切实际的建构。陈洪、沈立岩和罗宗强提出应该以求真之心对待古代文论，争取达到"不用之用"的自如境界。陈洪、沈立岩合作的《也谈中国文论的"失语"与"话语重建"》一文，分析了有关"失语"之论的内在心态，着重提出应该如何看待一种传统的变迁兴替，如何面对民族性与世界性、传统性与现代性、人文与科学等一系列范畴在对峙中所产生的种种进退失据、择取为难的理论困境及连带而生的复杂心态等问题。文章认为，五四反传统运动对理性的呼唤，对科学与民主的追求，是对明末清初以来重理性、重主体的思想文化趋势的一次跃升式承继，是基于中国思想文化发展演变的内在逻辑——"穷则变，变则通"的豹变。虽曰"反传统"，但实为更深层次的传统再生，且确实形成了新的传统。因此，简单将其视为"传统断裂"或文化"失语"，是不够妥当、公允的，也是对历史演进的连续性与非连续性之辩证关系理解不足的表现。他们认为，五四以来，与文化思维模式的深层转变密切相关，中国的文学理论及批评也发生了深刻的范式革命。我们逐渐有了一套区别于两千年传统的话语系统，而半个多世纪以来，我们的文学理论和批评基本上是用这套话语体系来书写的。"作为近期的操作方式，传统文论与现代文论似仍应以各自体系的内部调整为主，辅以彼此借鉴与渗透为宜，一如中医与西医之关系。"① 在此基础上，罗宗强进一步敏锐地指出，我国反反复复讨论古代文论"古为今用"的问题，实在是一种很特异的现象。这多少流露出中国学术界的急躁心态。作为学术研究者，应该以一颗平常心对待古代文论

---

① 陈洪、沈立岩：《也谈中国文论的"失语"与"话语重建"》，载《文学评论》1997年第3期。

而不是汲汲于用,首先应该以求"历史之真"为目的,以期更好地了解传统,更正确地吸收传统的精华。只有在全面地深入地理解的基础上,才能自如地应用。对古代文论的研究,可以扩大我们的知识面,提高我们的传统文化素养。只有具备深厚的传统文化的根基,才有条件去建立有中国特色的文学理论。因此,利用古代文论建立有中国特色的文学理论,"尚需积之以时日"。①

与第一种观点明确对立,而与第二种观点接近的是钱中文的看法。钱中文认为,将当代文学理论建立在古代文论的基础上显然是不可能的。原因在于,古代文论是古代文学创作的理论总结,并且大多是诗学著作,各种术语没有明确的界定,而且多半借自哲学、伦理学等领域,在总体上已经不适合用来阐述在现代性启蒙下发生的新文学现象。新文学在思想趣味、形式上都与古典文学大异其趣,并且逐渐形成了一套借用欧美文艺理论进行阐述的新的术语规范。古代文论的现代转换并非使古代文论现代化,而是将古代文论作为资源,把其中具有普遍意义的、与当代文学理论在内涵方面有着共通之处的概念,即有普遍规律性的部分整理出来,赋予其新的思想、意义,使之汇入当代文学理论之中,成为具有当代意义的文学理论的血肉。在今天建设新的文学理论的时候,我们实际上面临三种文论传统:古代文论传统、西方文论传统、近百年来形成的现代文论传统。作为当代文学理论基础的,只能是现代文学理论。现代文学理论体现了我国文学理论现代性的不断生成,大体上与我国现代文学的发展相适应;而古代文论中的不少话语在语义上已经与当代文学理论不相通用,我们不可能用古代

---

① 罗宗强:《古文论研究杂识》,载《文艺研究》1999年第3期。

文论的话语来阐述当代文学现象。①

在讨论过程中还涉及了其他一些问题,我们这里就不再一一罗列了。从以上的介绍可以看出,问题的表层是中国古代文论与当代文论的关系,而深层则是中国传统文化与现代化的关系。公正地说,早在1996年"中国古代文论的现代转换"研讨会召开之前,已经有学者在思考这个问题。陆海明于1988年7月出版的《古代文论的现代思考》一书,是"中国当代文艺理论探索书系"的一种,蒋孔阳先生在书系"总序"中指出,书系的出版目的是要促进我国文学理论的现代化。②该书回顾了中国文学批评史学科的发展历程,总结了它在当代学术背景下的新拓展,提出"从基本理论问题入手,使古代文论面向当代"的主张。徐中玉先生也认为,研究古代文艺理论"需要并能够'古为今用'","还原"(研究古籍原意)与"生发"(现代阐释)只要目标一致,"两种功夫应该也能够统一起来,互相补充,相得益彰"。③

如果我们将目光放宽到20世纪上半叶,就会发现,中国古代文论实际上早就在进行着"现代转换",王国维、朱光潜、宗白华等人,都是在会通中西文论的基础上进行新的理论创造的,在他们的论著中,中国古代文论占有相当大的比重。具体从20世纪下半叶以来文论的实际情况来看,几乎任何一部文艺学、美学著作都或多或少地涉及中国古代文论的相关内容,特别是对于意境问题的论述、对于文学体裁的研究等。"古代文论与当代文论建设"就可以构成一个值得反思、总结

---

① 钱中文:《再谈文学理论现代性问题》,载《文艺研究》1999年第3期。
② 陆海明:《古代文论的现代思考》,北岳文艺出版社1988年版,第1—3页。
③ 谭帆:《传统文艺思想的现代阐释》,上海社会科学院出版社1995年版,"序"第1—3页。

的学术课题。既然如此，在 20 世纪末，大张旗鼓地讨论中国古代文论的现代转换问题，就不能不更加令人深思：到底是一种什么样的症结，在促使着学者们探讨这一问题？

从以上的争鸣述评可以看出，传统与现代的二元对立仍然在左右着学术界。因此，我们可以说，古代文论的现代转换绝不是什么新问题，而是一个贯穿整个 20 世纪乃至更长一段历史时期的老问题，其最初源头甚至可以上溯到 1840 年鸦片战争。从那时开始，随着中西文化之间矛盾冲突的日益加剧，关于中西文化关系的论争就持续进行，成为一个纠缠难解的理论难题。"中国古代文论的现代转换"论题，只不过再一次触及了这一难题。为了解开这一历史难题，我们必须深入追究其产生的理论根源，也就是说，我们应该理清造成传统与现代二元对立紧张的理论根源，以便于我们跨越各种人为因素，为化解这一对立紧张铺平道路。

二、传统与现代对立紧张的思想文化根源

这里，我们首先来看一看所谓的"现代"观念是如何形成的。

"现代的"（modern）与"现代性"（modernity）在当今的语言中具有很浓厚的情绪意义，它们常常与"进步的""好的""先进的"等词连在一起，特别是在包括中国在内的东方社会，这些词往往更加意味着追求的理想目标，"现代"（modern age）正是我们目前希望达到

的历史阶段。但是,这种观念的形成经历了一个比较长的历史时期。从词源来说,在西方文明中,直到公元5世纪末、6世纪初,作为形容词和名词的"现在"(modernus)才从作为副词的"modo"(意为"最近""此刻")中派生出来。而"现在"这一概念产生之后,逐渐又与"进步"的概念联系起来,继而形成了认为"现在"相对于"过去"是一种"进步"的意识。12世纪初,西方出现了"侏儒站在巨人的肩膀上"的比喻,用来说明"现在"与"过去"的关系。对于这个比喻的解释一直存在着激烈的争论。由于侏儒是站在巨人肩膀上的,所以一方面可以说侏儒比巨人看得更远、更多,也就是说"现在"相比于"过去"是一种进步;但另一方面又可以说,侏儒毕竟是侏儒,无论如何也不如巨人高大,因而"现在"与"过去"相比,毕竟是微不足道的。在后来的争论中,主张"现在"对于"过去"是一种"进步"的意见占了上风。文艺复兴运动的先驱、意大利诗人佩特拉克在14世纪最早提出,历史是由一个个迥然有别的阶段衔接起来的,并认为刚过去的中世纪是一个"黑暗时期"。在这种历史观念中,历史进程(progression)实际上被等同于历史进步(progress)。后来,英国政治家、哲学家培根在他的《新工具论》中则明确提出:整个人类历史像一个逐渐成长的人,智慧随着年龄的增长而增加,现代人的世界要比古代人的世界先进得多。这样,"现在"与"进步"合一的概念就基本上确立了。18世纪启蒙思想家们更加强调新思想、新方法,实际上是把注意力逐渐移到了"现代"。值得提及的是,达尔文的生物进化论的巨大影响,作为自然科学中的一种假说,其核心观点是"物竞天择,适者生存",它很容易就渗透到了人文社会科学之中,被当作把握和解释各种社会现象的认识范式,从而为"现代"与"进步"合一的观念提供了一个坚实的理论根据。由此可见,"现代"这个概念并非一开始就有一个固定的内涵和意义,更不具备我们今天所认为的内涵和意义,"它的内涵和意义是一层一层增添,日积月累逐步形成的"①。

大体上理清了"现代"观念之后,我们便可以进一步来思考德国哲学家哈贝马斯的"现代性方案"。1981年,哈贝马斯在《新德意志批评》上发表了《现代性与后现代性》一文,文中加入了当时刚露端倪的关于后现代主义的争论,从一个完全不同的视角来界定所谓的"现代性"及"后现代性"问题。哈贝马斯同样从历史上对"现代"观念的考察入手,认为"现代"是与"古典"相对应的概念,从公元5世纪末"现代"这个词最早出现开始,它就一直意味着"古典"的不断向前延伸,并延伸到当代,而在这种延伸过程中,"古典"始终被当作一个样板被不断地模仿。但是,从法国启蒙运动开始,这种情况逐渐有了改变。现代科学的出现和发展,改变了过去那种通过往后看来确认社会和道德进步的信念。在此后的整个浪漫主义时期,一种关于"现代"的新的认识产生了:它不再把"现代"看成是对"古典"的模仿,而是把"现代"与"既往"对立起来,所谓"现代"就是"新",就是对过去的不断更新,然后下一个新的时期又使它过时而被淘汰。自19世纪中叶形成的这种"现代"观,今天仍然主导着我们。在此认识的基础上,哈贝马斯提出了所谓的"关于现代的构想"(the project of modernity,中译又称"现代性方案""现代性谋划")的说法。他

---

① 盛宁:《人文困惑与反思——西方后现代主义思潮批判》,生活·读书·新知三联书店1997年版,第32页。

认为，18世纪启蒙哲学家们提出的"现代性构想"应该包括三方面的内容：按照学科自身的逻辑和规律建立起客观的科学，普遍通行的道德和法律以及自足自律的艺术。这一构想旨在将每一个领域的认识潜能从各自独特的形式中彻底释放出来，从而使人类的日常生活极大丰富，使之有助于人们对世界和人自身的认识和理解，有助于推动道德的进步，形成主持正义的各种机制，并最终能给人类带来幸福。

值得注意的是，哈贝马斯把文化看成是与社会经济、政治全然无涉的一个独立领域，然后在纯文化层面对他所谓的"现代性构想"进行界定。这样做无疑是不够全面的。作为西方文明发展的一个历史阶段的"现代"概念，实际上也是席卷西方世界的工业革命、科学技术迅猛发展以及翻天覆地的社会变革的同义语。也就是说，"现代性构想"不仅仅是文化方面的事，而且是关于人类社会生活各个方面的总体构想。当然，这一"现代性构想"或者说"方案"并非某一个人在某一时刻构想、谋划出来的。从西方文明史来看，它如同中国古史辨派在说明中国古史的形成情形时所说的"层累的构造"。也就是说，它是自文艺复兴以来，由几个时代诸多思想家共同"构想"出来的；并且，在这个"构想"的开端，也并没有一个明确的"方案"。这个"方案"毋宁说是今天我们站在所谓的"后现代"视野中"建构"出来的。我们拟从如下方面来描述这个"现代性构想"（方案），这些方面与中国传统文化观念都是截然不同的。

首先，是经济学的"理性经济人"设定。有关经济人思想的起源可以追溯到古希腊的居勒尼学派和伊壁鸠鲁，但真正确立经济人实质性内容的是亚当·斯密。他在《国富论》中，把有理性地追求个人利益的最大化规定为经济人的主要内容。"理性经济人"不仅具有受"看不见的手"的导引来实现全社会经济秩序内在一致法则的理性化能力，而且以追求自身利益最大化为目标。这一经济人模型在以后的经济学家那里得到进一步泛化和夸大。"理性经济人"的贪婪攫取性，是促使以理性生产与交换为特征的资本主义兴起的基本动机和根本力量。这与中国古代"重义轻利"的观念不同。

其次，与经济领域的资本主义相伴，在政治领域，个人主义与民族国家的独立自主成为最强劲的政治诉求。"解放"话语同时对应个人与国家，个人被构想为能动自律的理性主体，国家被构想为通过法治而处于良好秩序的法权主义政体。霍布斯和洛克的古典自由主义直接影响到18世纪的启蒙运动，启蒙思想家们从政治体制、功利主义和历史哲学三个方面丰富和完善了古典自由主义，最后在美国《独立宣言》和法国《人权宣言》中，具体化为现实的政治制度和价值观念，为近代西方自由民主制奠定了坚实的理论基础。个人主义也奠定了现代法律的思想基础，个人的自由通过现代法律来维护，法制社会是现代社会的一个指标。个人被构想为一个具有社会权利、承担社会义务的法人主体。这与中国古代重礼治、重群体、轻个体的观念不同。

第三，相对于古代的"德性的道德"观，现代的道德观是"规则的道德"观。它如同亚当·斯密《道德情操论》一书中所说的"文法的规则"，规定着个人行动，是维持人类社会存在所必不可缺的最低限度的条件，而不是古典道德观所强调的人格培养和精神提升活动。因此，道德只不过是一种工具，一种解决自利主义者之间利益冲突的工具。霍布斯的契约道德理论最能代表这种看法。这样，道德只涉及人与人之间利害冲突的场合,它不再像古典道德观那样,具有回答"什么样的人生才是幸福的人生"这一功能。这与中国古代思想重视内在德性不同。

第四,从科学观念与自然观念上来说,典型的代表是以牛顿力学为基础的机械观和拉普拉斯的机械决定论,客观世界只不过是一个自然的物的世界,只不过是可以开发利用的自然资源,不再具有任何神秘意味和美感。这与中国古代的有机自然观不同。

第五,从培根到洛克,思想家们都坚信科学发现和知识积累会促使人类进步。孔多塞把这种进步观念演绎为一种历史哲学,列举出人类社会发展必定会经历的由低到高的三个阶段。这与中国传统的循环时间观不同。

第六,现代哲学主要是以笛卡儿为代表的理性主义。笛卡儿从"我思故我在"的基本原则出发,认为"我"就是理性主体,其全部本质就是反思。它不需要任何地点就可存在,也不依赖于任何物质性的基础。作为一种崭新的思维方式,这种哲学强调自觉的原子方法论思考,建立怀疑论的知识起点和上帝论的知识基础,严格批判感官知觉,大力主张理性抽象思考,树立人的身心二元、本体真实的精神与物质二元,等等。这与中国传统的天人合一、身心合一的观念不同。

第七,是美学观与文艺观。可以说,现代美学是作为理性主义的对立面而诞生的,它的本义是"感性学",也就是研究与理性相对的感性的学问。"美学之父"鲍姆嘉通以"aesthetics"(其原义即"感性学")命名的这门学科,其根本意义是恢复感性在人类思想和知识体系中应有的地位,开始了在理性主义统治的王国里开辟感性天地的现代思想进程。因此，从本质上讲，审美范畴的确立是针对工业化、现代化进程中出现的文化危机和人的生存危机而提出的，是针对理性的片面、狭隘或缺陷而提出的。所以有学者认为，美学作为一门独立学科之确立，是18世纪末至19世纪初在德国兴起的"现代性思想转折的结果"，也就是说，"审美思想是与现代性问题纠结在一起的"，审美主义是一种现代主义的思想类型。① 18世纪的浪漫主义运动，对启蒙主义崇尚理性和科学、相信人文精神能给人以解放的乐观主义等，均持怀疑和拒斥的态度，后来的现代主义文艺思潮更是对现代性的反思与批判。这些也都是"现代性方案"的组成部分。

综上所述可知，所谓的"现代性"，只不过是西方自文艺复兴运动以来形成的关于社会生活各个方面的一整套观念；而所谓"现代化"（modernization），无非就是将这一整套观念付诸实施。并且，这一整套观念内部也充满矛盾，特别体现在美学、文艺思想对科学、理性的拒斥与批判上，这种拒斥与批判可以说构成了"现代性方案"的内在张力。而西方在20世纪后期兴起的所谓"后现代"思想，更可视为是对现代性的全面反思与批判，尽管各个"后"思想家的观点并不一致。因此，必须明确的是，我们通常所说的与中国文化冲突的"西方文化"，应该有其具体的内涵。它既不是古希腊的文化，也不是中世纪的文化，而只不过是与上述"现代性方案"互为表里的近现代西方文化。我们这里使用了一个颇为含糊的词语"近现代"，原因在于，英语的modern在西方既指我们常说的"近代"，又指"现代"。

---

① 参见刘小枫主编《现代性中的审美精神——经典美学文选》，学林出版社1997年版，"编者前言"第1页。

明乎此，我们就可以知道，所谓的传统与现代的二元对立，实际上无非是中国传统文化与西方 modern 文化（下文称为"现代文化"）的冲突与对立。中西文化的接触开始于明清之际，那时的西方现代文化也正处于开始成长的时期，整体上并不优越于中国文化。只不过在接下来的两个多世纪中，西方现代文化突飞猛进，以致在18世纪中期以后的中西文化冲突中始终占据上风。面对这种文化困境，一个多世纪以来，众多中国文化人设计了多种文化出路，构想了诸多挽救方案——这无疑也可称为中国的"现代性方案"。综述起来，大致可以归纳为以下几种。

第一种是在"体用"的思维框架中展开思考。1895年4月，一位署名"南溪赘叟"（沈寿康）的作者，在《万国公报》第75卷发表《救时策》，文中提出"宜以中学为体、西学为用"的说法。此后，不少学者便经常在"体用"框架中做文章，如贺麟与李泽厚都曾反弹琵琶，提出"西学为体，中学为用"，傅伟勋提出"中国本位的中西互为体用论"，周策纵则提出"中西为体，中西为用"。至此，已经穷尽"中""西""体""用"四字的所有排列组合方式。第二种是在"中西"思维框架中思考问题，以胡适、陈序经为代表的一些学者提出过"西化"与"全盘西化"的主张，与此相反的则是贺麟的"全盘化西"说。第三种思路则将中国纳入世界整体之中，提出了"世界化"与"充分世界化"的主张，认为文化是全人类的共同财富，现代化是世界各民族的必由之路。持这种观点的代表人物是何卫种、闻一多。[①]

---

① 参见许苏民《中国近四百年各派文化主张源流考》，载《许苏民集》，学林出版社1998年版，第17—31页。

凡此种种之外，还有学者以汤因比的"挑战—回应"的历史模式思考问题，认为西欧、北美的现代化属于"内发型"，即由民族的内部因素促成、由内部创新所引起的社会变迁；而中国的现代化则属于"外发型"，并不是由内部因素促成的自然生发过程，而是对外国资本主义"坚船利炮"刺激和挑战的回应，它伴随着救亡图存的民族复兴运动。传统文化不可能自我再生，西方文化也不可能直接成为中国当代文化。"出路在于，通过创造性转换，把西方现代文化因素转化为本民族文化更新的内在力量，并通过文化涵化过程把西方现代文化同本国文化传统整合成一种新的文化形态，即中国当代文化。"①

与这种"外发型"的"挑战—回应"模式相反的两种观点可称为"内发型"。其一是港台新儒家的"返本开新"论。他们所说的"本"主要是指原始儒家思想，而所要开的"新"则主要指西方的民主与科学。这一主张似乎隐含着一个植物的比喻：将文化比作一个有本根有枝叶的长青植物，老"根"可以开出新"花"来。另一种也可称为"内发型"的思路，以萧萐父、许苏民师徒为代表。他们既批判新儒家复兴儒学的主张，也不同意中国现代化的"外发"说，而是主张超越中西对立、体用两橛的思考模式，找到中国传统文化中固有的现代化的生长点。在他们看来，这一生长点就是明清以来反理学的启蒙思潮。萧氏提出的"中国哲学启蒙的坎坷道路"一语所概括的，就是中国现代化的曲折过程。他们认为，中国有自己的内发原生的早期现代化萌动，就其根源而言，它来自中国社会基本矛盾运动的内在冲力，而不

---

① 杨耕：《传统与现代性：当代中国社会发展的深层矛盾》，载《杨耕集》，学林出版社1998年版，第406页。

是来自外力，就其本质和固有的属性而言，它具有现代化原生态的一切基本特征。两位所要坚持的是"中国文化自我发展和更新的主体性"，以明清反理学启蒙思潮为活水源头，找到中国传统文化与现代化之间的历史接合点。①

由此可见，这两种"内发型"思路的差别仅仅在于所要继承的思想基点不同：一为原始儒学，一为明清反理学思潮。这两种思想在中国思想史上本来就处于对立地位，所以引发了萧、许二人对新儒家的批评。

我们以上所论列的五大类、十余种观点，都可视为针对西方的"现代性方案"而为中国设计的"现代性方案"，对于我们思考中国古代文论的现代转换问题都具有启发意义。但是，究竟哪一种方案更为合理、更切实可行呢？回答这一问题的前提，必然是如何理解文化的发展规律，如何理解传统与现代。西方的现代化无疑是从西方文化内部演化出来的，是西方文化传统内部各种文化要素相互冲突、相互作用动态发展的结果。20世纪的中西文化比较研究经常忽略的一个基本事实是：西方文化传统并非一个单一的传统、整体，而是不同文化传统的集合。比如，它既包括拉丁民族、盎格鲁-撒克逊民族和北欧日耳曼民族的传统，也包括希腊文化、中世纪基督教、启蒙主义和浪漫主义这些不同时代的传统。实际上，属于"西方文化"范畴的大大小小传统之间的差异或许比中西文化的整体差异还要大。因此，整体主义、本质主义的比较方式难免出现偏差。而中国传统文化内部同样包含着

---

① 参见萧萐父《吹沙集·自序》，巴蜀书社1991年版；《许苏民集·自序》，学林出版社1998年版。

种种文化要素,这些文化要素之间同样存在着矛盾冲突,它们共同的合力,促成了中国传统文化的动态发展。

因此,从文化哲学的角度,我们可以假定:每一种大的文化传统都是一个具有多层次的、包含多种文化要素的动态有机体。我们可以将处于主导地位、决定一种文化基本特征的文化要素称为"主导文化素",而将与"主导文化素"对立、处于次要乃至潜伏地位的文化要素称为"潜在文化素"。正是"主导文化素"构成了两种异质文化之"异",文化冲突最终只不过是两种文化中"主导文化素"之间的冲突。当一种文化与另外一种异质文化接触并发生冲突时,处于劣势地位的文化中被压抑的"潜在文化素"有可能被激活而凸显出来,成为文化主体——文化创造者更新文化传统的重要凭据和理论资源。五四时期所谓的"反传统"思想,其灵感和依据有很大成分来自明清以来的反理学思想,其实质无非是借用传统中的一部分反对另一部分。比如被胡适称作"只手打倒孔家店的老英雄"的吴虞,其思想资源基本上没有西方文化的成分,而主要是历史上与儒家对立的各家学说,尤其是"不以孔子之是非为是非"的李贽思想,成为吴氏"反传统"的思想利器。五四新文化运动代表人物周作人,在其名著《中国新文学的源流》当中所找到的新文学之源就是直接受李贽思想影响的公安派。倡导白话文的胡适,更是着力发扬传统文学中的白话文资源,其一代名文《文学改良刍议》,竟然引用了正统儒家经典《毛诗序》中"情动于中而形于言"几句话。因此,从历史上看,五四时期所谓的"反传统",某种程度上是"以传统反传统",也就是以传统中的一部分思想来反对占据主导地位的儒家思想。

当然，我们绝不是说外来异质文化要素没有作用。而是说，文化主体在面对外来异质文化的挑战时，实际上通过反传统的方式改写了传统，"建构"了另一个新的传统，使传统以新的面貌出现。也正是在吸收异质文化要素、建构新传统的同时，文化主体进行着新的文化创造，从而使传统得以更新发展。在这里，传统内部诸层次间的冲突、外来异质文化要素、创造主体的创造性是三种力量，三者的合力决定着文化的方向。我们应该用这种"三方合力、三位一体"的观念，取代"传统与现代二元对立"的观念。也就是说，今天我们除了继承传统（合力一）、吸收西方文化（合力二）之外，还应该大力张扬文化创造主体的创造性（合力三）。创造主体的能力应当包括把握传统、建构传统的能力，吸收外来文化要素的能力，综合创新的能力。三者之间是互为因果、互相推动的，它们只有形成一种动态的和谐关系，文化才能得到良性发展，而不是陷入恶性循环。

在这里，笔者愿意引述徐复观先生的一个比喻。这位当代新儒家的代表人物，将传统的更新比喻为河流的汇合：长江流到汉阳龟山脚下，汉水从西北方流来而汇入长江之内。在汉水汇入长江的入口处，激流汹涌，行船要特别小心，并且江水也分成两种颜色。但是，再往下流一段之后，激流渐渐平缓，也看不出哪是长江水，哪是汉水，而只觉得它是一条浩荡的长江，顺着自己的河床，有规律地向东流去。① 徐复观先生的这个比喻的本意，是要保持住中国传统文化的"河床"，使其不被新汇入的河水冲决，这个"河床"也就是"一个民族由许多大圣大贤大思想家所创出的民族精神的内容、理想的方向"。我们的论

---

① 参见黄克剑、林少敏编《徐复观集》，群言出版社1993年版，第617页。

旨与此不同。长江与汉水之所以能够融汇合一，关键在于它们都是水，如同长江的中国传统文化与如同汉水的西方文化之所以能够融汇合一，根据在于它们都是人类创造的产品，都源于人类的类特性——人性，亦即人类的无限可能性，是无限丰富的人性潜能的不同展现。二者在刚刚交汇时必然激起汹涌的波涛，甚至颜色也历历分明，但经过一个历史时期的融合之后，二者合为一体同样是必然的。西装革履而吟咏唐诗宋词，在今天不是很正常的生活现象吗？

从以上所论的基本观念出发，笔者同意陈洪与沈立岩所说，五四以来的现代文论是中国传统文论在新的历史条件下的豹变，是传统文论在吸收西方文论基础上的自我更新，是中国现代文论家们的新创造。只不过限于种种历史条件，这种更新与创造的水平还不是很理想而已。我们现在所能做的应该是，在"创造"中使古代文论完成自我更新和豹变。

为了厘清中国文论从古至今的内在联系，我们在这里借用美国科学哲学家库恩的"范式"（paradigm）概念（又译为"典范"）。一般认为，不同的科学范式之间不能"化约"，也就是难以相通。一个范式是一个自满自足的体系，它之所以被另外一个范式所替代，并非出于自身固有的内在缺陷，而是因为它不能应付新的社会历史环境里出现的新问题。我们将中国传统的文论称为"杂文学文论范式"，而将受西方审美理论影响而发展出来的文论称为"纯文学文论范式"。这两种文论范式隐含着传统与现代、中国与西方、民族性与世界性等一系列二元对立。我们所要思考的就是这两种文论范式的特点及其"化约"的可能性。

绪论 化解传统与现代的对立紧张

借用"范式"概念,主要是为了说明文论发展的"内在理路"。"内在理路"所要表明的是,包括文论在内的学术思想的变迁也有它的自主性,它可以破除现代各种外在决定论。正如著名学者余英时所说,思想史研究如果仅从外缘着眼,而不深入"内在理路",则终究不能曲尽其曲折,甚至舍本逐末。"内在理路"与"外缘影响"各有其适应范围,离则双美,合则两伤。余英时认为,库恩的范式理论,主要也是阐释科学革命的"内在理路"的。因为,科学"范式"的转换基本上出于科学界内部的共同判断,虽然个别科学家决定改变其范式时,也可能受到外缘因素的影响。① 我们这里关注的,正是实用性的"杂文学文论范式"向审美性的"纯文学文论范式"转化的"内在理路"。按照我们的理解,所谓的"中国古代文论的现代转换",实际上正是两个文论范式"化约"的"内在理路"。

我们这里借用"范式"的概念还有另外一种用意。学术界现在有种较为普遍的看法,认为相对于西方文论体系明确而严密的情形,中国古代文论有一个"潜体系"。所谓"潜体系",即首先肯定中国古代文论有一个体系,但同时又认为这个体系不明显,它究竟是个什么模样至今不太清楚。有人甚至说可以有几个体系或几个层次的体系,比如,可以将古代诗论拿出来构造"诗学体系"。针对这种观点,笔者认为不如用"理论范式"来代替"理论体系"一词。因为在笔者看来,所谓理论体系是指从一个核心命题出发,运用系列化范畴来进行逻辑推论。典型的如黑格尔的《美学》,从"美是理念的感性显现"这一核

---

① 参见余英时《论戴震与章学诚:清代中期学术思想史研究》,生活·读书·新知三联书店 2000 年版,"自序"第 2—5 页。余英时将 paradigm 译为"典范",其他学者则通常译为"范式"。

心命题出发，构造出宏大的理论体系大厦。如果以此为参照，中国古代文论就很难说有什么"体系"，更何况，古代文论中哪些术语能够算作理论范畴也很难确定。而"理论范式"的提法则更具包容性。库恩赋予"范式"的内涵据说有二十多种，我们可以在"框架"的意义上使用它。一个理论框架、范式未必有一个核心命题和一系列逻辑范畴，但可以有一个大致相同的理论取向以及一系列术语，它们之间的逻辑关系未必十分严密，但可以对文学现象进行有效的解释。中国古代文论正是这样一种颇具包容性的理论范式，而不是什么理论体系。这是我们使用"范式"概念的另一个原因。

三、中国古代的"杂文学文论范式"

我们上面提出，传统的更新与发展需要三种因素的合力：传统内部诸层次间的冲突、外来异质文化要素、创造主体的创造性。这三者之中，对传统的建构与把握是最基本的。我们这里就尝试着建构出中国古代的文论框架。笔者认为，中国古代的文论范式在十分宽泛的人文视野里，主要涉及了心、体、意、象（物）、言（文）五方面的内容。这五者构成了一个"心—体"处于中心，意、象（物）、言（文）分别处于三个顶点的"文心三角"。

（一）人文略说

关于中国传统文化的特征，学术界已经有过许多论述。讨论中引用较多的是《周易》贲卦的彖辞，其卦辞经文和彖传文字涉及"人文"与"化成"，基本上表达了中国古代的文化观念，所以受人重视。贲卦（下离上艮）的卦辞经文和彖传为：

贲：亨。小利有攸往。《彖》曰：贲"亨"，柔来而文刚，故"亨"。分刚上而文柔，故"小利有攸往"。（刚柔交错），天文也；文明以止，人文也。观乎天文，以察时变；观乎人文，以化成天下。①

这段文字中"观乎天文"以下几句话，意谓观审天上日月刚柔交错的现象，就能察知四时寒暑相代谢的规律；观审人的文明礼仪各止其分的现象，就可以教化天下，使人人都能够具有高尚的道德品质。《周易集解》引郑玄注云："离为日，天文也；艮为石，地文也。天文在下，地文在上，天地二文相饰成贲者也。"这说明古人还将"地文"置于"文"之中。"人文"的含义也与卦象有关，贲卦下卦离为火，象征明，上卦艮为山，象征止，故称"文明以止"。《周易》艮卦中又说："艮，止也。时止则止，时行则行，动静不失其时，其道光明。""止"意味着顺天应时，同时也意味着儒家"止乎礼义"之"止"，是一种适

---

① 王弼、韩康伯注，孔颖达疏：《周易正义》，载阮元校刻《十三经注疏》，中华书局1980年版，第37页。

度的行为规范和社会秩序。因此，在中国古代典籍里，"人文"一词意指人与人之间的行为规范和社会准则。它以礼为核心，还包括一切与礼相关的典章制度，诗和乐也在其中。它的确立是仿效刚柔交错的"天文"的结果，也就是说与"天文"具有某种内在、本质的联系。

中国古代这种"天人"关系论随处可见，如《周易》还认为"人文"以天道自然为起点，其六十四卦模拟天地万物。阐明这六十四卦的编排次序及诸卦前后相承意义的《序卦传》，开宗明义的一句话便是"有天地，然后万物生焉"，接下来又继续论述道："有天地然后有万物，有万物然后有男女，有男女然后有夫妇，有夫妇然后有父子，有父子然后有君臣，有君臣然后有上下，有上下然后礼义有所错。"这样，便将人间秩序（人文）的开端归诸自然。《周易·系辞下》在论述八卦的制作时说："仰则观象于天，俯则观法于地，观鸟兽之文，与地之宜，近取诸身，远取诸物。"老子则将人文与天文的关系概括为："人法地，地法天，天法道，道法自然。"这些说法其实都可以理解为，人类文明的产生依赖于对自然天道的仿效。当这种仿效达到"极深而研几"的程度时，人类便可"与天地参"，人类的创造便可达到"与天地同流"的境界。

正是在这种天人相合的思维框架中，古代哲人描绘了"文"的范围：天上的日月，地上的山川，人类的行为规范，统统都是"文"的体现。这一思维框架被后来的文论家所采纳，成为他们展开理论思考的模式。东汉王充已明确地应用这一思维模式，他先说"上天多文而后土多理"，然后再论述"人之有文也，犹禽之有毛也"（《论衡·超奇》）。南朝刘勰则更加明确、更加详细地运用了这一模式。他首先提出"文""与天地并生",然后较多地化用了《易传》中的语句,说明天地万物无不有"文":"日月叠璧,以垂丽天之象;山川焕绮,以铺理地之形;此盖道之文也。""傍及万品,动植皆文。"然后总结说:"夫以无识之物,郁然有彩,有心之器,其无文欤!"作为"有心之器"的人类,当然就更有"文"了。在进行了这样的铺垫之后,刘勰才开始转入对"人文"的论述,追溯"人文"的历史,总结"人文"的功能:"经纬区宇,弥纶彝宪,发辉事业,彪炳辞义。"(《文心雕龙·原道》)后来有不少论述,几乎就是对这些言论的复述与化用。如唐人李翱说:"日月星辰经乎天,天之文也;山川草木罗乎地,地之文也;志气言语发乎人,人之文也。"(《杂说》)武元衡也说:"天运地转,刚柔生焉;礼辩乐形,文章出焉。天之文莫丽乎日月,地之文莫秀乎山川。圣人观象立言,用稽述作,发乎情性,形于咏歌。大则明天下政途,弥纶王化;小则舒一时幽愤,刺见国风。"(《刘商郎中集序》)明代宋濂的言论颇富代表性:

呜呼,文岂易言哉!日月照耀,风霆流行,云霞卷舒,变化不常者,天之文也;山岳列峙,江河流布,草木发越,神妙莫测者,地之文也。群圣人与天地参,以天地之文发为人文,施之卦爻而阴阳之理显;形之《典》《谟》而政事之道行,咏之《雅》《颂》而性情之用著,笔之春秋而赏罚之义彰,序之以礼、知之以乐而扶导防范之法具。虽其为教有不同,凡所以正民极、经国制、树彝伦、建大义,财成天地之化者,何莫非一文之所为也。(《华川书舍记》)[①]

[①] 宋濂著,黄灵庚编辑校点:《宋濂全集》第一册,人民文学出版社2014年版,第75页。

综合以上所举材料可以看出，这种思维模式的突出特点是：首先将"人文"与天地万物之"文"并列，然后类比、推导出"人文"的教化功能。这是理解古代文论的基本前提。

（二）心论

以上是对"人文"一词及其隐含的思维模式的考察。与此相关的是古代对于"心"的论述。完全可以说，心论是古代"杂文学文论范式"中最为关键的内容，我们以前的古代文论研究对此十分欠缺，值得我们深入挖掘。

概括说来，心并非一团血肉，它首先指"天地之心"。"天地之心"又有三义，其一指天地化生万物的"生生之德"，这显然有些拟人化的色彩，如《易传·复·象》曾说："复，其见天地之心乎！"所言就是循环往复、周而复始的化生规律。其二指人，古代常称人为"天地之心"，如《礼记·礼运》指出："故人者，天地之心也，五行之端也。"正因为将人视为"天地之心"，所以又经常说人为万物之灵、人为天地万物中最贵者，如《尚书·泰誓》所说："惟天地，万物之母；惟人，万物之灵。"《孝经》也借孔子之口说"天地之性，人为贵"，"性"即"生"，意为天地所生者以人为最贵。其三指"言之文"，也就是被文饰过的语言，如《文心雕龙·原道》篇所说："言之文也，天地之心哉。""天地之心"的三义隐含着这样一个逻辑：通过人（天地之心二）修饰过的语言（天地之心三），可以把握天地万物的目的或规律（天地之心一)。这是古代人论的一个突出特点。

其次，心指人心。它又包含两层意义：其一指人的思维器官及其思维能力。如孟子所言："心之官则思，思则得之，不思则不得也。此天之所与我者。"只有人才具备思的能力。其二指"仁心"，它又被称为"性"，也就是先验的道德良知，如孟子所说"仁，人心也"。而所谓"尽心"，就是通过反思来扩充心中的道德意识，从而使人达到"赞天地化育""与天地参"的境界，如孟子所说："尽其心者，知其性也。知其性，则知天矣。存其心，养其性，所以事天也。"《礼记·中庸》讲得更清楚："唯天下至诚，为能尽其性；能尽其性，则能尽人之性；能尽人之性，则能尽物之性；能尽物之性，则可以赞天地之化育；可以赞天地之化育，则可以与天地参矣。"因此，中国古代通常将人与天、地并称为"三才"，人与天、地相"参"而为"三"的说法十分普遍，如董仲舒说过："人下长万物，上参天地"，"唯人独能偶天地"，"唯人道为可以参天"。(《春秋繁露》)正是出于同样的观念，刘勰才作出这样的论断的："仰观吐曜，俯察含章，高卑定位，故两仪既生矣。惟人参之，性灵所钟，是谓三才。为五行之秀，实天地之心。心生而言立，言立而文明，自然之道也。"(《文心雕龙·原道》)这几句话非常明确地阐述了"人""心""文"三者之间的同构关系，基本上可以视为中国古代文心论的纲领性表达。如果不理清这三者之间的内在关系，就无法理解中国古代文论的基本逻辑。

另外，心还有不同的状态和成分，古代对此也多有论述。从状态上来说，受中国古代气论的影响，心又往往被称为"气"或"神"（"神"只不过是"精气"），中国古代众多的"养气"论无非是对心灵或者说意识的调节、修养。只不过儒家的"养气"说侧重道德修养,如孟子、韩愈;道家的"心斋""坐忘"论,侧重对心灵的虚灵状态的追求。正因为这样,刘勰《文心雕龙·神思》篇用"形在江海之上,心存魏阙之下"一语来说明"神思"——写作文章时的心灵活动,并且又指出:"文之思也,其神远矣","神居胸臆,而志气统其关键",认为:"陶钧文思,贵在虚静,疏瀹五藏,澡雪精神。"在这里,"心""神""志气""精神"等术语无疑都是相近的概念,并且都是从"心"的"思"之功能引发出来的。《文心雕龙·神思》篇还说:"秉心养术,无务苦虑,含章司契,不必劳情也。""虑"与"劳情"显然是"思"的另外一种表达方式,近乎今天的"构思"等概念。至于心的成分,一般包括志向、思想、情感、欲望等,如"诗言志"(《尚书·尧典》)、"发愤以抒情"(屈原)、"诗缘情而绮靡"(陆机)、"题诗本是闲中趣"(陆游)这些言论,所涉及的无非都是心灵的各种成分,从而引申出对文艺不同功能的界定。另外,在古代,凡是以"心"为部首的字所组成的词语,无不表示心的状态,那是一个庞大的概念群,我们这里就不再多论了。

综上所述可见,中国古代心论的内涵是非常丰富的。它既是人论,亦即对人的特殊性的说明;它又是对人的能力,特别是对心的功能、状态、成分的论述。当然,古代人论中也有一些神秘色彩,如《易传》所称的"圣人"或"大人",其特点是:"与天地合其德,与日月合其明,与四时合其序,与鬼神合其吉凶。"(《周易·乾·文言》)"圣人"的特殊能力在于:"天生神物,圣人则之;天地变化,圣人效之。""圣人有以见天下之动,而观其会通,以行其典礼。"(《周易·系辞上》)

用刘勰的话来说就是:"原道心以敷章,研神理而设教。"(《文心雕龙·原道》)古人认为正是这些特殊的人物创造了"人文"。这样的论述无疑有其神秘之处,但是作为古代哲人对于人类文化起源的一种解释,我们应该给予充分的同情与理解。即使在今天,在解释人类文化起源的时候也存在着许多疑难之处,何况古代的科学水平无法与今天相提并论。人类文化的起源和发展历程表明:文化是从无到有的,可以说是"无中生有"。我们不妨把"圣人"理解为具有超人天赋的"文化英雄",是他们"无中生有"地创造出了人类文化。他们之所以能够如此,是他们"极深而研几","原道心、研神理"的结果。所以古代文论有"征圣"的倾向,并因将圣人之"文"称为"经"而流露出浓厚的"宗经"意识。这的确也造成了古代文论复古、发展迟缓的一面。我们对此也应当进行分析批判,以免遏制人的创造性和创造勇气。

(三)体论

《易经》中的"止"字,从天地之道的角度来说,是"止"于天地之道所许可的范围,也就是顺乎天时而行,而从人类社会方面来说,则意味着"行于所当行,止于不可不止",也就是遵守社会规范的约束。集中体现天地之道与社会规范的是礼,也就是说,礼既是宇宙秩序的体现,也是人间行为规范的体现。《左传》曾提到,礼是"天之经也,地之义也,民之行也"。《礼记》则明确地说"大礼与天地同节","礼者,天地之序也",并且提出:"道德仁义,非礼不成;教训正俗,非礼不备;纷争辨讼,非礼不决;君臣上下、父子兄弟,非礼不定;

宦学事师，非礼不亲；班朝、治军、莅官、行法，非礼威严不行；祷祠祭祀、供给鬼神，非礼不诚不庄。"这表明礼渗透于社会生活的各个方面。由此可见，礼是人类各种行为的规范，人的活动必须依礼而行。文章写作是人的活动之一，当然也必须依礼而行。文章写作所依之礼，古代文论家称为"体"，也就是文章的体裁、类型。完全可以说，古代文论之所以对文章之体极其重视，无非是古人重礼意识的具体体现。关于这一点，目前的古代文论研究基本上未曾触及，值得我们注意。

刘师培指出："文章各体，至东汉而大备。汉、魏之际，文家承其体式，故辨别文体，其说不淆。"[①] 这是一个精辟的论断。关于东汉"文体大备"的情况，我们可以从南朝范晔《后汉书》得到一个大致的了解。据统计，《后汉书》共有文体30余种，计为诗、赋、铭、诔、颂、书、论、奏、议、记、碑、箴、七、九、赞、连珠、吊、章表、说、嘲、策、教、哀辞、檄、难、答、辩、祝文、荐、笺等。当然，这中间也可能有南朝人的观念在内。刘师培所言的"辨别文体"，更是古代作家、批评家首要的前提性工作。

文体辨别的学术渊源，可以追溯到刘向《别录》、刘歆《七略》与班固《汉书·艺文志》。东汉人已经具有一定的辨体意识。汉末蔡邕的《独断》，所辨文体有策书、制书、诏书、章、奏、表、驳议、上书等，对于每一种文体，都谈到它的来源、本义，说明该文体的使用对象和范围。曹丕的《典论·论文》涉及文章的诸多问题，如文章的价值、批评的态度、作者的个性，同时还将文章区分为8种：奏、议、书、论、铭、诔、诗、赋。西晋陆机《文赋》列叙了10种文体：诗、赋、

---

① 刘师培：《中国中古文学史》，人民文学出版社1959年版，第23页。

碑、诔、铭、箴、颂、论、奏、说，并分别指出这10种文体的写作规格要点（而不是所谓的"风格"），其目的也在于指导写作实践。挚虞的《文章流别论》大部分已经佚失，从严可均《全晋文》所辑佚文来看，挚虞详细地讨论了各种文体的起源、发展，并指出各种文体的分限，批评当时文体淆乱的作品。南朝任昉的《文章缘起》（《隋志》中称《文章始》）将文章区分为85类。《昭明文选》是一部文章选集，其中出现的文体有36种。《文心雕龙》共论及文体81种，并且对每种文体都从四方面进行了说明："原始以表末，释名以章义，选文以定篇，敷理以举统。"（《文心雕龙·序志》）对后世影响巨大。

以上我们不厌其烦地叙述了古代的文体论，意在表明它们在古代文论中的重要性。同时还需要指出，古人所论之"体"往往还有另外一种含义，它近于今天所说的"风格"，但又不能将它与风格完全等同。为了与体裁意义上的"体"区别开，我们在行文中通称为"风格"。《文心雕龙·体性》篇曾经将文章概括为八种基本风格类型，提出"八体屡迁，功以学成"。这八体是"典雅""远奥""精约""显附""繁缛""壮丽""新奇""轻靡"。钟嵘《诗品》在论述五言诗诗人的创作特点及其渊源时，经常运用"其体源出于某某"的表达方式，并且在具体的论述中，还说到曹丕"颇有仲宣之体则"，说郭璞"宪章潘岳，文体相辉"，说张华"其体华艳"，说张协"文体华净"，等等。这里的"体""文体"无疑是就诗人的风格特点而言的。顺着这种思路，皎然提出了"辩体有一十九字"，罗列了19种诗体，计为"高""逸""贞""忠""节""志""气""情""思""德""诚""闲""达""悲""怨""意""力""静""远"。联系皎然"取境偏高，则一首举体便高；

取境偏逸,则一首举体便逸"的论述,可知他所谓的"体"实际上是诗歌境界(《诗式》)。与此相近,署名司空图的《二十四诗品》,也可以称为24诗体或者说24种境界,如"雄浑""冲淡""纤秾""沉著"等,其文过繁,这里从略。以"参诗精子"自喻的严羽,倡导"熟参"而"妙悟",所"参"的对象也正是以前的种种诗体。其《沧浪诗话》专设"诗体"一部,论列了多种诗体,诸如"以时而论"的"建安体"等16种,"以人而论"的则有"苏李体"等36种,其他还有"选体""柏梁体""玉台体"等,不一而足。标准混乱,颇为芜杂。相对于这种芜杂之论,姚鼐借鉴中国古代思想的阴阳观念,将文章区分为"阳刚之美"与"阴柔之美"两大类,就显得极其简明。这两类实际上可称为两"体",与他所说"凡文之体类十三"相对照。

总之,完整的古代文体论应该包括以上两方面内容,我们不应当因为中国20世纪的文学理论不太重视文体研究,而忽视了它在古代文论中的重要性。特别需要说明的是,文体对于立意、构象、遣词造句都有着决定性影响,是否"得体"是衡量文章成败的重要尺度,古人对此也有大量论述,我们同样不能忽视。

(四)意、象(物)、言(文)关系论

《周易·系辞上》中曾提出:"书不尽言,言不尽意。""圣人立象以尽意。"这几句话最为集中、简明地概括了"意""象""言"三者的关系,对中国古代文论产生过巨大影响。

古代所说的"人文"之"文",在最狭窄的意义上指的是语言。语

言的基本功能在于表达意义,所以《论语》中说"辞,达而已矣",言辞只要能表达意义就足够了,《周易·系辞上》也说"辞也者,各指其所之"。这种说法似乎对语言的表达功能深信不疑,认为语言与意义之间有一种简单的对应关系,适当的语言就一定能够表达出适当的意义。但是,在老庄那里,语言的达意功能受到了极大的怀疑。老子说:"道可道,非常道;名可名,非常名。"老子提出"常道"不可言道,常名无法指名。庄子更是对此进行了充分发挥,认为"意之所随者,不可以言传也";"得之于手而应于心"的精微技巧根本无法用语言传达,因此用语言写成的书只不过是糟粕。语言的功能在于表达意义,它并非意义本身。因此,必须"得意而忘言",才能突破语言的局限性,不至于为语言所限制。

克服语言局限性的表达方法是"立象"。卦象是一种高度抽象的象征性符号,其包容性比语言要大得多,可以弥补语言的不足。魏晋玄学家王弼在《周易略例·明象》中,对"象""意""言"三者的关系进行过经典阐述。影响所及,陆机《文赋》在开篇"小序"中,便首先提出"意不称物,文不逮意"的问题,将其作为自己思考的关键;"本陆机氏而昌论文心"的刘勰的《文心雕龙》,在说明"文之枢纽"和"论文叙笔"之后,使用20篇左右的篇幅通论文章写作,所要解决的核心问题也是"意不称物,文不逮意",也就是探索意足以称物、言足以达意的途径,并将"意"与"象"二者结合起来组成"意象"一词。自此以后,"言有尽而意无穷"(钟嵘),"韵外之致""味外之旨"(司空图),"含不尽之意见于言外"(欧阳修),等等,成为古代文论中极其常见的话语。同时,由于"设象"的方式是"观物取象",它实际上成为古代比兴艺术手法的哲学表达。另外需要说明的是，古人还用庄子谈论言、意关系的"得手应心"说来描述文章的境界："心之所至，手亦至焉者，文章之圣境也；心之所不至，手亦至焉者，文章之神境也；心之所不至，手亦不至焉者，文章之化境也。"（金圣叹《水浒传·序一》）文章的最高境界是功夺造化之巧的"化境"。这实际上表达了中国古代文学创作的最高理想。

我们以上论述所依据的框架，是按照陆机《文赋》"小序"中的一段话构建的"文心三角"。其原文提道："余每观才士之所作，窃有以得其用心。""恒患意不称物，文不逮意。"因为"才士所作"包括众多的文体，据此笔者认为可以建构一个三角形："心—体"居于三角形的中心，意、象（物）、言（文）分别居于三角形的三个顶点。"心—体"与意、象（物）、言（文）三者都有联系。笔者觉得，把握了这个三角，就基本把握了古代"杂文学文论范式"。我们将在后面对此进行认真研究。

四、20 世纪中国的"纯文学文论范式"

纵观从古到今的整个中国文论史，就会发现，20 世纪初所引进的西方文学审美论，是一个最为深刻、根本的变化。20 世纪之前，中国文论当中并非没有审美因素，有些文论家的审美理论也十分深刻。但是，直到 20 世纪初期，一些理论家通过引进西方的美学理论建立文学审美论后，才使中国的"杂文学"变成了"纯文学"。因此，我们可以说，"纯文学文论范式"的建立，标志着中国文论范式的根本性变革，它与中国传统的"杂文学文论范式"有着诸多本质差异。

从"纯文学（审美）文论范式"在20世纪的演变历程来看，我们可以将之划分为三个时期：引进形成期、隐没衰退期、复兴发展期。这三个时期所涵盖的时间不太均等，第一个时期是30余年（约1900年—1936年），第二个时期也是30余年（约1942年—1978年），第三个时期只有20余年（1978年—2000年）。考虑到"审美无利害"命题是审美文论范式的基础，我们有必要首先对它进行一些说明。

在西方，尽管"美学"这个词是由鲍姆嘉通创造的，但是，把"审美"作为一个独立范畴建立起来的还是康德。康德把审美规定为情感范畴，并将它与认识和实践区分开来。其中，"审美无利害性"命题，是其审美理论最基本的规定。在18世纪的英国，"利害性"和"无利害性"原来是一对伦理学概念，而康德在《判断力批判》中，将"审美无利害性"规定为"鉴赏判断的第一个契机"，也就是审美的首要决定因素。康德认为，审美是一种愉快，但是，这种愉快不同于主体的生理快感和对善的愉快，因为后二者都怀有利益的观念，都涉及对象的实际存在和实用价值，因而是不自由的，只有审美愉快，仅仅出于对对象的纯粹表象的兴趣，不涉及对象的实际存在和实用价值，是完全无利害的，因而是自由的。由此可见，"无利害性"主要是对主体某种意识指向的质的规定，它是指一种特殊的知觉方式，并在这种意识作用之下，形成主体与客体表象之间纯粹的观赏关系。这就是审美的最重要的特征之一。所有这些都意味着，"无利害性"是康德建立审美理论的重要基础。总之，在西方现代美学中，"审美无利害性"是审美特殊性最基本的规定，它是区分审美与非审美的根本界限。具体到文学艺术而言，它是文学艺术之为文学艺术的根本性特征，使文学艺术与现实、功利、政治、道德等区别开来。

我们上文曾经指出，中国古代的文学观是一种"杂文学观"。"文"（并非"文学"）的范围十分广泛，并且，出于各种各样实用目的的应用文所占的比重相当大。它们显然无法用"审美"范畴去概括。从历史上看，与这种"杂文学观"对立的"纯文学观"正出现在20世纪之初，并且是在引进西方美学特别是"审美无利害性"命题的基础上产生的。完成这一范式转换历史任务的是王国维、鲁迅、周作人、朱光潜等人。他们正是在引进西方美学理论的基础上，初步完成了中国审美文论范式的建设。我们所说的审美文论范式的引进形成期的工作，主要就是指他们的学术努力。

王国维在康德、叔本华美学思想的基础上提出："美之性质，一言以蔽之曰：可爱玩而不可利用者是已。虽物之美者，有时亦足供吾人之利用，但人之视为美时，决不计及其可利用之点。其性质如是，故其价值亦存于美之自身，而不存乎其外。"（《古雅之在美学上之位置》）这是中国学者对于"审美无利害性"命题的最早表述。以这种美学观念为基础，王国维不再从文章与社会的功能关系角度来论述文学的价值，而是从艺术与人生关系的角度来论述艺术的价值。他认为，包括文学在内的一切艺术的功能，在于"描写人生之苦痛与其解脱之道"（《〈红楼梦〉评论》）。从描写人生出发，他反对用经世致用的观点来看待文学，提出文学的目的在于直接把握人生的真理。他还吸收了西方的"游戏"说,明确提出文学是"游戏的事业",认为"一切学问皆能以利禄劝,独哲学与文学不然"。如果哲学家以"政治及社会之兴味为兴味",那么,他所从事的就"决非真正之哲学"。文学亦然,"餔餟的文学,决非真正之文学"(《文学小言》)。综合这些论述可以看到,王国维从文学的性质、功能、价值、起源等方面进行论述,从而建立了一整套崭新的文学观。

王国维的思想在当时有一定影响,鲁迅与周作人兄弟接触到他的思想并真正理解了它的内涵。鲁迅在其早年论著中多次肯定文学的审美特性,拒斥从功效的角度看待文学,并最早提出了"纯文学"的概念。他说:"由纯文学上言之,则以一切美术之本质,皆在使观听之人,为之兴感怡悦。文章为美术之一,质当亦然,与个人暨邦国之存,无所系属,实利离尽,究理弗存。"(《摩罗诗力说》)"美术之中,涉于实用者,厥惟建筑。他如雕刻、绘画、文章、音乐,皆与实用无所系属者也。""顾实则美术诚谛,固在发扬真美,以娱人情,比其见利致用,乃不期之成果。沾沾于用,甚嫌执持。"(《拟播布美术意见书》)鲁迅这里所看重的,是文学的"不用之用"。其胞弟周作人,在比较了西方的诸多文学观念之后,采纳了美国人宏德的文学理论,提出:"文章者,人生思想之形现,出自意象、感情、风味,笔为文书,脱离学术,遍及都凡,皆处领解,又生兴趣者也。"(《论文章之意义暨其使命因及中国近时论文之失》)把文学视为人生思想感情的形象表现,是典型的 20 世纪文学观念。需要补充说明的是,王国维及周氏兄弟所使用的概念尚未完全规范,比如用中国古代的"文章"来指称"文学",而将"艺术"称为"美术"(系英语 fine art 的直译)。这反映了在新的文论范式建立初期新旧交替的痕迹。

王国维等人还只是用单篇论文的形式来进行审美文论的研究，朱光潜则用专著系统地阐述审美文论。仅就表层来说，朱光潜的《谈美》（1932年）和《文艺心理学》（1936年）属于美学专著（朱光潜说前者是后者的缩写本），但是，朱光潜本人也指出，其对象是"文艺的创造与欣赏"（《文艺心理学·作者自白》），而不是"美的哲学"。所以，将它们视为审美文论的典型代表更加确切。《谈美》认为世界只是一个密密无缝的利害网，一般人不能逃脱这个圈套，美感的世界则纯粹是意象的世界，超乎利害关系而独立，审美和艺术能够使人超越利害关系。《文艺心理学》提出人与动物的不同在于人具有"反省的本领"，它用之于美感的方面则为康德所说的"无所为而为的观赏"（disinterested contemplation）。这种强调艺术的审美功能的主张与王国维一脉相承，是中国20世纪审美文论范式的一个突出特点。

还需要指出的是，在王国维等人的努力过程中，中国学术的思维方式也发生了根本性的变革。中国传统文论的基本特点是零碎、散乱，重直观感悟而轻理性思辨，系统性不强。但是，自《〈红楼梦〉评论》《摩罗诗力说》以来，理论的系统性、思辨性大大加强了，特别是《文艺心理学》以长篇专著的形式，建立了一个现代理论模型，逻辑严密，分析性增强，这都是中国古代文论所未曾有过的。朱光潜的理论语言也为人称道，明白畅达，说理透彻，从来没有任何故弄玄虚的成分，这也是古代文论的玄奥所无法比拟的。因此，我们说，到了朱光潜这里，中国古代文论已经初步完成了现代转型。这一判断当是符合历史实际的。

绪论 化解传统与现代的对立紧张

20世纪的审美文论范式从诞生的那天开始，就是在对功利性文论的批评中展开的。王国维不仅多次批评中国古代过于重视文学的社会功能，从而导致文学的不发达，而且对当时主张文学为改造社会服务的梁启超的文学理论也颇多微词。但是，又应该看到，包括王国维本人在内，美学家们都很重视文艺的为人生服务的功能。单个的人都是生存于特定社会之中的，一旦人生与社会问题发生联系时，文艺就从根本上不可能脱离社会了。特别需要注意的是，对于20世纪的中国人来说，在追求艺术现代性的同时，政治的现代性追求也是有关生死存亡的事业。正如有的学者所总结的那样："政治与艺术的双重现代性追求构成了五四时期新文学理论的内在张力与冲突，它导致了新文学理论作为'工具论'与'自主论'的悖论式存在。五四新文学理论这种双重现代性追求，影响到整个20世纪中国文学艺术及其理论的发展走向。"[①] 中国20世纪上半叶独特的社会进程，根本无法容忍文艺独立于社会之外而自主。抗日战争、解放战争都将文艺卷进战争洪流，促使人们把过重的功利目的赋予了文学，使文学成为一个特殊的工具。这样，"工具论"必然压倒"自主论"乃至完全主宰整个文学理论，文艺的审美特性就无法不隐没乃至消失。在"文化大革命"中，"工具论"统治着文艺界，直到1978年以后的"新时期"，这一阶段，我们称为审美文论隐没衰退期。

中国20世纪最后的20多年，是审美文论的复兴发展期。这一历史进程开始的突破口，是对于文艺与政治关系问题的讨论。1980年，邓小平代表党中央，提出了"不再继续提文艺从属于政治这样的口

[①] 余虹：《五四新文学理论的双重现代性追求》，载《文艺研究》2000年第1期。

号",这促成了新时期文学观念的一次较大的松动。此后,"审美"这个术语开始大量涌现,许多学者经常直接把"美"或"审美"视为"文学特性""文学性""文学的艺术性",把"美的规律""审美规律"等同于文学的特殊规律。刘再复1980年发表的《论文艺批评的美学标准》一文认为,艺术是一种创造性的审美活动,艺术创作的特殊规律就是"美感的规律",也就是必须按照"美的规律来创造具备美的特征的作品"。① 这实际上就是将文学活动当作一种审美活动,认为文学无非是对现实美的反映和对文学美的创造。新时期以来,文学审美论的最重要的理论成果,是以钱中文、童庆炳为代表的"审美意识形态论",以及王元骧的"审美反映论"。这两者既有内在联系,又有细微区别,有些时候两者是混同的。

以上,我们十分粗略地叙述了审美文论范式在20世纪的发展历程,从中可以看到,审美文论是在"功利"与"无利害"、"工具"与"自主"、"政治"与"艺术"等一系列的紧张与冲突中展开的。世界性的"现代性方案"因为中国独特的历史进程而呈现出独特的面貌,"现代性方案"中原本就包含的社会(政治、经济等)与审美(艺术)的冲突,也在中国得到了独特的展现。因此,我们有理由说,中国20世纪的历史是世界历史的重要组成部分,中国的问题大大地世界化了。着眼于中国传统与现代的关系,可以发现:传统文论中的审美因素,有一部分已经被整合到了20世纪审美文论当中,比如,王国维、朱光潜都曾大量引用中国古代文论的相关内容。但是,显示传统因素的潜在而巨大延续性的,无疑是功利性或曰"工具论"文论,并且,这种

---

① 刘再复:《论文艺批评的美学标准》,载《中国社会科学》1980年第6期。

文论与古代的"工具论"相比有过之而无不及。从梁启超的小说理论开始，文学多次被赋予救国救民的重任，甚至成为"打击敌人、消灭敌人的武器"。结束战争之后进入和平年代的极"左"时期，文学照样是消灭"敌对"的锐利武器。我们或许可以说，这是中国古代功利性文学观念的恶性、畸形发展。出于这种考虑，当我们说中国古代文论传统在20世纪"中断"时，需要慎重再三。文化人类学家将传统区分为"大传统"与"小传统"两种。前者指精英知识阶层构成的传统，它主要体现为一系列的经典文本，文本的湮没就意味着传统的灭绝；后者指民间习俗构成的传统，当习俗控制下的生活方式没有发生根本变迁时，这种传统就将延续不已。用这一理论来观察中国20世纪就会发现："大传统"时有延续，其言论不绝如缕地出现在各个时期，尤其是在世纪的两端曾大量出现；而"小传统"很难说有什么根本性的变革，变革的迹象只不过发生在世纪末期的经济浪潮中。这是我们在思考中国古代文论的现代转换时所不能忽视的。

在简单地勾勒了20世纪审美文论的粗线条之后，以"文心三角"为视野对20世纪文论进行扫描，又会看到什么样的理论景观呢？

我们上文曾指出，中国古代"心论"的第一层内涵实际上就是"人论"，即对人之为人的设定，由此我们可以观察20世纪的"人论"流变。古代的"体论"包括体裁及其规格要求（或者说风格）两层意义，我们不妨名之为"审美形式"，以之来观察20世纪的文体论。古代"心论"中对于心的状态、成分的论述与古代的"意论"内涵一致，它与"意论"一起探讨的实际上是作家的心灵世界；古代"象（物）论"所讨论的是文章表达的对象，它构成了作品的内容，我们不妨名之为"文学对象";古代最狭义的"文(言)论"实际上是"语言论",它所关心的是语言与作家心灵世界的关系、语言的表达性能等,20世纪同样有着丰富的文学语言论。因此,以"文心三角"为视野来观察20世纪文论,实际上就是从"人论"、审美形式、作家心灵、作品对象、文学语言等五个方面来梳理20世纪文论。只不过"文心三角"的存在,时时提醒我们注意这五个方面的内在联系,而不至将它们割裂开。

首先来看"人论"。

我们常说"文学是人学"。其实这句话过于含糊,因为哲学、宗教等也都是"人学",思考研究的对象无非是人。不过,"文学是人学"的说法对于我们思考文学还是有帮助的。从"人学"的思路出发,我们可以断定,每一种文学范式的核心都是文学观念,而文学观念的核心又是对人的设定,即对"什么是人"这一问题的回答。中国古代"人论"的突出特点是将仁性视为人的自然天性,并以此来强调人的道德意识是人之为人的根本标志,其代表性言论如孟子所说:"无恻隐之心,非人也;无羞恶之心,非人也;无辞让之心,非人也;无是非之心,非人也。"《礼记·冠义》讲得更简明:"人之所以为人者,礼义也。"20世纪的"人论"则大大突出了人的自然属性、人的审美性,并空前绝后地突出了人的阶级性。令人惊异的是,在20世纪的"人论"中,自然性与审美性往往是一体的,它们共同成为人的阶级性的对立面。

王国维受叔本华影响,将人生的本质归结于生命欲望,认为难以完全满足的生命欲望经常使人处于痛苦状态。而"美术之务,在描写人生之苦痛与其解脱之道，而使吾侪冯生之徒，于此桎梏之世界中，离此生活之欲之争斗，而得其暂时之平和。此一切美术之目的也"（《〈红楼梦〉评论》）。这样，人的自然性与审美性便成为人生两个最重要的构成因素。周作人的《人的文学》首先批判了中国古代的"人论"，然后将人定义为"从动物进化的"。一方面强调人的"动物性"，认为人是动物之一，其生活与别的动物并无不同，因此，人的一切生活本能都是美的、善的，应当得到满足；另一方面又强调人的"进化性"，承认人具有"改造生活的力量"，进而达到"高上和平的境地"。这两方面的结合，就是周作人所说的"灵肉一致的生活"。为此，他批判了古代的"礼法"，认为正是礼法使人成为"非人"。由此可见，其"人论"与古代"人论"是完全对立的。周作人的"人的文学"观念是五四新文学运动的主导观念之一，它标志着中国"人论"的重大变迁。

随着阶级斗争的空前加剧，国内产生了一场关于"文学阶级性"的论争，其"人论"实质在于是否承认"人的阶级性"和"普遍的人性"。鲁迅等人从人的阶级性出发论证文学的阶级性，而梁实秋则认为，文学的价值在于它所表达的是普遍的人性。论争的结果是，主张人的阶级性的一方占据了主导地位。而在极"左"年代，"阶级性"成了人的唯一属性。典型如《红灯记》的故事，维系铁梅一家祖孙三代的不再是正常的血缘关系，而是共同的阶级仇、阶级爱。

极"左"时期一结束，"人性"这个禁区重新开放，人们重新以人的眼光审视和描绘人的世界。一开始，学术界小心翼翼地在人的"阶级性"之外为人寻找其他属性。如刘敏中在1979年发表文章，认为人不光是阶级的，而应该是包括阶级性、社会性、自然性在内的整体；

朱光潜的《关于人性、人道主义、人情味和共同美问题》一文，把人性归结为人类的自然本性，把人性与阶级性的关系说成是共性与特殊性或全体与部分的关系，并认为马克思《1844年经济学哲学手稿》整部书的论述就是从人性论出发的。① 此后，学术界公认"人性与阶级性是有区别的"，并讨论了人是不是马克思主义的出发点，文学是不是"人学"，人道主义是不是社会主义文学艺术的指导原则等问题。总之，新时期之初，文艺界首先追问的是人本身，突破了"阶级人"的局限，并通过对马克思《1844年经济学哲学手稿》的讨论，将人的生产与美的创造联系在一起，从而促成了新时期审美文论范式的复兴。因此，可以说，没有新时期的"人论"，就不可能有新时期的审美文论范式。以倡导"文学主体性"著称的刘再复的主张就是"构筑一个以人为思维中心的文学理论与文学史研究系统"。在刘再复这里，"人"与"人的主体性"是同义语。② "文学主体性"高扬人性与人的主体精神，倡导人的自我独立，要求无限地释放人的精神主体的主观能动性，所反对批判的是机械唯物论。就其"人论"底蕴来说，它所说的人的主体实际上不是社会的、实践的人的主体，而是一种精神现象，是一种与社会历史脱离的、天然自足的、具有无限能动性的自我心灵的主体性，是一种自在的普遍之爱的精神。

与20世纪"人论"紧密相关的是文体论。我们上文曾指出，中国古代文体论具有浓厚的礼学色彩，文体实际上是社会礼仪在文章写作活动中的具体化，同时也是"人之所以为人者，礼义也"这个论断的

---

① 朱光潜：《关于人性、人道主义、人情味和共同美问题》，载《文艺研究》1979年第3期。
② 刘再复：《论文学的主体性》，载《文学评论》1985年第6期。

具体化。周作人的"人的文学"斥中国古代礼法为"非人",是从"人论"的角度对古代礼义的否定,也是对明末公安派"独抒性灵,不拘格套"主张的继承。古代文体被周作人视为陈旧的"格套"而被抛弃。但是,20世纪文论并非完全忽视文体,而是以现代文体格局替代了古代文体格局。具体地说,就是将诗歌、散文、小说、戏剧四种文体视为"纯文学"文体,而将这四者之外的文体归入应用文,认为它们不再是文学理论的研究对象,而是写作学或文章学的研究对象。简单说来,20世纪上半叶是现代文体格局的形成期,文论所关注的主要是各种文体自身的规范问题,诗歌由古典诗演化为白话诗(当然,有诸多学者探讨过白话诗的现代格律),小说挣脱古代的卑微地位而成为文学主流,戏剧出现了话剧这一现代剧种。散文的内涵虽然宽严不一,所涵盖的范围不尽一致,但大致是确定的。标志现代文体格局形成的,是于1935—1936年出版的《中国新文学大系》。全书分为十大卷,除第一卷《建设理论集》、第二卷《文学论争集》、第十卷《史料·索引》外,第三卷至第九卷共7卷,分别为小说一、二、三卷,散文一、二卷,《诗集》,《戏剧集》,所选文体正是现代文体格局中的四种类型。中华人民共和国成立后的文学理论完全延续了这一文体格局,吴调公于长江文艺出版社出版的专著《文学分类的基本知识》(1959年第1版,1982年第2版),就主要介绍了这四种文体的分类知识,诸如每一类的特征及其更细致的分类等,但并没有对文体进行深入的理论探讨。同时,由于受当时通行的内容、形式二分论的影响,体裁被视为决定于内容的"形式",它是作品的感性外观和表现手段,是为表达作品的内容服务的,从属于内容而没有独立价值。如果要讨论"形式美",将会被扣上形式主义的大帽子。

这种情况到了20世纪80年代发生了重大变化。新时期文学审美论在对文学作品进行审美理解时,将作品的审美特性和审美价值集中在"审美形式"上,甚至认为形式才是文学的"本体",从而颠倒了过去的内容、形式关系论。比如林兴宅提出,文学作品因为具有美的形式而成为审美对象。作品由由表及里的三个审美层次构成:语言形式、历史内容、象征意蕴,文学作品的历史内容"被包裹在美的形式之中"。① 张毅的专著《文学文体概说》(中国人民大学出版社1993年版),在西方语言哲学、语言学的影响下,提出文论的重心应该落在文体上,文学文体学是文学研究的新途径。该著认为文学文体使文学的特质得以呈现。这是具有开拓意义的论断。但是,它似乎又混淆了文学文体与文学两个概念,理论逻辑不甚清晰。童庆炳主编的"文体学丛书"从理论上对文体研究进行了真正突破。王蒙在该丛书的《序言》中提出:"文体是个性的外化","文学观念的变迁表现为文体的变迁","文体是文学的最为直观的表现"。童庆炳在丛书之一、他自己所著的《文体与文体的创造》中,对文体下了一个新的定义:"文体是指一定的话语秩序所形成的文本体式,它折射出作家、批评家独特的精神结构、体验方式、思维方式和其他社会历史、文化精神。"② 该书还在借鉴中国古代文体论和西方文体论的基础上,将文体视为一个由体裁、语体、风格三个层次构成的系统,进而探讨了形成文体的原因、文体的功能、文体的创造等问题。值得注意的是,该著对中国古代文体论

---

① 林兴宅:《文学作品的审美层次与文学欣赏的心理过程》,载《福建论坛》(人文社会科学版)1985年第1期。
② 童庆炳:《文体与文体的创造》,云南人民出版社1994年版,第1页。

多有借鉴，其文体三层系统说就是对古代文体论的直接继承和发挥。①上海人民出版社1996年出版的赵宪章主编的《西方形式美学——关于形式的美学研究》一书，如其书名所显示的，是从美学的角度对形式进行系统研究的专著。该书提出了"形式美学"的概念，重点梳理了西方两千五百年间的形式美学，对理解把握形式的美学本质具有重要价值。

文体不仅是文学审美形式最主要的表现，也是我们理解文学本质的关键。在我们看来，文学可以概括为"以语言为媒介对社会生活的审美反映"。而所谓"审美反映"，首先是对社会生活的"审美形式化"，它意味着从审美的角度观照人的生存状态，展现人的生存处境，进而反思生命的意义与价值。因此，审美形式上承人的观念，下启作家的审美意识、审美态度，同时还决定着社会生活以何种方式、何种面目进入文学，成为文学的表现对象或作品内容。从逻辑顺序来说，作家在一定的人的观念的导引下观察社会人生（人论），将社会生活审美形式化（体论），由此产生作家的心灵世界（意）和文学的对象世界（物）。因此我们认为，"意"与"物"是同时产生的，它们之间的关系是文学理论需要关注的另外一个重点。纵观20世纪的意、物论，我们可以将之概括为"意物均衡""物长意消""意长物消"三个阶段，对应审美文论范式在20世纪的三个阶段。

在王国维与朱光潜那里，意、物关系是比较均衡的。他们一般不

---

① 童庆炳：《文体与文体的创造》，云南人民出版社1994年版。"文体学丛书"除童著外，还包括罗钢的《叙事学导论》，王一川的《语言乌托邦——20世纪西方语言论美学探究》，陶东风的《文体演变及其文化意味》，蒋原伦、潘凯雄的《历史描述与逻辑演绎——文学批评本体论》。

认为由意决定物或由物决定意。如王国维《人间词话》提出："大诗人所造之境，必合乎自然，所写之境，亦必邻于理想。""自然中之物，互相关系，互相限制。然其写之于文学及美术中也，必遗其关系、限制之处。故虽写实家，亦理想家也。又虽如何虚构之境，其材料必求之于自然，而其构造亦必从自然之法则。故虽理想家，亦写实家也。""理想"近于"意"，"自然"近于"物"，王国维从虚构与材料的角度谈二者的关系，实质上可视为意、物均衡论。朱光潜受王国维的影响很大，其《文艺心理学》提出："美不仅在物，亦不仅在心，它在心与物的关系上面。"① 这虽然主要是论美，但由于其论旨在于文艺，所以可视为文学上的心（意）、物关系论。在朱光潜写作《文艺心理学》的时期，以鲁迅、茅盾为代表的"写实派"重在物的一面，而以郭沫若、郁达夫、成仿吾为代表的"浪漫派"重在意，两派处于对立互补的态势。随着马克思主义文艺理论在中国的传播发展，以强调物的决定地位为特征的现实主义文论逐渐成为主流，文学理论的基本走向是"意消物长"，但并没有完全忽视作家的主观创造性；在当代的认识论文学理论中，意却只不过是"世界观"或"政治性"的代名词，作家的主观能动性、丰富的心灵世界基本上是被贬斥的，可谓畸形的"唯物"时期。

出于对机械唯物论的反驳，新时期的文学理论一开始曾经出现"重意轻物"的倾向。徐敬亚在《崛起的诗群——评我国诗歌的现代倾

---

① 朱光潜：《文艺心理学》，载《朱光潜全集》第一卷，安徽教育出版社1987年版，第346页。

向》中提出的"表现自我说"①、刘再复的"文学的主体性"理论,都走向了高扬作家主体而忽略客观社会生活的一极。不过,这两种提法都受到了各种批评,使学术界从学理上认识到过分强调主体一极的片面性。尽管如此,"意长物消"仍然是新时期文学理论的主要趋向,这种趋势一方面体现在审美反映论中,另一方面体现在文艺心理学中。认为文学是对社会生活的形象反映,社会生活处于决定性地位的文学理论,实际上混淆了"社会生活""文学反映的对象""文学内容"三个大有差异的概念。"社会生活"是客观本原的,而"文学反映的对象"却是被具有审美意识的作家观察到、捕捉到的东西,"文学内容"更是被审美形式化了的深细加工之产物。因此,这三个概念从前到后逐渐突出了作家审美意识的重要性。审美反映论的突破口正是强调作家心灵的重要功能,如钱中文所说在审美反映中,主体在自身的感受与感情的激荡之中,整体地观照现实生活,描绘生活的各个方面,这一过程的特点是,在把握现实生活的过程中,把处于激荡中的主体的感受、感情以及他的认识,融合在一起,从而赋予这一反映及其对象以浓烈的主观色彩,同时通过这一方式,来显示出事物的客观性特征。正因为这样,钱中文认为从现实生活到心理现实,再到"审美心理现实",作家个人所选择的感情、思想与评价起了决定性作用。在"内容与形式的结合体"这个审美心理现实中,艺术所特有的感性层面和形式因素被突出了出来;"审美心理现实"是作家主体在心理现实基础上

---

① 徐敬亚:《崛起的诗群——评我国诗歌的现代倾向》,载《当代文艺思潮》1983年第1期。

进行的审美建构。① 王元骧的审美反映论则突出了价值论色彩,他说:"文学虽然是现实生活的反映,但它不是以认识的心理形式,而是以情感的心理形式来反映生活的。感情不同于一般的认识活动,它作为人们对客观事物的一种态度和体验,是'需要的主体与对它有意义的客体的关系在他头脑中的反映'(彼得罗夫斯基主编《普通心理学》第十四章)。所以它反映的不纯粹是客观事物的属性,而是客观事物对于人的意义以及以情绪体验的形式所表现出来的人们对它的认识和评价。"②这就强调了人对于对象的意义关系,主体的价值观念占据了首要位置。与审美反映论相呼应,新时期的文艺心理学研究也突出了作家主体心灵的重要性。金开诚于1982年在北京大学出版社出版的《文艺心理学论稿》,将心理学这门一度被取消的学科用于文学研究,在此前的文论模式"生活—文艺"中间增加了一个中介:"艺术家",使文论模式变为"生活—艺术家—文艺"三环,并用"自觉表象运动"这一公式来说明文学创作和欣赏。鲁枢元于1985年在黄河文艺出版社出版的《创作心理研究》,则论述了作家的"情绪记忆"和"创作心境"的重要性,这无疑更加突出了作家心灵世界的地位。限于篇幅,这里不再详述。

最后是文学语言。20世纪之初的新文学运动有两个中心:"活的文学"与"人的文学"(胡适语)。所谓"活的文学"就是文字由文言变为白话,文学的表达工具发生了空前变革。正因为这个变革在中国历

---

① 钱中文:《最具体的和最主观的是最丰富的——审美反映的创造性本质》,载《文艺理论研究》1986年第4期。
② 王元骧:《反映论原理与文学本质问题》,载《文艺理论与批评》1988年第1期。

史上是空前的，所以，20世纪的前几十年围绕着文言与白话的关系、白话与文言的难易、如何规范白话等问题，展开过许多讨论。因此，文学语言问题主要表现为"语文"问题。在当代的文学理论中，语言似乎并没有被完全遗忘，"文学是语言的艺术"的命题、高尔基关于语言是文学"第一要素"的论断，都曾出现在当时的文学理论教材中。但是，当时普遍认为，语言只不过是表达意义的工具，语言问题在当时是属于"形式"方面的，在与内容的关系中，处于从属的、被动的地位；关于文学语言的研究，主要停留在修辞技巧层次上。这种情况在新时期的最初几年并没有改变，但在20世纪80年代中后期，学者们纷纷对语言进行研究，提出了"文学言语学""语言本体论"。

以研究文艺心理学见长的鲁枢元，于1985年率先发表《试论文学语言的心理机制》，又于1990年出版《超越语言——文学言语学刍议》一书，提出了建立"文学言语学"的构想。该著针对西方结构主义语言学的缺陷，刻意突出了文学言语的"个体性""心灵性""创化性""流变性"，认为生命、言语、诗性原本是三位一体的东西，文学言语远不只是文学的"工具""媒介"，它本身就是文学的内容构成、文学的生命所在、文学的整个世界。这是一种极富本体论色彩的文学言语观。[①] 李劼于1987年发表《试论文学形式的本体意味》，以先锋小说为例，提出文学作品在本质上是"文学语言的生成"[②]。同年，另两位学者则明确提出："语言的文学功能不在于作为载体的传达，而在于作为

---

① 鲁枢元：《超越语言——文学言语学刍议》，中国社会科学出版社1990年版。
② 李劼：《试论文学形式的本体意味》，载《上海文学》1987年第3期。

本体的表现。"①《文学评论》1988年第1期以"语言问题与文学研究的拓展"为题发表了一组笔谈,语言本体论被大大推进了一步,有的讨论一直持续到20世纪90年代中期。概括地说,语言本体论的主要观点有三:其一,从语言与人的关系上看,人的生命是一个语言过程,人自身的意义由语言建构,语言是人的存在方式,不是人说语言,而是语言说人,语言规范、决定、支配、控制着人的感知、行为、价值观念,语言对于人类生存具有本体意义;其二,从语言与世界的关系来说,世界的意义是由人类用语言建构的,因而世界就是语言的世界,语言之外一无所有;其三,从语言与文学的关系来说,语言研究是文学研究的立足点和出发点,语言是文学世界存在的本体依据,文学的所有特性都可追溯到语言,只有文学才是人类"本源性"的语言家园。总之,语言本体论强调语言是"第一性的、本源性的",语言是"思考诗乃至人的逻辑上和时间上都在先的起点",语言"足以完整地取代和覆盖整个世界和人自身",语言之外无意义,语言之外无世界。②这种理论对于语言地位的强调无疑是空前的,不管从学理上看它有多少讲不通的地方。语言本体论标志着文学研究中语言意识的充分自觉,其成果是不容忽视或低估的。

以上,我们以"文心三角"为观察视角,粗略地梳理了20世纪的文学理论。并且,在梳理历史的同时,也初步阐明了"文心三角"五要素的逻辑联系,并将侧重点放在了审美文论范式上。如果我们用

---

① 唐跃、谭学纯:《语言功能:表现+呈现+发现——对"语言是文学的表现工具"的质疑》,载《文艺争鸣》1987年第5期。
② 参见刘大枫《新时期文学本体论思潮研究》第四章《语言本体论》,天津社会科学院出版社2000年版。

"文心三角"这张"网"所"打捞"的是20世纪文学理论的精华的话，那么，我们似乎可以认为这一理论模型是可能成立的。就目前的论旨来讲，这一模型可以完成化解古代"杂文学文论范式"与20世纪"纯文学文论范式"之间紧张关系这一艰巨任务。因为，它以"问题"的方式将古今贯通了起来：古代"人论"所重视的人的道德性无疑可以与人的自然性、审美性并行不悖；古代的文体论也被今天的文体论所借鉴、吸收、整合；古代的意、物（象）、文（言）关系论，也毫无疑问可以成为今天的理论资源，在有的论著中甚至成为理论框架，如王岳川《艺术本体论》第五章《作品本体：文学本文层次论》中，就曾用"言象意的美学逻辑"来概括分析"艺术作品层次"。[①]

哈贝马斯在论述"现代性"与"后现代性"的关系时，曾经提出，"现代性"是一个"尚未完成的方案"。我们这里借用这一说法而提出：中国20世纪的"纯文学文论范式"同样是一个"尚未完成的方案"。在一些最基本的问题上，诸如对"审美无利害"命题的反思（对文学本质的重新思考），文学理论作为一门人文学科的基本问题（它与美学、文艺美学的关系与边界），等等，目前中国文学理论界并未取得共识。在完善这一"现代性方案"的过程中，中国古代文论还将继续充当理论资源，并且为中国文学理论的"民族特色"发挥无法替代的作用。在全球化的时代语境中，民族文化传统是一个民族进行文化认同、建立文化身份（英语中的identity兼有"认同"与"身份"二义）的基础。这就要求我们，在注意文学理论的世界性（普适性）的同时，也要注意它的民族性。在这种意义上来说，古代文论的作用是无法替代的。

[①] 王岳川：《艺术本体论》，生活·读书·新知三联书店上海分店1994年版。

五、统会问题、适度诠释和抽象继承

建立科学性与价值性相统一、世界性与民族性相统一的文学理论，应该成为我们自觉的学术目标。为了接近这一目标，我们应该做到古今贯通、中西贯通。学术界提出的"综合创新论"是一种较为恰当的主张，我们认同这一主张。但在具体的学术操作上，我们还想提出一些"综合创新"的操作原则或程序。它们是：统会问题、适度诠释、抽象继承。考虑到《文心雕龙》在古代文论中的突出地位，我们就结合《文心雕龙》的当代研究，特别是王元化的研究名著《文心雕龙创作论》，来对这三个原则分别进行一些说明。

从《文心雕龙》问世至清末的一千多年间，许多典籍曾著录其书目，也有一些征引和品评，但无系统研究。20世纪上半期，《文心雕龙》的研究已从评点序跋式的泛泛涉猎走向整体全面的研究，由随感性的批点深入到理论的探索。特别是20世纪后期，《文心雕龙》研究已经成为一门独立的"龙学"，发展成一门有校勘、考证、注释、今译、理论研究，并密切联系着经学、史学、子学、佛学、玄学、文学和美学等复杂的系统学科。在这种情况下，如何研究《文心雕龙》就有一个基本的出发点问题。

西方哲学诠释学提出了诠释者的"期待视野"问题，认为每一个诠释者的诠释活动都有其特定的动机与目的，或者说学术兴趣、学术追求。它可以侧重同一个历史文本的某一个方面，例如，侧重从文学理论角度来研究《文心雕龙》的理论内涵。王元化的名著《文心雕龙创作论》就是这样，其"期待视野"是具有普遍意义的"文艺规律"，特别是"文艺的特征"问题。其研究针对中国极"左"时期文艺理论领域内的庸俗社会学倾向，认真思考艺术的本性、艺术的特征这个根本问题，通过对《文心雕龙》中关于创作经验的论述的阐发，完成了富有创造性色彩的艺术特征论的构架。围绕艺术特征这个中心，《文心雕龙创作论》探索了八组审美范畴：审美主体—审美客体关系（心物交融说）、思想情感关系（情志说）、表象—概念关系（拟容取心说）、艺术材料—艺术想象关系（杼轴献功说）、艺术整体—部分关系（杂而不越说）、自觉非自觉关系（率志委和说）、创作过程三步骤（三准说）、风格—个性关系（才性说），从而全面地论述了艺术的特征这一重大理论问题。① 我们把这种研究方法称为统会问题。王弼《周易略例·明象》有言："物无妄然，必由其理。统之有宗，会之有元，故繁而不乱，众而不惑。"② 我们这里借用王弼的"物"代指纷繁的学术问题，以诠释者所期待解决的理论问题为"统会"学术问题的"宗元"，学术研究正是一个"统会"——发现"理"的过程。在我们看来，真正的学术进步只能是学理的向前推进，王元化先生的《文心雕龙创作论》可谓这方面的一个成功范例。

《文心雕龙》作为一个"历史文本"，研究过程中又有一个历史问题。历史的态度，校勘、考证、注释等文献清理工作，无疑是最基本

---

① 参见王瑶主编《中国文学研究现代化进程》，北京大学出版社1996年版，第588—602页。

② 王弼著，楼宇烈校释：《王弼集校释》，中华书局1980年版，第591页。

的研究前提。这样，《文心雕龙》的"原貌"是值得充分尊重的，所有的理解和评价都不能不考虑这一前提。西方诠释学兴起后，历史文本的"原貌"成了一个大问题，因为每一个诠释者都有自己的"前理解"，对历史文本的"误解"似乎也是合法的。但是，如果将这一点过分夸大而走向极端，便会导致过度诠释，最终丧失历史研究的历史意义而成为随意发挥，历史也将不复存在。有鉴于此，我们提出适度诠释原则，强调历史意识在历史文本研究过程中的重要性，所有的阐发必须以历史文本为基础，符合历史文本的实际情况。王元化先生的《文心雕龙创作论》对于这一点有着清醒的认识。王元化先生指出："我国古代文论具有自成系统的民族特色，忽视这种特殊性，用今天现有的文艺理论去任意比附，就会造成生搬硬套的后果。在阐发刘勰的创作论时，首先需要以实事求是的态度揭示它的原有意蕴，弄清它的本来面目，并从前人或同时代人的理论中去追源溯流，进行历史的比较和考辨，探其渊源，明其脉络。"[①] 同时，王元化先生还意识到"用科学观点去清理前人理论是一项困难的工作"，不应该把用科学观点清理前人理论的方法和拔高原著使之具有现代化的倾向混为一谈，要做到恰如其分是很不容易的。这是严谨的学术态度。或许正因为如此，我们认为《文心雕龙创作论》的一些论断还有进一步讨论的必要。比如，王元化先生的学术研究旨趣，重在剖析《文心雕龙》中那些带有最根本、最普遍意义的艺术规律和艺术方法问题，这是无可非议的，但是，王著断定这方面的问题全部可以被纳入"创作论"，故而全书的释义以"创作论"为主要研究对象，这就引发了一个前提性问题：《文

---

① 王元化：《文心雕龙创作论》，上海古籍出版社1984年版，第95—96页。

心雕龙》一书的内容结构是什么？有没有所谓的"创作论"？王元化先生认为，《文心雕龙》一书主要包括三个部分，即总论、文体论、创作论，并且把创作论的范围限定为"自《神思篇》至《物色篇》"①。这就非常值得重新思考。这牵涉到对《文心雕龙》一书的性质、结构和基本思想等问题的理解，《文心雕龙创作论》对此没有作详细讨论。在这个前提性的问题上，笔者认为王运熙先生的观点最为允当，他指出，《文心雕龙》是一部"写作指导或文章作法，而不是文学概论一类的书籍"。这就是说，它近于今天的"写作学"或"文章学"，而不是"文艺学"。他认为《文心雕龙》的宗旨是通过阐明写作方法、端正文体，纠正当时的不良文风。全书前五篇是总论，"提出写作方法的总原则和总要求"；《明诗》至《书记》二十篇，是"各体文章写作指导"；《神思》至《总术》十九篇，是"写作方法统论，泛论写作各体文章都应注意的写作要求和方法"；以下五篇为第四部分，是附论。② 如果王运熙先生的观点更符合历史实际的话，那么，王元化先生《文心雕龙创作论》所言的"创作论"便有"过度诠释"之嫌。笔者认为，当代《文心雕龙》研究中的一个最普遍的失误是区分出"文体论"与"创作论"两部分，误以为"创作"与"文体"无关。笔者所要重点申明的一个基本观点就是：在刘勰的《文心雕龙》看来，文体是文章写作的首要的问题，没有文体就无所谓写作。当代"龙学"之所以对《文心雕龙》中所论述的文体与文章写作的关系重视不够，原因在于当代文

---

① 王元化：《文心雕龙创作论》，上海古籍出版社1984年版，第95—99页；又见作者《文心雕龙讲疏》，上海古籍出版社1992年版，第83—87页。后者是前者的修订本，篇幅略增，文字也略有出入。笔者认为书名的变化是一个很有分寸的修正。

② 王运熙：《〈文心雕龙〉的宗旨、结构和基本思想》，载《复旦学报》（社会科学版）1981年第5期。

艺理论相当忽视文体的理论研究。无论是对古代的文体论，还是对今天的体裁论，学术界都尚未做深入研究。王元化先生《文心雕龙创作论》，在涉及体裁的唯一的一个地方，还很快地将问题引向了所谓的"风格"问题。将文体（文章体裁）混同于风格乃至以"风格"论掩盖文体论，从理论根源上来看，在于英语的 style 既指文体，又指风格；而从理论现实来说，突出文艺的风格研究乃是对当代庸俗文艺社会学的理论反驳。王元化先生本人就在这方面做出过突出贡献，他的译著《文学风格论》（上海译文出版社 1982 年版），就具有这样的理论现实意义。但必须承认，以"风格"论取代中国古代的文体论，是一种过度诠释的行为。《文心雕龙创作论》有这方面的问题，而詹锳的《〈文心雕龙〉的风格学》（人民文学出版社 1982 年版），失误则更加明显。

既然《文心雕龙》是一部有关"文章学"或"写作学"的著作，而非"文艺学"著作，那么它对于今天的文艺学建设还有什么意义？也就是说，为什么可以像哲学诠释学所提示的那样把它当作文学理论来看待呢？王运熙先生曾涉及这个问题。他说："刘勰写此书时，视野开阔，不是就写作谈写作，而是系统广泛地评述了历代的作家作品，分析其成败得失，总结其经验；同时，书中谈写作，涉及不少重要的文学理论问题，往往展开论述，在总结过去文论的基础上提出自己的看法。这些内容不但见解精辟，并且比重也相当大，这就使此书成为古代文论中的巨著。"还说《文心雕龙》"系统研讨了不少文学理论问题，总结其经验以指导写作，因此具有很强的理论性"。[①] 笔者认为，王运熙先生对《文心雕龙》一书性质的论断，是"龙学"的一大学术

[①] 王运熙、周锋：《文心雕龙译注》，上海古籍出版社 1998 年版，"前言"第 6—7 页。

贡献，但是，他在这里的论述是有矛盾的。道理很清楚：刘勰并没有什么"文学"观念，所以不可能研讨什么"文学理论"问题。因此，王先生并没有阐明写作学（或文章学）与文艺学（文学理论）二者之间的关系，也就是没有讲清楚，为什么《文心雕龙》是一部文学理论巨著。在刘勰那里是不存在这个问题的，因为那时候并没有什么"文学理论"而只有文章学。20世纪学科区分日趋精细，在今天的大学课程中，既有写作课，又有文学概论课，二者并行不悖。但学术界似乎并没有对二者的区别与联系进行过较深入的理论探讨，我们这里也不拟深究。但是，我们认为，当代文艺学对于古代的写作学或文章学只能是一种抽象继承的关系。为此，我们提出古代文论现代转换的第三个原则：抽象继承。

抽象继承一说涉及一桩学术公案。1957年初，针对中国哲学史，包括中国传统文化要不要继承和如何继承的问题，冯友兰发表了《中国哲学遗产的继承问题》和《再论中国哲学遗产的继承问题》两篇文章，其基本观点被批评者概括为抽象继承法。冯友兰有感于中国的民族哲学和民族文化遭到普遍怀疑和全面批判的状况，首先提出中国哲学史上的一些命题具有两方面的意义：一是抽象的意义，一是具体的意义。哲学命题的具体意义也就是特殊意义，是指一个哲学命题的时代内容，它与哲学家所处的具体社会情况有直接关系。因为这些内容是具体的，因此可以随着时代的变化而变化，这对于不同时代的人来说是不能继承的；命题的抽象意义也就是一般意义，指在剔除了其具体所指之后所保留的超时代的内容。冯友兰以孔子的"学而时习之，不亦说乎"这句话为例，解释说，"学"的具体内容是《诗》《书》

《礼》《乐》等传统的东西，这是不需要继承的，因为当代人所学的不是这些东西；但如果从抽象意义看，这句话是说无论学了什么东西之后都要及时地经常地温习与实习，并从中得到快乐，这对我们现在还是有用的。冯友兰所关注的是对传统哲学的继承问题，他提出哲学命题的抽象意义可以继承的观点，是为了在更大范围内继承中华民族的文化遗产创造理论根据，抽象继承法就是对"怎样继承"这一问题的回答。尽管抽象继承法也有不太妥当的地方，在当时也受到了许多无端的指责和批判，但冯友兰在晚年认为其基本主张是可以成立的，并进行了更正和补充。他说："把哲学的继承归结为对于某些命题的继承，这就不妥当。哲学上的继承应该说是对于体系的继承。一个体系可以归结为一个或几个命题，但是，这些命题是不能离开体系的。离开了体系，那些命题就显得单薄、空虚，而且对它可以有不同的解释，容易作出误解。""无论是继承什么，总得分别那个东西的一般性和特殊性，你只能把它的一般性继承下来，至于其特殊性是不必继承也不可能继承的。"①

冯友兰对抽象继承法的理论剖析尚不够精细，我们还可以从诠释学的角度做出一点发挥。包括哲学经典著作在内的所有经典文本，都是从特定的立场、问题出发对特定的社会文化所作的认识、探索、反省，也就是说它必然具有历史时代性。那么，这些基于特殊性的文本如何显示出它超越时代的特殊性意义？它为什么能够与其他时代的社会生活相关联？为解决这个问题，当代诠释学家保罗·利科尔曾指出，对于文本可以有两种不同倾向的解读方式：一种是高度情景化（hyper-

---

① 冯友兰：《三松堂自序》，人民出版社1998年版，第271—272页、273页。

contextualisation）的解读方式，另一种是去情景化（decontextualisation）的解读方式。前者力图从作者所处的，也就是文本所由以产生的具体社会情景和脉络中来理解和把握文本，尽可能将文本还原为作者的言说，从而领会作者的本意；后者则与此相反，解读者倾向于从自身的问题关怀出发，超越产生文本的具体的社会情景和脉络，从中抽象出较普遍的、可以移植并洞亮其他社会情景的内在理路。后一种方式正是抽象继承。我们正是在这个意义上理解并接受抽象继承法的，认为这一方法是古代文论进行现代转换的不二法门。道理十分明显：古代文论所探讨的问题都有其特定的背景与对象，从而具有特定的内涵；今天的理论背景和对象已完全不同于古代，所以只能抽象继承。冯先生所讲的"对于体系的继承"尤其值得重视，因为《文心雕龙》相对于中国古代文论而言的突出特点在于它"体大"，也就是说它有一个完整的理论框架（体系）。今天的"龙学"所欠缺的也正在"体系继承"这一点上。中国古代文论作为一个整体是否有一个体系，学术界目前有不同的看法。如果有，那同样有一个体系继承的问题。我们认为，体系继承是古代文论现代转换的关键之所在。

在这里，有必要对傅伟勋先生的"创造的解释学"进行简单介绍。傅先生的"创造的解释学"共分五个步骤或程序，中间不可随意越级。（一）"原作者或原思想家实际上说了什么？"这必须通过扎实的考据功夫如考证、训诂、版本等方面进行历史还原。（二）"原作者真正意谓什么？"这需要通过传记研究、语言解析、论理贯穿、意涵挖掘等工作，挖掘原有文句所可能含藏的丰富意涵，尽量发现原有思想在语言表现上可能具有的多层语意。（三）"原作者可能说什么？"这必须通过哲学史的训练,体会原作者可能表达的思想。(四)"原作者本来应该说什么?"亦即假定原思想家今天还活着,他会如何看待自己的学说,如何回答今天面临的问题。(五)作为开创性的新思想家,最后要自问"我应该说什么?"此时已到了经由批判地继承开创新理路、新方法的地步。① 这一学说,是傅先生综合中国考据学、海德格尔的解释学、牛津日常语言学派,以及东西哲学史上开创性思想家们的思想之结果,对我们思考"中国古代文论的现代转换"论题,无疑具有重大的启示意义。我们这里所说的统会问题、适度诠释与抽象继承三条原则,也隐含着某些"创造解释"的意味,所以引述以资参证。

从以上的叙述可以看出,统会问题、适度诠释和抽象继承三个原则具有内在的一致性。我们将以自己探索的理论问题为诠释的期待视野,但决不能把古代文论中并不存在的理论问题强加给对象。我们在适度诠释的时候,着重于理解古代文论的思路和理论水平,从中得到价值观念的陶冶和理论启发,从而深化我们对文艺理论问题的思考,所谓"师其意不师其辞"。如果只局限于对古代文论的征引,像一些学者主张的所谓"用",那大概可以称为"具体继承",只不过是古代文论现代转换的表面化工作而已。在这三个原则当中,如果说适度诠释和抽象继承二者主要是面对历史的态度和方法的话,那么,统会问题面对的则主要是诠释者的主体性问题。古代文学理论作为历史上的理论形态,必然地具有两重相关的性质——历史性和理论性,因而当代研究的价值取向也有历史和理论两种。历史研究不但是理论研究的基

---

① 参见傅伟勋《从西方哲学到禅佛教》,生活·读书·新知三联书店 1989 年版,第 51—52 页。

础和前提，而且还有其自身的价值：满足人们了解历史真相的愿望。因此，无论如何也是不可轻视历史研究的。但是，从理论创造的角度来说，研究古代文论的主要目的则在于借鉴古代理论资源，创造今天的文艺理论。所以，理论问题意识是首要的，这包括研究者对于理想的文艺学形态的设想，对于文艺学元问题的设定，对于每一个子问题已经取得的科研成果和开拓方向的把握，等等。中国文论能否在世界文论界发出声音，并不在于中国人使用汉语还是使用英语，而是取决于中国学者能否提出具有普遍性意义的理论问题并对之进行创造性解决，这是中国文论走向世界的唯一途径。恰如胡经之先生所指出的：我们的文艺学，所患的并非失语症。即使失语，那根由也是在于缺少真正的研究，对研究对象无认识，说不出什么道理。目前更大的问题是空话症，废话多，玩弄新词，却不接触真正的问题。没有共同的问题，便无从与别人"对话"。对话的前提是自己的创新"独白"，沉思一些共同关切的真正问题，不是虚假的问题，才真有话可说，方能相互对话。[①] 因此，学术界在强调对中西理论遗产进行继承的同时，当代学者的真问题意识，对于真问题的创造性解决能力，似乎更应该得到突出强调。

傅伟勋先生发表于1984年的《批判的继承与创造的发展》一文有几句话，可以征引来作为我们的信条："现代中国哲学工作者必须关注哲学思想（在问题设定上）的齐全性，（在问题解决上）的无瑕性，（在解决程序上）的严密性，以及（在语言表现上）的明晰性。"[②] 这位

[①] 参见胡经之《胡经之文丛》，作家出版社2001年版，第77—78页。
[②] 傅伟勋：《从西方哲学到禅佛教》，生活·读书·新知三联书店1989年版，第268页。

站在"中国本位(专为中国哲学的继承与发展着想)的中西互为体用论"立场上的哲学家,痛感西方第一流哲学家,如亚里士多德或康德,都能注意到这四个方面,但反观传统中国哲学家,几无一人能设想得如此周到,所以才对中国哲学工作者提出了如上要求。笔者将努力遵照傅先生的原则:虽不能至,然心向往之。

第一章 文艺美学及其元问题

在现代性的主导观念中,"进步"与"发展"最突出地体现了现代人的乐观精神,于是新旧之别成为优劣之别:人们养成了"向前看"的思维定式,误以为新必胜旧。但是,正如哲学家斯特劳森所说:"哲学的进步是辩证的,其辩证性就在于,我们希望以一些新的、改进了的形式回归到古老的洞见。"因此,对于现代性必须进行必要的反思,中国古代文论的传统性与现代性的关系将是我们思考的意识背景。但是,这绝不意味着我们无条件地提倡与现代性相对立的传统性,任何形式的盲目的传统性,都是我们必须警惕或摒弃的。

任何学术研究都是在一定思想框架内对一定问题的探讨。因此,学术的进展(进步)主要体现为问题的转变和思想框架的转变。根据我们所主张的"统会问题"原则,我们这里首先遇到一个学科方面的问题:文艺美学能否作为一个学科而存在?我们的答案是肯定的。文艺美学是中国学者在20世纪80年代提出并取得一定学术成绩的学科。它较多地借鉴了中国传统文论资源,在融合中西的基础上建立起一套独特的理论框架。这一理论框架初步化解了传统与现代的对立紧张，甚至可以被视为中国传统文论的当代复苏与再生。我们在本章中将要论述文艺美学的学科特性、研究对象、研究方法及其元问题，为中国古代文心论的现代转化奠定一个学科（思想框架）方面的基础。

第一节　作为"形而中学"的文艺美学

对于中国学术来说，20世纪可以说是一个学科引进的世纪。传统的经、史、子、集四部类，被从外国引进的哲学、历史学、美学、艺术学、文艺学等现代学科所替代。除去这些"舶来品"，中国学人自己创立的学科又是什么？在回顾20世纪中国学术史的时候，我们会发现，产生于80年代初的"文艺美学"或许可以算作一门。

中国学者自己创立的文艺美学能否成为独立学科，学术界目前尚有争议，因为这门学科的研究对象、研究方法等基本问题尚未被普遍认可。但是，如果我们抱着比较宽容的态度来看待文艺美学的话，就可能产生这样一种辩解：一门学科的研究对象、研究方法存在争议，并不一定意味着它不能成立。不要说文艺美学才刚刚产生了20来年，就是已经有着2000余年历史的哲学、250余年历史的美学，关于它们各自的研究对象、研究方法，迄今也仍然没有定论，仍然歧见纷纭，但这并没有妨碍学术界在"哲学"与"美学"的话语框架内从事研究。笔者这样说，绝对无意否定反思一门学科成立前提的必要性；相反，正是对于文艺美学学科成立前提的思考促使笔者追问：为什么中国学者提出了"文艺美学"这一概念？

在《关于文艺美学的思考》一文中，刘纲纪先生分别从西方美学、苏联美学、中国古代美学三个方面，考察了文艺美学的研究对象以及它与美学、文艺学的关系。笔者最感兴趣的是刘先生从中国古代美学角度所作的论述。他认为，我国历代都十分重视从审美的观点来研究文学和其他各门艺术，特别是从魏晋开始，很自觉地对文学和其他各门艺术的美进行了具体深入的探讨。这是我国产生文艺美学这一概念的"历史传统上的原因"。[①] 尽管笔者并不同意刘先生在文章中流露出来的美学就是关于"美"的学问的观念，认为如果从"美"的角度去把握中国古代"美学"必然误入歧途，但笔者认为，从中国文化传统的角度来思考"文艺美学"成立的根据，却是非常具有启发意义的。笔者甚至认为，这一思考视角或许正是中国学者充分吸收中国传统文论资源，进而创立具有民族特色的现代中国美学新形态的契机与坦途。

在中国当代的学术话语中，"文论"是一个涵盖范围比较宽泛的概念，它既指文学理论（文艺学），又指美学，还指文艺美学。比如"百家文论新著丛书"中既有《文学的当代性》（李庆西）、《诗就是诗》（周良沛）等属于文学理论的著作，又有《美的结构》（孙绍振）、《美学新论》（蒋孔阳）这样的美学著作；"新世纪文论书系"中既有《文学价值论》（敏泽、党圣元），又有《文艺美学原理》（杜书瀛主编）。作出这样宽泛的理解对于中国古代文论尤为必要。因为中国古代并没有什么"文学理论"或"美学"，而只有各种各样的"文"以及关于这

---

① 参见刘纲纪《关于文艺美学的思考》，载《文艺研究》2000年第1期。

些"文"的言论、评论等。中国古代的"文"范围非常广泛，凡是具有一定外在形貌、形态的都被称为"文"。比如天上的日月星辰称为"天文"，地上的山川草木称为"地文"，人类社会的典章制度、礼仪规范称为"人文"，而这三者又统称为"道之文"，都是自然之道生生之德的具体体现。① 孔颖达说过："天有悬象而成文章，故称文也。"（《周易正义》）更进一步地追究会发现，古人一般又将天文称为"象"，将地文称为"形"。比如《周易·系辞上》说："在天成象，在地成形。"应玚《文质论》说："仰观象于玄表，俯察式于群形。"《文心雕龙·原道》篇说："日月叠璧，以垂丽天之象；山川焕绮，以铺理地之形。"从这些言论中可以知道"象"与"形"的区别在于，"象"比"形"更加混沌、更加虚灵、更加玄妙一些。古人在推测天地之初的状态时常用"有象无形"来描绘，如《淮南子·精神训》曾说："古未有天地之时，惟象无形。"古人也常用"察其象，致其形"的方式来认识事物。

中国古代对于"象"的崇拜由来已久。《左传·宣公三年》载王孙满的话说："昔夏之方有德也，远方图物，贡金九牧，铸鼎象物，百物而为之备，使民知神奸。故民入川泽山林，不逢不若。螭魅罔两，莫能逢之，用能协于上下，以承天休。"这几句话的神秘色彩颇浓：将从远方所画的物象铸在鼎上，这些百物之象便具有了神奇的力量，它能够使人避开灾祸妖魔的伤害，并能够使人民上下和谐，获得天命的保佑。中国古代关于"象"与"形"的论述最为集中地体现在《周易》中。作为一部预测吉凶福祸的占卜之书，其占卜方式是观察卦象。而

---

① 参见刘勰《文心雕龙》第一篇《原道》。这种观念在中国古代十分普遍，相关言论很多。本书"绪论"部分对此已经有所涉及。

卦象的创造方法是："圣人有以见天下之赜，而拟诸其形容，象其物宜，是故谓之象。""天垂象，见吉凶，圣人象之。"（《周易·系辞上》）也就是"观物取象"。这里显示的观念与《左传·宣公三年》那几句话十分接近，只不过卦象要比鼎上的物象更"抽象"一些。需要特别指出的是，《周易》的卦象不但是预测未来的凭据，而且也是制造器物的根据，正如《易传》所说："见乃谓之象，形乃谓之器，制而用之谓之法，利用出入，民咸用之谓之神。"明初宋濂对人文与卦象、卦象与社会生活的关系进行了更明确的总结阐述："人文之显，始于何时？实肇于庖牺之世。庖牺仰观俯察，画奇偶以象阴阳，变而通之，生生不穷，遂成天地自然之文。非惟至道含括无遗，而其制器尚象，亦非文不能成。如垂衣裳而治，取诸《乾》《坤》；上栋下宇，而取诸《大壮》；书契之造，而取诸《夬》；舟楫牛马之利，而取诸《涣》《随》；杵臼棺椁之制，而取诸《小过》《大过》；重门击柝，而取诸《豫》；弧矢之用，而取诸《睽》。何莫非粲然之文？"（《文原》）宋濂的论述将社会文化的一切创造都与不同的卦象联系起来，并将一切创造都视为"粲然之文"，最为集中地反映了中国古代对于"象""器""文"关系的看法。考虑到《周易》在中国传统文化中"群经之首"的特殊地位，我们在某种程度上将古代文论称为"象论"，大概是符合历史实际的。

既然"象"的地位如此重要，那么我们就应该进一步地追究"象"的产生根源，并进一步理清"象""形""文"三者的关系。清初哲学家王夫之对此有过这样的说明："物生而形形焉，形者质也。形生而象象焉，象者文也。形则必成象矣，象者象其形矣。在天成象而或未有形，在地成形而无有无象。视之则形也，察之则象也，所以质以视章，而文由察著。未之察者，弗见焉耳。"(《尚书引义》卷六《毕命》) 任何一个东西只要产生就必然会具有一定的外形，但这个外形还只是物的"质"，还需要经过"文饰"而使之成为"象"，所以王夫之又说"象者文也"。这是从古代文质关系来说明"形""象"关系的。而文饰的方式是超越"视"的"察"。"视"与"察"二者都是视觉活动，但老子又有"视而不见，听而不闻"的说法，表明"见"与"闻"一样，都是超越视听感官的心灵活动，套用庄子"无听之以耳，而听之以心；无听之以心，而听之以气"(《庄子·人间世》)的说法，"视"大概是"视之以目"，而"察"大概是"视之以心"。古人在说明视觉活动——"观"时，往往将之区分为不同的层次，如《庄子·秋水》篇说："以道观之，物无贵贱；以物观之，自贵而相贱；以俗观之，贵贱不在己。"邵雍《观物篇》将观物的三个层次讲得更为清楚："夫所以谓之观物者，非以目观之也。非观之以目，而观之以心也；非观之以心，而观之以理也。"从这些言论中可以推测"视"与"察"的区别："视"为"观之以目"，而"察"则是"观之以心、以理"。所以王夫之才说"未之察者，弗见焉耳"，不"观之以心"，对"象"只能是"视而不见"。这一点《易传》实际上已经有过暗示：面对纷乱的万物("天下之赜")，不通过心灵的简化、综合("象其物宜")，是不可能"拟诸其形容"而构"象"的。

这样，我们的考察重点便落在了"心"上，因为"象"最终只能是"心象"，用章学诚的话来说就是"人心营构之象"。章学诚提出："象之所包广矣，非徒《易》而已，六艺莫不兼之，盖道体之将形而未显者也。……故道不可见,人求道而恍若有见者,皆其象也。""有天地自然之象,有人心营构之象。天地自然之象,《说卦》为天为圜诸条,约略足以尽之;人心营构之象,睽车之载鬼,翰音之登天,意之所至,无不可也。然而心虚用灵,人累于天地之间,不能不受阴阳之消息;心之营构,则情之变易为之也。情之变易,感于人世之接构,而乘于阴阳倚伏为之也。是则人心营构之象,亦出天地自然之象也。"(《文史通义》内篇一《易教下》)正是"心"与"象"之间的内在关系,使我们想到了"形而中学"这一命题。

就笔者的阅读所见,提出"形而中学"的主要有两位学者,一位是新儒家代表之一徐复观,另外一位是学者庞朴。徐复观曾经指出,中国文化最基本的特性可以说是"心的文化"。中国传统文化认为,"心"是人生价值的根源,它是人的生理构造的一部分。在解释《易传》"形而上者谓之道,形而下者谓之器"两句话时,徐复观指出:"道"是天道,而"形"在战国中期指人的身体,即就人而言,"器"是指人所用的器物。这两句话的意思是说在人之上者为天道,在人之下的是器物,这是以人为中心所分的上下。而人的心在人的身体之中。出于这种逻辑,徐复观进一步指出:"假如按照原来的意思把话说完全,便应添一句,'形而中者谓之心'。所以心的文化,心的哲学,只能称为'形而中学',而不应讲成形而上学。"① 庞朴同样是在解释《易传》"形而上者谓之道,形而下者谓之器"这两句话时提出了"形而中学",只不过他说的"形而中者"并不是"心"而是"象"。在《原象》

---

① 徐复观:《心的文化》,载黄克剑、林少敏编《徐复观集》,群言出版社1993年版,第213页。

一文中，庞朴说："在《易传》作者们那里，形和器异名同实，而象和形是不等值的。因此可以这样说，在'形而上者谓之道、形而下者谓之器'之外或之间，更有一个'形而中'者，它谓之象！"① 关于庞朴对于"形""器""象"三者关系的剖析我们有不同看法，我们认为，尽管"形"与"象"有差异，但它并不是"器"，而是"象"的实质状态，它与"象"为近而与"器"为远。不过这与我们现在的论题关系不大，所以可以从略。

徐复观、庞朴的论述给予我们的启示是，中国传统文化存在着"形而中学"，也就是"心"学或者"象"学。考虑到"心"与"象"二者之间密切的关系，我们不妨将中国古代的"形而中学"称为"心象"学。明代袁黄提出："选文入象，就韵摹心。"（《诗赋》）这里的"文"应该是包括"天文""地文"在内的广义之文，而这里的"象"显然是"人心营构之象"，即常说的"内心意象"。因此，"摹心"就是对"心象"的摹写，其原则是"就韵"——根据"心象"的气韵、神韵或韵味来进行描摹。"心象"与"道象"又有着密切联系。在中国传统文化中，"心"与"道"有着相似的特性，都是无形、无色、无声、无味的，它们都通过心灵化的感官体现出来，也就是化无形为有形：目所视之形、所察之象，耳所听之声、所闻之音（古代声与音的差别近于形与象的差异），等等，都是"心"的体现，都可能是"道"的具体化——道体。"象"不是道，但它正是道之见（现）。因此从"象"的产生本源来说，它是体道之心所察、所见的结果，故可称为"心象"。古代将一切创造方式、创造活动都称为"艺"，所以从"象"的

---

① 庞朴：《一分为三——中国传统思想考释》，海天出版社1995年版，第231页。

具体创造方式来说，它又可以称为"艺象"。而从"象"的最高价值旨归、最高目的在于"象道"——使玄妙难测的天道有迹可循来说，它又可以被称为"道象"——道之象。因此，"心象""艺象""道象"三者异名而同实，具有密切的内在联系。宗白华先生有一段名言："中国哲学是就'生命本身'体悟'道'的节奏。'道'具象于生活、礼乐制度。'道'尤表象于'艺'。灿烂的'艺'赋予'道'以形象和生命，'道'给予'艺'以深度和灵魂。"① 将"道""象""艺"三者之间的关系总结得非常精辟。中国古代关于各个艺术门类，诸如文学、绘画、书法、音乐、戏曲、舞蹈以及园林的理论，无不在"道""艺"关系之间展开，类似"山水以形媚道"②，"艺者，道之形"③ 这样的言论，一直是古代文论的主题。即使一般的器物制作，由于遵循着"制器尚象"的原则，也注重使形而下之器"象"化而指向形而上之道，使之成为"艺术品"。当我们把原本是饮食器具的西周青铜器当作"艺术品"来看待时，我们最容易体会古代这一器物的制作原则。从这里或许可以总结出艺术判断的基本尺度：所制之器是否"尚象"，是否追求以"象"具"道"。

我们上面在论述古人关于视听感官活动的层次时，已经接触到一个非常重要的问题：视界。高居于人体的顶部的眼睛是人最重要的感官之一，所以人类语言中形成了一系列隐含着视觉的词语：看法，见识，观点，视野（角），盲目，看不起，世界观，等等，这些词语所隐

---

① 宗白华：《美学散步》，上海人民出版社1981年版，第80页。
② 宗炳：《画山水序》，原文如下："夫圣人以神法道而贤者通，山水以形媚道而仁者乐，不亦几乎。"
③ 刘熙载：《艺概·叙》，原文如下："艺者，道之形也。学者兼通六艺，尚矣！次则文章名类，各举一端，莫不为艺，即莫不当根极于道。"

含的意义既可能是"观之以目",也可能是"观之以心"或"观之以理",具体要"看"发表"意见"的人的"眼光"如何。有学者在研究尼采哲学时,将尼采的认识理论概括为"透视主义"(德语 perspektivismus),而有的学者则称之为"视界主义"(英语 perspectivism)。① 我们认为,"透视"重在"看"问题时的过程,而"视界"则重在"看"问题的眼界、框架。实际上,任何认识活动无非是在一定"视界"的限制下对认识对象的"透视",即使那些自命为"真理"的观点也不例外。从这一论断来看,庄子、邵雍的观点可以说与尼采遥相呼应。只不过,中国哲人指出认识相对性的用心,在于倡导人们"以道观之""观之以理",而尼采的理论旨趣则在于反对形而上学。

在中国传统文化这一特定视界所形成的期待视野里,在中国 20 世纪的特定历史语境中,以引进西方美学为开端的 20 世纪中国美学,又是一个什么形象呢?依笔者浅见,如果以美学这一学科所赖以产生并成熟于其中的德国古典美学为参照的话,20 世纪中国美学在学科定位上出现过错位,在主导观念与基本命题上出现过离题。

从根本上讲,作为人文学科的美学,其产生本身就是一个意味深长的现代性事件。随着全世界范围内现代化浪潮所暴露的危机日益明显并日渐加剧,对于现代性的反思也日渐深入。一般认为,近(现)代社会的现代性可以概括为两个最基本的特征:一是资本主义经济的有效运作,二是科学技术观念的深入人心。它们分别代表了资本主义的物质文明和精神文明。前者集中体现着人的欲望,而后者代表着人

---

① 参见周国平《尼采的透视主义》,载罗嘉昌、郑家栋主编《场与有——中外哲学的比较与融通(一)》,东方出版社 1994 年版;江天骥:《从意识哲学到文化哲学》,载《哲学研究》2001 年第 1 期。

的工具理性。两者的合谋使整个世界被强行纳入资本的运作逻辑之中，塑造了现代社会发展中出现的"虚假需要"（马尔库塞语）和"丰饶中的纵欲无度"（布热津斯基语）。贪欲的无限扩张，不仅塑造了独断的主体，也塑造了工具和手段意义上的客体。主客二分的关系在人与自然、人与他人这样两个维度上确立，导致了人与自然的敌对、人与他人的敌对。从这一视角去考察美学学科及其基本命题就会发现，美学是以反思现代性、批判现代性的姿态出现的。美学（Aesthetics，直译应该是"感性学"）并非要研究什么望文生义式的"美"，它所关注的"感性"起码有两层意义：一是针对科学理性的感性，它以非概念的体验方式出现，展示心灵有别于逻辑思维的另外一种功能；二是针对欲望的感性，它以超功利的姿态出现，展现心灵超越欲望的自由需要。心灵有别于逻辑思维功能的体验功能所针对的是科学，心灵有别于欲望的自由需要所针对的是资本逻辑。因此，美学从本性上是对现代社会的批判反思，它的祈向是"人的全面发展"，是"人的自由发展"，其理论目标在于使人成为"审美的人"。康德、席勒美学的主题正在于此。这就是美学相对于社会现代性的"批判现代性"。批判、反思，追求人性的自由和升华，是美学的唯一使命。笔者甚至认为，美学其实是"文化病理学"，是诊断文化病因、病象，探讨文化如何通向健康之路的学说。

20世纪中国美学的学科错位，根本原因在于中国社会发展的历史错位。当西方美学在现代社会的母腹中孕育成熟并开始批判现代社会时，中国社会尚处于"前现代"阶段。受追求社会现代化这一强大主旋律的制约，中国美学自觉或不自觉地充当了呼唤现代性、论证现代性之合理性的角色,不是吗?中华人民共和国成立前的美学主导倾向是倡导审美无利害性以改造人心,中华人民共和国成立后的美学则以"人的本质力量的对象化""人化自然"为主导话题,反反复复地论证着征服自然、改造自然之实践的合理性,并名之曰"实践美学"。在美学的基本理论上,包括一些学贯中西的学者在内,自觉或不自觉地以为美学就是关于"美"的学问或学科,认为像口袋里有一元钱、屋子里有一把椅子一样,世界上有一种东西叫作"美"。于是,"审美"成为一个动宾词组,它意味着对于美的观审,其相关命题则是"美的规律""美的认知";美又像一个个风韵各异的美人,出现在不同的国度和不同的历史时期,于是有了"西方的美""中国的美""古代的美""现代的美"这样一些学术话语。更令人惊讶的是在研究中国古代美学时,即使那些精通西方美学的学者,也乐于以"美"字为据,考究中国古代到底是"羊大为美"还是"羊人为美",并不顾历史文献事实,硬要将"文"字与"美"字挂上钩,把"道文"关系改换为"道美"关系。

笔者在这里无意贬低20世纪中国美学的成就。人的存在的历史性决定了理论的历史性。中国美学的历史毕竟太短,才一百年,更何况其间天灾人祸频繁不断。笔者只不过想以这一基本估价为参照来思考中国的文艺美学。在大陆学者之中,胡经之先生最早提出文艺美学的概念并最先写出了专著《文艺美学》。(此前台湾学者王梦鸥的《文艺美学》已于1976年出版)从他的有关论述可以看出,提出文艺美学既有美学方面的原因,也有文艺学方面的原因。从美学上说,当时的中国美学热衷于对美的本质的讨论,美学论争集中在美是主观的还是客观的、是自然的还是社会的等问题上。从文艺学方面来说，我国文艺学长期不谈文艺与审美的关系，似乎文艺与审美是两个决然不同的领域。① 所以，将美学的注意力从富有形而上学色彩的本质论落实到具体的文艺上，将一般社会学视野中的工具化的文艺（形而下之器），上升到美学高度来考察文艺与审美的关系，就成为文艺美学的必然选择。因此，从中国古代"形而中学"的视界来看，文艺美学诞生的思路就具有"形而中学"的味道。

这难道是历史的巧合吗？

胡先生的研究实践《文艺美学》，无论是在资料上、思路上，还是在最高价值追求上，都大量借鉴了中国古代文论的资源。它从超越主客二分的审美活动开始，依次探讨了审美体验、审美超越、人与世界的艺术关系、艺术的审美构成、作为审美意象及其符号化的艺术形象，最终将艺术意境视为"艺术本体的深层结构"。笔者认为，作为审美活动核心的审美体验无疑是"心灵"活动，审美意象正是"象"，而意境则无非是达到一定精神境界的"心灵"所营构的特殊之"象"。因此，从整体上来看，《文艺美学》正是一部"心象"学著作。胡先生在写作《文艺美学》期间曾主编三册《中国古典美学丛编》。② 这一事实表明，他的文艺美学与古代文论有着不解之缘。我们是否可以据此推测：文艺美学是中国古代"形而中学——心象学"的现代复苏？

《易传》认为："《易》与天地准，故能弥纶天地之道。"之所以如此，是因为《易》的创造方式是"仰以观于天文，俯以察于地理"。完

---

① 胡经之：《文艺美学》，北京大学出版社1999年版，"序"第1页，正文第117页。
② 胡经之主编：《中国古典美学丛编》，中华书局1988年版。从《胡经之文丛》可知，胡经之早年曾师从杨晦先生研究中国文艺思想史。

全可以说，"仰观"与"俯察"既是中国哲人的基本思维方式，也是古代诗人的"游目"方式，如王羲之《兰亭序》云："仰观宇宙之大，俯察品类之盛。"嵇康《赠秀才从军》诗云："目送归鸿，手挥五弦。俯仰自得，心游太玄。"我们从这里受到的启发是："仰观"与"俯察"相结合正是文艺美学的基本方法。

众所周知，从19世纪70年代，费希纳提出建立"自下而上"的美学之后，西方美学开始有所谓"自上而下"与"自下而上"两种对立的研究方法。前者是形而上学的思辨演绎，即从哲学的一般世界原理出发来推导、解释个别的美学问题。这种方法以主、客体的分裂与对立为基础，用认识论的模式来研究人类的审美活动；同时，该方法往往还强调存在着某种与审美主体无关的、具有客观本性的"美"。后者是随着心理学研究的兴起而产生的新方法，它拒斥形而上学的抽象空洞的思辨，采用科学方法对人的审美心理进行实证分析，可以称为形而下的方式。这样，美学成了心理学这门自身并不成熟的科学的一个分支。从审美活动的实际情况来看，这两种方式各有其弊。一个最基本的事实是，对于终极关怀或者说最高价值取向的信仰也是人的体验，它同时具有形而上（哲学）和形而下（心理学）的成分。无论只注重哪一种研究方法，都不足以准确把握这一基本事实。因此，关注审美活动及其核心审美体验的美学理论，必然具有"形而中学"的特点：既要"仰观"形而上学，比如思考"艺术本体之真""生命之敞亮"这样的问题，又要关注审美体验过程中心理活动的基本特点。[①]

同时，我们提出"形而中学"的说法还有另外一层用意：改进形

[①] 参见胡经之《文艺美学》第五章、第二章，北京大学出版社1999年版。

而上学以重建形而上学。在西方,"形而上学"这个词来源于希腊文 ta meta ta physica,字面意思是"在物理学之后"。它最初只有书目编排的秩序意义。公元前 1 世纪,安德罗尼柯在整理亚里士多德的著作时,把讨论"第一哲学"的一组论文,放在讨论自然事物的著作之后,称为《形而上学》。后人对于物理学与形而上学的先后次序有不同的解释,一种意见认为仅仅是偶然排列,另一种意见认为编辑的顺序反映出教育的顺序,还有人进一步认为教育顺序反映出亚里士多德的思想顺序,"物理学之后"是"超越物理学",即超越经验领域,到达靠思辨把握的神圣领域。最后一种解释符合亚里士多德的原意。《形而上学》的第一句话是"人在本性上是求知的",接着说明了人们追求知识的由低到高的等级,从感觉到理智,从个别的、具体的到普遍的、抽象的对象,最后达到最高的知识,以最高、最普遍的原则为对象,亚里士多德称之为"第一哲学"和"神学"。因此,在西方哲学史上,形而上学就成了一门研究超越感性事物的,比感性事物更实在、更有价值的对象的科学。它以"逻辑—信念"平行为原则,其核心方法是以直观公理为基础的、以矛盾律为主导的理性演绎法(或公理推导法),与数学方法极其接近。作为西方哲学的主流,形而上学曾被誉为"科学的女王",是一切科学之根。但是,到了康德时代,这个"女王"却"成了一个孤苦伶仃、流离失所的妇人"(康德语)。康德毕生的努力就是要为重建一种"能够作为科学出现的未来形而上学"清理理论地基。不过,作为科学出现的形而上学,在后来的哲学发展中不但没有产生,而且"拒斥形而上学"成为现代西方哲学的一个响亮口号,如逻辑实证主义哲学家一致认为,形而上学的根源来自语言意义的混乱,通过语言意义的清理可以清除形而上学。卡尔纳普于 1932 年发表题为《通过语言的逻辑分析清除形而上学》的论文，认为脱离经验根据的全部形而上学，都是些无意义的假陈述构成的，只要对形而上学的语言作适当的分析，便可以清除掉形而上学。黑格尔、费希特、海德格尔等人的哲学，被该文宣判为"连错误都不是，而是一无所有"。在逻辑经验主义的语义标准检验下，一切超验价值，诸如美的本质、善的本质，以及关乎"人生总态度"的形而上学，统统都被逐出哲学。在这种哲学理论的挞伐之下，一切关乎人的灵性和生命终极价值的问题都失去了存在根据，艺术和价值、生命和意义、信仰和仁爱无不陷入危机。① 在此之前，实证主义者马赫说得干脆而轻巧："一切形而上学的东西必须排除掉，它们是多余的，并且会破坏科学的经济性。"马赫认为科学的任务仅在于对事实作概要的陈述，而"这个崭新见解"，"必然会指导着我们彻底地排除一切无聊的、无法用经验检查的假定，主要是在康德意义下的形而上学的假定"。②

形而上学有如此厄运，原因主要有二。首先，哲学家的哲学观念发生了变化。他们不再关心无法为经验证实的形而上的东西，如"人生的价值、意义"这样的问题，在他们的哲学观念里就是毫无意义的废话。另外一方面的原因，在于形而上学自身的根本缺陷：它追求的对象是外在于人的"世界本体"，使人与人的世界分裂开来，试图以人

---

① 参见强以华《存在与第一哲学——西方古典形而上学史研究》，武汉大学出版社 1997 年版。
② 马赫：《感觉的分析》，商务印书馆 1986 年版，第 ⅲ、ⅳ—ⅴ 页。这两句话分别出自马赫作于 1900 年、1902 年的第二、四版序。该书初版于 1885 年，到 1911 年已经出了六版，足见其风行一时之盛况。马赫本人在第三版序言中就曾自得地说："第二版在几个月内就销售一空。"

的理性去洞悉与人相对峙的世界的普遍规律，并把这种与人的历史性存在无涉的、永恒的普遍规律，作为规范人的行为和思想的最终根据。这就是西方现代哲学所着力讨伐的、统治西方思想长达两千年的"本质主义"。从思维方式方面来说，西方传统形而上学问题，倾向于以某种单一的、确定的乃至终极的东西，诸如"理念""神""存在""实体""本质""形式""规律""对象"等"存在者"，来类比、解释、规范复杂的、多样的、模糊的、暂时的东西。具体到美学而言，在这种哲学理念支配下的西方美学，往往跳过感性的审美经验，而直接上升到理性和哲学思辨，人的审美活动本身往往在美学理论的视野之外。这似乎有悖于美学的"感性学"之本义。

与此不同，中国传统文论更加重视感受、情感、体验，人们的美学思考，一般表现为结合相关具体的作品品评而发的审美经验。所以，中国古代文论中有大量的关于人类审美经验的感性资料。但是，这并不妨碍中国古人对于形而上学问题的思考。恰恰相反，古人的形而上学思考正是审美体验生成的前提，形而上的对象不在审美经验之"上"，而是水乳交融般地融于审美体验之"中"。所谓"道不离器""体用不二"都是此意。因此，我们用"形而中学"来概括文艺美学的特性与方法，旨在表明我们决不放弃形而上学的追求。但是，我们所追求的形而上学与西方传统的形而上学不同，它是在借鉴中国传统形而上学基础上改进的形而上学。为了区别于前者，我们才称之为"形而中学"。

"形而中学"的提法并不孤立，它可以得到当代美学理论，特别是现象学美学理论的有力支持。正如阿多诺所指出的："美学最深层的二难抉择困境似乎如此：既不能从形而上（即借助概念）、也不能从形而下（即借助纯经验）的角度将其聚结为一体。"出于摆脱美学"深层困境"的理论努力，阿多诺注意到了现象学。他提出："现象学及其分支似乎命中注定就有助于一种新美学的详细论述，因为它们强烈反对自上而下的概念程序，而且也同样强烈地反对自下而上的方法。这确实是现代美学应有的样子。"① 在研究艺术时，现象学既不想从一个概念中演绎出艺术的普遍定义，也不想通过比较概括来归纳出那一概念。现象学美学家莫里茨·盖格尔认为，美学的现象学方法既不是从某个第一原理推演出它的法则（自上而下），也不是通过例证归纳得出法则（自下而上），而是"通过在一个个别例子中从直观的角度观察普遍性本质，观察它与普遍法则的一致来得出它的法则"。这里既强调"直观"，又强调"普遍性本质"，显然是自上而下与自下而上的有机统一。盖格尔甚至明确提出："实际上，我们倒不如说它恰好处在自上而下的美学方法与自下而上的美学方法之间。它像自下而上的美学那样强调最敏锐深刻的观察所具有的价值，强调人们从非推理的角度描述确实的东西的愿望所具有的价值。但是在它看来，所谓确实的东西不是人们偶然观察那些个别事例所获得的内容，而是人们应当发现的，通过特定的事例得到实现的本质。而在这一点上，现象学美学也是自上而下地研究美学的。"② 这不正是我们所说的"形而中学"吗？

在思考文艺美学与美学、艺术学的关系时，我国不少学者都认为文艺美学是美学与艺术学的交叉。比如，阎国忠先生尽管批判将美学与艺术学混同在一起，强调二者的各自定位与区别，但也认为"学科

---

① 阿多诺：《美学理论》，王柯平译，四川人民出版社1998年版，第576—577页，第590页。
② 莫里茨·盖格尔：《艺术的意味》，艾彦译，华夏出版社1999年版，第10、17页。

内的交叉互释是学科发展的一个趋势",认为伴随着文艺美学这一称谓所进行的艺术实践,"生动地证明这种学科的交叉互释的意义"。① 刘纲纪先生尽管首先断言文艺美学就是美学,但他认为,西方那种抛开美的本质的研究的艺术学并不可取,最后也认为,作为美学来看的文艺美学,"可以发展为一种侧重于艺术的研究,或以艺术的研究为主要方面的美学",并特别提醒"不能因此排斥美的本质、美感(审美)的研究"。② 姚文放先生也提出:"文艺美学处于一般美学与一般文艺学交叉、重叠的结合部。"③ 在诸位先生有关论述的基础上,特别是借鉴姚文放先生的示图,笔者设计出一张图来显示文艺美学与美学、艺术学的关系及其特性:

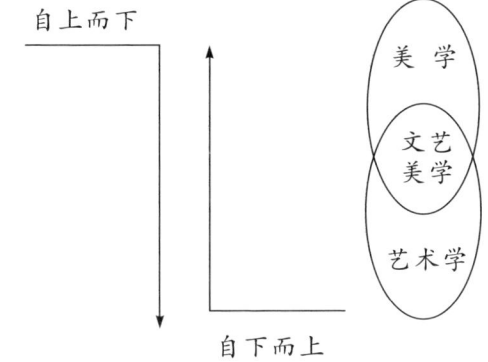

一般美学主要通过对人与自然的审美关系的分析,来研究审美活动的本质、美学与哲学的关系;文艺美学(艺术美学)则以一般美学关于美的本质的思考为基础,具体研究艺术的审美本性及其审美规律;一般艺术学在思考艺术的性质时,必须依靠它与美学的交叉部分即文

---

① 阎国忠:《美学、艺术学的学科定位问题》,载《文艺研究》1999年第4期。
② 刘纲纪:《关于文艺美学的思考》,载《文艺研究》2000年第1期。
③ 姚文放:《论文艺美学的学科定位》,载《学术月刊》2000年第4期。

艺美学来定性，在此基础上，它主要研究艺术与道德、政治、科学、社会、心理、地理、传达媒介、传播方式等问题的关系。因此，文艺美学的基本方法，便是"仰观"与"俯察"相结合的"中道"：仰观美学以思考审美活动的本质，俯察各门艺术实践以获得现实启发。

从中国古代文论视界来看，包括美学在内的哲学的基本问题是人与自然的关系问题，"自然美"要远远高于"艺术美"，"艺术美"并非通常所说的"审美活动的集中体现"。套用庄子的话说：中国古人最重视的是"不言"的"天地之大美"。《庄子·知北游》篇曾说："天地有大美而不言，四时有明法而不议，万物有成理而不说。"在我们看来，文艺美学的使命，在于使人通过艺术而复归自然，即陶渊明诗所说"久在樊笼里，复得返自然"。老子说过："反者，道之动。"使人类活动成为"道之动"，进而使包括文艺创造在内的人类文化创造成为"道之文"，永远是文艺美学的使命。这个问题，将是本书的理论主题。

第二节　"文心三角"：文艺美学的元问题

我们上文提出，文艺美学是美学与文艺学两大学科交融、交叉而形成的一门新兴学科。正因为如此，它既可以视为文艺学的一个分支，无疑也可以被当作美学的一个分支。胡经之先生就明确认为，文艺美学"是文艺学这一学科的重要方向"，它所探讨的并非文艺学的全部问题，而只关注文学艺术的特殊性。它不同于研究普遍审美的哲学美学。① 与此略有差异，笔者更愿意将文艺美学视为美学的一个分支。这里并无是非、高低的区别，而只有学术取向的差异。笔者的求学取向是：通过文艺美学而最终走向美学。所以，我们接下来不再使用"文学理论"或"文艺学"等概念，而只使用"文艺美学"这一概念。

人类的文艺活动门类繁多，诸如文学、音乐、绘画、影视等。在笔者看来，它们的共同层面是"心象"——审美体验及其具象化的审美意象，区别仅仅在于各自的传达媒介——语言符号不同。用文学语言来传达"心象"的结果是文学，而用绘画语言传达"心象"的结果自然是绘画，依此类推。本书主要研究"心象"及其传达的媒介文学语言，所以，准确说来，本书研究的应该是"文学美学"。考虑到文学是最重要的艺术样式之一，人们常常用文艺来指代文学，所以我们还是采用一般的概念，称为文艺美学。

一个学科应该具有自己的研究对象，而研究对象隐含着该学科最基本、最核心的问题，该学科的其他问题都应该围绕着这一问题而产生。我们把这一问题称为该学科的元问题。"文心三角文艺美学"，就是将"文心三角"作为元问题的文艺美学。这个"文心三角"，正是"心象"的具体展开。②

我们这里有必要对绪论中曾经提到的那个"文心三角"进行说明，从而交代本书所要探讨的主要内容。陆机《文赋》的"小序"这样

---

① 参见《胡经之文丛》，作家出版社2001年版，第14、44、51、55页。
② 参见拙文《陆机〈文赋〉与文艺学的元问题》，载《苏州大学学报》2002年第1期。该文阐述的文艺学三角建构于1999年，寄出三年后得以正式发表，与本书所关注的问题已经不同，其论述也显得比较粗糙。敬请读者以这里的论述为准。

写道：

余每观才士之所作，窃有以得其用心。夫放言遣辞，良多变矣。妍蚩好恶，可得而言。每自属文，尤见其情。恒患意不称物，文不逮意。盖非知之难，能之难也。故作《文赋》，以述先士之盛藻，因论作文之利害所由，他日殆可谓曲尽其妙。至于操斧伐柯，虽取则不远；若夫随手之变，良难以辞逮。盖所能言者，具于此云。①

学术界早已注意到，陆机这里论述的"意""物""文"三者，可以构成一个三角形。如钱锺书先生提出，三者析而言之，"其理犹墨子之以'举''名''实'三事并列而共贯也"。《墨子·经上》："举，拟实也。"《墨子·经说上》："告以文名，举彼实也。"《墨子·小取》："以名举实，以辞抒意。"着眼于三角关系的言论在古代文论中相当普遍，如《文心雕龙·物色》篇说："情以物迁，辞以情发。"陆贽《奉天论赦书事条状》说："言必顾心，心必副事，三者符合，不相越逾。"钱先生又联系现代西方哲学中"意义表达"三角形来进一步阐发："思想"或"提示"（interpretant、thought or reference）、"符号"（sign、symbol）、"所指示之事物"（object、referent）三者正好构成一个三角形（the basic triangle）。中国古代的"举"与"意"就是"思想"或"提示"，"名"与"文"就是"符号"，而"实"与"物"则是"所指示之事物"。②

---

① 陆机著，张少康集释：《文赋集释》，人民文学出版社2002年版，第1页。
② 参见钱锺书《管锥编》第三册，中华书局1979年版，第1177页。

在西方现代语言哲学和符号学中,曾经有诸多近似的三角形出现,有学者甚至将其归纳为六个。① 但最为明确地将语言、世界(存在)和人(讲话者)三者组合成三角关系的论述,出现在20世纪末期。英国哲学家伯兰克本在1986年出版的《对词的扩展》一书中提出,语言哲学力图达到对讲话者、语言和世界这三个因素的理解。研究这三种因素的分别为心理学、意义和形而上学,而研究这三者关系的则分别是意义理论、真理论和知识论。他设计出一个三角形来说明,如下图所示:

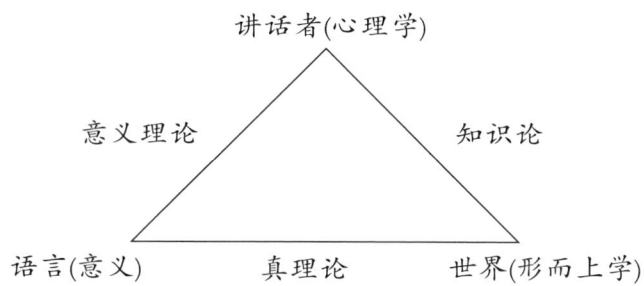

英国哲学家格雷林设计出另外一种三角形,并且为三角形加上了箭头,如下图。不过,他加的箭头方向并非从发生学角度考察的历史箭头,而是进行哲学研究时所采取的逻辑顺序关系。②

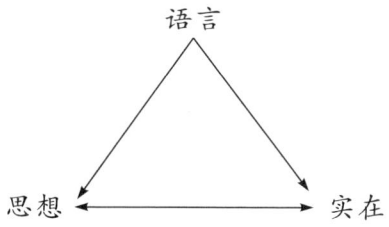

---

① 参见李伯聪《赋义与释义:多元关系中的信息》,载《哲学研究》1997年第1期。
② 参见徐友渔《"哥白尼式"的革命——哲学中的语言转向》,生活·读书·新知三联书店上海分店1994年版,第6页。

从西方哲学史的角度考察语言哲学三角，可以说是意味深长。晚期希腊的怀疑论者提出过三个命题：（一）事物的存在是无法确定其是否是真实的；（二）即使它们是真实的，也是不可认识的；（三）即使它们是可以被认识的，也是不可言说的。命题（一）是对本体的怀疑，命题（二）是对认识的怀疑，命题（三）是对语言的怀疑。这三个命题实际上昭示了西方哲学发展三个阶段所要探讨的主要问题。学术界一般将整个西方哲学史描述为三个阶段、两次转向。第一阶段是古希腊和中世纪时期，在此期间，本体论占据哲学思考的中心位置，哲学家们都要思索这样的问题：最根本的存在是什么？世界的本原是什么？以笛卡儿哲学的出现为标志，西方哲学进入了第二个阶段，即认识论阶段，哲学思考的主要问题不再是世界本体，而是人类何以认识：认识的来源、认识的能力、认识的范围与限度等。这次转向使主客体关系成为哲学的中心问题。世界的本原是什么取决于人类的认识，而认识又无法超出表达，也就是说，表达问题也事关重大。所以，西方哲学的第二次转向便是从人的认识、主客体关系转为语言。语言从此因成为哲学关注的焦点而处于哲学思考的核心位置，研究的课题也随之从思想、观念转移到了语句及其意义。如果从这种宏观的哲学史背景来看待语言哲学三角，就会发现它实际上正好隐含着三个阶段所分别侧重的三个因素，只不过研究中心在不断转移。笔者认为，语言哲学三角的底蕴是人（主体及其思想）、物（客体或实在）与表达媒介（语言或种种符号）三者的关系。因此，从哲学高度概括出来的"语义三角形"价值重大，它几乎成了20世纪各门学科的基础。一切研究领域，都应该以正确地处理这三者的关系为出发点。

但是，非常遗憾的是，现当代西方哲学在研究中，并没有真正体现出三角三要素的综合意识，传统的哲学家的大部分研究往往忽略了"人"这个因素。比如他们在思考意义这一重大问题时，完全无视人的意向这个因素。好几种主要的意义理论，不论是考虑语言与客体的关系，还是意义与真理或者与经验的关系，都局限于"语言—世界"这样的思维模式，人及人的意识似乎从来都在他们的视野之外。另外，不论在英美还是在德法传统中，都有人表现出这样一种倾向：把语言当成自立、自足的领域，认为可以不谈语言指向世界的作用而研究语言的意义。当然，后期维特根斯坦提出意义即用法和语言游戏说，斯特劳森批驳罗素的指示论而强调语言的使用情景，以及奥斯汀和塞尔提出言语行为论，终于把人的因素带入话题，因为语言的使用无论如何也无法回避人这个使用者。但是，在他们的研究中，人并非语言的主体，而只不过是语言的承载者，就像是盛水的杯子。维特根斯坦甚至在论述理解问题时，也不谈人的主体性和主体结构。总之，在他们那里，人是一个没有内部意识结构、没有意志、没有社会历史特性的东西。人不以自己的特性影响语言，人是语言方程式中的常量，处处离不开它，但它不起作用，不是影响函数值的自变量。与此相反，在胡塞尔那里，语言哲学三角中"人"这一要素真正起到了作用。在他看来，意义来源于人的意识活动，也就是人的意识的意向性。通过意识对某个对象的念及，表达行为与对象性的东西才建立了联系。语言本身没有任何意义，是人的意向性活动赋予它们意义。但是，胡塞尔明确强调意义与对象的区别,强调意义可以与对象无关而自存。① 尽管如此,语言哲学三角的出现,超越了西方哲学一元本体论研究(研究世界或实在)与二元的认识论研究(研究人对世界或实在的认识关系)的偏颇,可以视为对晚期希腊怀疑论者三个怀疑的全面回应。这或许才是"'哥白尼式'的革命"(徐友渔语)的真正意义之所在。

我们进行如上介绍,是为了更好地理解中国古代哲学三角。从总体上来看,中国古代哲学三角与胡塞尔的思想接近,而与分析哲学为远。但是,它也有明显不同于胡塞尔的地方:它在重视人的意向的时候,更加重视人的心灵境界,同时,它也决不忽视世界的客观呈现;恰恰相反,重视人的心灵境界是为了让世界更充分地呈现世界自身;另外,中国古代哲学三角从未认为语言可以自立、自足,语言只不过是像捕鱼之筌、登岸之筏之类的工具而已。而陆机《文赋》"小序"所隐含的三角则更加复杂。我们下面结合陆机的论述来进行分析。

从思想渊源上来说,陆机的论述受到中国古代哲学"言意之辨"的影响。最早集中论述"言""意"关系的是《庄子》。《庄子·天道》篇说:"世之所贵道者书也,书不过语,语有贵也。语之所贵者,意也,意有所随。意之所随者,不可以言传也。而世因贵言传书。世虽贵之,我犹不足贵也,为其贵非其贵也。"从"意之所随不可言传"出发,《庄子》认为世人所读之书不过是古人的糟粕而已。《庄子·秋水》篇说:"可以言论者,物之粗也;可以意致者,物之精也;言之所不能论,意之所不能察致者,不期精粗焉。"《庄子·外物》篇又说:"筌者

---

① 参见徐友渔、周国平、陈嘉映、尚杰《语言与哲学——当代英美与德法传统比较研究》,生活·读书·新知三联书店1996年版,第240—242页。

所以在鱼，得鱼而忘筌；蹄者所以在兔，得兔而忘蹄；言者所以在意，得意而忘言。"《庄子》之所以强调"言不尽意"，原因在于"道"之不可言传性，即如《庄子·知北游》篇所说"道不可言，言而非也"，最终走向了"言""意"之间的对立与对圣人之书（"经"）存在价值的否定。《周易·系辞》受《庄子》启发，利用《周易》本身所具有的卦象的特点，在"言"与"意"之间加入了"象"这一中间环节，作为连接"言""意"的桥梁。在解释《易经》中的卦爻辞（言）、卦爻象（象）与卦爻象所蕴含的意思（意）三者之间的关系时，《系辞》这样讲道："子曰：书不尽言，言不尽意。然则圣人之意，其不可见乎？子曰：圣人立象以尽意，设卦以尽情伪；系辞焉，以尽其言。"这段话在产生后的几百年中并未引起充分重视，直到王弼对它作出创造性解释后，才获得了强大的生命力与深刻的理论内涵。

由于六经被视为中国文化之源、价值之源和智慧之源，并且在社会中具有不可动摇的权威性，自西汉开始，历代思想家往往都通过注释经典来表达自己的新思想。魏晋的玄学家们所找到的解经工具便是"言意之辨"，代表人物有荀粲、王弼。荀粲诸兄并以儒术论议，而"粲独好言道，常以为子贡称夫子之言性与天道，不可得闻，然则六籍虽存，固圣人之糠秕。粲兄俣难曰：'《易》亦云圣人立象以尽意，系辞焉以尽言，则微言胡为不可得而闻见哉？'粲答曰：'盖理之微者，非物象之所举也。今称立象以尽意，此非通于意外者也；系辞焉以尽言，此非言乎系表者也；斯则象外之意，系表之言，固蕴而不出矣。'及当时能言者不能屈也。"（《三国志·魏书》卷十《荀彧传》注引何劭《荀粲别传》）荀粲所讲的"理之微者"亦即"象外之意""系表之言",指的是圣人所言的"性与天道"。他认为这种"意"根本不在六经(言)之中,所持的语言观近于《庄子》的"言不尽意"论。但《庄子》与荀粲都面临一个悖论性的难题:如果说六经(言)"不尽"——难以完全传达圣人对"性与天道"的看法(意),那么其价值何在?其结论必将走向对六经的否定,这显然难以被社会接受。如果说六经仍有传达圣人之意的价值(言可达意),那么它又是怎样完成这一使命的呢?这个悖论的理论底蕴是:如何将"言不尽意"与"言尽意"这一对相反的命题统一起来。王弼的哲学贡献就在于,借鉴《周易·系辞》中的"言""象""意"关系论,成功地将"言不尽意""立象以尽意""得意忘言"三个看起来矛盾的命题有机地统一了起来,从而完成了一次哲学革命。王弼《周易略例·明象》有一段著名的话:

夫象者,出意者也。言者,明象者也。尽意莫若象,尽象莫若言。言生于象,故可寻言以观象;象生于意,故可寻象以观意。意以象尽,象以言著。故言者所以明象,得象而忘言;象者,所以存意,得意而忘象。犹蹄者所以在兔,得兔而忘蹄;筌者所以在鱼,得鱼而忘筌也。……然则,忘象者,乃得意者也;忘言者,乃得象者也。得意在忘象,得象在忘言。故立象以尽意,而象可忘也;重画以尽情,而画可忘也。①

"意"指卦象所包含的意义,在王弼那里有两个层次:一、用于表达有形世界,包括解释天地万物和礼乐刑政人事方面内容的"意",这

---

① 王弼著,楼宇烈校释:《王弼集校释》,中华书局1980年版,第609页。

种"意"由圣人用语言（名号）遗留在六经中，故"意"与"言"有着统一性；二、用于表达无形之物，即抽象本体"无"的"意"，它近于孔子之"性与天道"与《庄子》之"道"，这种"意"既不能完全用语言表达，也不能靠语言去把握，故"意"与"言"又有着差异对立性。"象"本指卦象，又可泛指一切可见之征兆，如《周易·系辞上》所言"见乃谓之象"。同时，根据《周易·系辞上》所言，"象"是"圣人见天下之赜，而拟诸其形容。象其物宜"的结果，也就是圣人根据世界现象进行的加工创造。"言"指说明卦象或物象的语言文字，即卦辞、爻辞等，可以泛指语言。王弼的论述主要是为了解决"无"（近于先秦哲学中的"道"）的特性及对它的表达问题。作为世界的本体或本原，"无"显然属于"世界"；作为"玄远之意"，它又是思想或者说心灵的一部分；作为指符，它又是语言文字：它与世界、思想、语言密不可分。"无"的特性是不可言说的，对它的言说（表达）就是一个悖论，所谓"道可道，非常道"；而解决这一悖论必须首先"立言以明象，立象以存意"，然后再"忘言以得象，忘象以得意"，在"立"与"忘"的辩证统一中达成对"玄远之意"——"无"的把握。总而言之，"言""象""意"三者密不可分。因此，无论是从特性上，还是表达上，"无"都是一个三角形。

事情远没有如此简单。在陆机《文赋》"小序"中，除了与中国古代哲学三角"意""象""言"三者分别对应的"意""物""文"三者之外，还有两个因素值得注意：一个是"为文之用心"的"用心"，另外一个是各种文体的"体"。这两个因素都包含在"小序"第一句话中："余每观才士之所作，窃有以得其用心。""心"在中国古代文论中是一个非常重要的概念，我们在绪论第三节对此已经有过说明。"用心"也是一个常用语，除了指用意、意图等意思之外，它还是个动宾词组，意谓"运用心灵"，我们将在下一章对此进行详尽论述。至于"体"，它隐含在"才士之所作"中。陆机所阅读的前代作品应该包括各种文体，而在他那个时代，各种文体大致齐备，有30多种。《文赋》简略提及的就有10种：诗、赋、碑、诔、铭、箴、颂、论、奏、说。陆机还分别指出这10种文体的写作规格要点（而不是所谓"风格"），其目的在于指导写作实践。也就是说，文体规格是写作时必须首先考虑的因素。因此，陆机《文赋》"小序"所隐含的三角应该包括心、体、意、物、文五要素。据此，我们设计出一个有别于西方语言哲学三角的三角形来："心—体"处于这个三角形的三条中线相交的中心，而"意""物""文"三者分别处于三个顶点。这个"文心三角"可以图示如下：

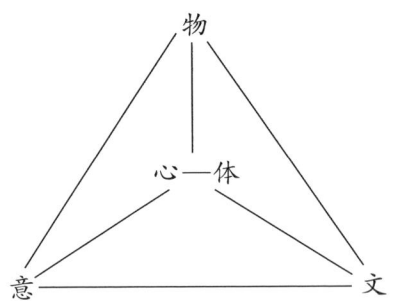

正如我们上文所论述的那样，西方现当代语言哲学虽然出现了语言哲学三角，但是，一般哲学家往往没有明确意识到这个三角关系。例如，有的哲学家忽视人这一因素，有的把语言当成自立、自足的领域，有的则忽略对象，更不要说心与体两因素了。毫无疑问，出于不同的思想背景、思想观念与文化传统以及不同的理论旨趣,中国古代的"文心三角"与当代西方"思想—世界—语言"三角是不同的思想三角,二者的差异是明显的。但是,从宏观框架上来说,两者也确有相通之处。这一方面表明,我们可以从西方语言哲学三角中为"文心三角"找到哲学思想的有力支持;另一方面又表明,真正的哲学思想问题永远有着相通性。

人类的实践活动或者说广义的文化创造活动,无非是作为主体的人面对他们的世界的一种意愿表达,人、世界、表达三者无疑是三个根本性的要素,也正是一个"人—世界—表达"的三角,我们不妨将之称为"哲理人类学"三角。"哲理人类学"是 Philosophical Anthropology 的译名,它产生于 20 世纪 20 年代,至 20 世纪 40 年代盛行于德国,它代表德国思想家不满于"人类学"过于注重物质条件、经济生活及原始文化等"低等文化"研究,因而倡导研究先进社会及高度文化(文明)中人们有意识、有目的的心灵活动。[①] 人作为主体,是知、情、意乃至潜意识、无意识的统一体。同时,根据中国古人所说"人同此心,心同此理"的论断,这里的主体并非西方近代认识论哲学意义上的"主体性",而是哲学诠释学意义上的"主体间性"。世界也不仅是物质世界,而应该是卡尔·波普尔所论世界 1(客观物理世界)、世界 2(人的心灵世界)、世界 3(人的文化世界)的总和。表达媒介也不仅限于语言文字(现代哲学又将语言区分为科学语言、日常语言、

[①] 参见陈启云《"思想文化史学"论析》,载《中国古代思想文化的历史分析》,北京大学出版社 2001 年版,第 19 页。陈先生没有采用"哲学人类学"的译名,大概是为了避开黑格尔意义上的哲学,用这种"哲学"观念来研究中国古代思想文化将很难正确进行。同时,"研究文化中人们有意识、有目的的心灵活动"的理论旨趣,正是本书努力追求的,所以这里采用"哲理人类学"的说法。

文学语言），而可以是任何表意符号。从"哲理人类学"三角来观照中外思想三角，就会觉得思想家们所论的合理与深刻。文学活动作为人类普遍活动中特殊的一种，必然既具有人类活动的一般性，又具有自己的特殊性。换言之，文学活动既符合"哲理人类学"三角，又必然是一个独特的三角，两个三角之间是普遍与特殊的关系。综合上文所论，也就是"人—世界—表达"这一"哲理人类学"三角与"情（意）—象（形象）—言（特指文学语言）"这个三角的关系。正因为如此，文艺美学的元问题既有其独特性，又有其开放性：独特性是其本质规定的体现，开放性则表明它与其他文化活动的密切关系。

考虑到我们在本书中所讨论的主要是以文学语言为传达媒介的文艺活动，所以，我们讨论的文艺美学实际上只是"文学美学"：作为文艺样式之一的文学的美学。它与一般的文学理论（文艺学）既有联系，又有区别。有了以上的理论前提，我们就可以对文艺美学的相关问题展开考察。

首先是文艺美学的对象。文艺美学的独特对象是什么？我们的答案是"心象"。置于"文心三角"中来看，就是"心"在"体"的规范、导引下与"物"的契合。这个过程如果用美学概念来表述的话，就是提升日常经验而使之成为审美经验，并将审美经验具象化为审美意象的过程。它与一般文艺学（文学理论）中的"形象"不同。20世纪50年代，艾布拉姆斯在《镜与灯——浪漫主义文论及批评传统》一书中提出了著名的文学理论四要素：作品、艺术家、世界、欣赏者。该著以作品为中心建立了一个三角形框架，主旨在于从不同角度研究作品。20世纪70年代刘若愚在《中国文学理论》一书中，把艾氏的三角形改造为循环运动的圆圈,即世界、作家、作品、读者四要素的动态运动过程,不再以作品为中心,文艺理论的对象从而转变为"文学活动"。这一论断为文学理论界普遍接受,可被视为当代文艺学的重大变革。如果说作家与读者都是"人"而可以合并为一的话,那么,刘氏的四要素圆圈就可以转化为世界、人、作品三要素,从而与我们的"文心三角"这一文艺美学的元问题对应起来。"文心三角"中多出的部分,正是文艺美学与文学理论的差异之处。

其次是文学观与创作论。观念是对某种现象"是什么"的回答,可以看作行为准则的深层意识化,它指导着人的活动。文学观对于文学活动的重要性即在于此。历史上关于文学的观念主要有三种:一是再现论,其哲学基础是反映论,认为文学是对社会生活的反映,具体的文学样式以现实主义文艺为代表;二是表现论,其哲学基础可称为主观唯心主义,认为文学是作家主观心灵的流露,具体的文学样式以浪漫主义文艺为代表;三是形式论,认为文学的本质在于"文学性",即语言形式的独特运用,具体的理论派别是俄国形式主义。这三种流派各有长短:再现论能够回答文学的最终本原(世界)以及文学在生活中的地位等问题,但容易忽视文学的主体性;表现论突出了文学的主体性(作家),但又无法回答文学的最终本原的问题,二者互为长短。如果说再现论与表现论的共同缺陷在于忽视了文学的语言形式性的话,那么,形式论则弥补了这一缺陷,突出强调了文学的语言形式性(语言),但又因割断了文学与世界、文学与作家的联系而受到批评。由此可见,以上三种理论各执一端,需要综合统一。文艺美学的元问题"文心三角"正可将三者浑融地统一起来。已有论著正确地指出，文学是再现、表现、形式三大性能的统一。当代语言哲学表明：人与世界之间并非镜式的映像关系，人"看"世界时必须经过"语言"这一中介之"网"；同时，语言对人的思想也有着巨大影响，语言决定着人的思维方式，有的哲学家甚至提出"语言牢笼"的说法，用于表示语言对人的制约性。因此，文学创作论必然是陆机所言的"意称物"与"文逮意"两个环节，涉及"意"（思想或心灵）、"物"（世界）、"文"（语言）三要素。缺少其中任何一个要素的创作论都必然是不完备的。这个过程也就是"心象"语言符号化的过程，我们可以将其结果称为"符象"。

第三是作品论与解读论。笔者认为，关于作品的所有论述都可以视为读者解读的"前理解"，单独的"作品论"是很难成立的，有什么样的作品论必然意味着有什么样的解读论，应将二者结合在一起研究。这是笔者对当前流行的文艺学著作中"作品论"的基本看法。国内已经有学者明显地受王弼"意—象—言"关系论的启发，并与波兰现象学美学家英加登的作品层次论结合起来，将作品理解为由"言"到"象"再到"意"层层递进的三个相关性层次。① 刘勰在《文心雕龙·知音》篇中指出："缀文者情动而辞发，观文者披文以入情。"创作与解读是方向恰恰相反的两种活动，"观文"（解读）的顺序是由"言"而"象"而"意"的逐层深入的过程，这与时下的"作品论"完全重合，也与我们所论的文艺美学三角完全契合。

第四是文学发展论。文学观念的变化，其底蕴无疑是关于人的观念的发展变化。它决定着文学其他方面的变迁，文学发展论理应包括

---

① 参见王岳川《艺术本体论》，生活·读书·新知三联书店上海分店1994年版，第249页。

这一方面。美国当代著名马克思主义文艺批评家詹姆逊，从索绪尔语言学中借用了"参符""意符""指符"三个概念，来分别代表现实主义阶段、现代主义阶段与后现代主义阶段；又从马克思那里借用了"物化"的概念，将"物化的力量"作为推动文化演进的客观动力。他假定，在前资本主义各个具有神圣组织结构的不同社会阶段中，语言具有完全不同的结构和作用。后来，这种"物化的力量"驱逐了那个古老的、象征化的前资本主义世界，使语言和文化的经验中出现了新的关于外在参照物的观念，形成了"参符"（语言符号—意义—外在参照物）的时代，亦即现实主义时代。此后，"物化的力量"继续发挥作用，开始把曾经为现实主义提供了客体的"参符"的经验弃之不理，从而导入一种新的历史经验，即符号本身和文化仿佛有一种流动的半自主性，这就形成了现代主义阶段，符号只剩下"指符"和"意符"的结合（语言符号—意义）。最后，由于物化持续的压力开始渗入符号的两个部分之中，在全然消除了"参符"之后又将"指符"和"意符"分离开来，"意符"或者说语言的意义又被搁置一旁，文化文本只剩下了新奇的自动"指符"（语言符号），而这就是后现代主义文艺阶段。①"参符"是世界、意义、语符三者的结合，"意符"是意义、语符二者的结合，"指符"则只有语符自身。这样，我们可以用文艺学元问题"文心三角"来观照文学史，将从现实主义到现代主义再到后现代主义的发展演变，概括为"物—意—文"三元（现实主义）向"意—文"二元（现代主义）再向"文"一元（后现代主义）的演变。

本书以下将分四章，分别重点研究心本体、心—体（文体或审美

---

① 参见谭好哲《文艺与意识形态》，山东大学出版社1997年版，第208—209页。

形式)、心象与符象。因为我们根据"人同此心,心同此理"的论断,认定"心"并非一般的主体性,而是包含着他人的主体间性,所以,与作家创作论相对的读者解读论将与其融合在一起。另外,我们的理论旨趣在于融历史性于逻辑性之中,重在探讨共时性的理论模式,所以,文艺发展论将被忽略(这部分内容在绪论中已经有所涉及)。最后,本书的落脚点将放在心灵境界及其表现形态——文艺境界(意境)上,旨在表明:从事文艺美学研究,只不过是一种生存方式——一种"活法",并且仅仅是众多生存方式中的一种。究其实质,它只不过是追求人生境界升华和存在澄明的独特方式之一。至于"指导创作实践"云云,那是笔者永远也不敢奢望的。

第二章

心本体及其生生底蕴

我们关于"形而中学"的提法，包含着重建形而上学的学术用心。形而上学在康德哲学中被分为四大部分：本体论、理性的自然之学（包括理性物理学和理性心理学）、理性宇宙论、理性神学。四者具有内在有机联系及其确定不移、不可更改的次序。① 这是德国古典哲学的共识。

处于形而上学第一位的是本体论。这意味着我们必须思考本体论，以针对美学所处的"无根的"状况。在笔者的理解中，本体论首先意味着一种究根问底的思维方式或研究方式，它要追问世界万物的"本"或"原"。这个"本原"是宇宙万物生成、存在与发展的基础，也就是说，没有这个根本，宇宙万物将无法产生并失去存在的根据。其次，笔者认为：理想的本体论应该是实存性（实际存在性）与价值性的统一，不包含价值论的本体论不能称为本体论，最起码不是理想的本

---

① 参见杨祖陶、邓晓芒《康德〈纯粹理性批判〉指要》，湖南教育出版社1996年版，第419—420页。

体论。

考虑到本体论从古到今有一个非常漫长的发展过程，各种各样的本体论层出不穷，我们有必要对本体论学说的变迁进行一番追溯，粗略考察中国当代基于不同本体论的美学论争。然后，我们将提出并论证我们理想的本体论——生生本体论，将之作为"文心三角"文艺美学的本体论基础，并进一步提出有别于我国"实践美学""生命美学"等美学学说的"生生美学"：一种以体证生生之德为人生追求的美学思想。

第一节　本体论歧义与美学纷争

严格说来，本体论是西方哲学特有的学说，西方传统本体论体现了西方哲学的典型形态。在西方本体论哲学学说的漫长发展过程中，哲学家们对本体论的态度和理解有着较大差异。由于思想文化背景、思维方式、语言特性等方面问题的客观存在，我国学术界对于本体论的研究比较混乱，具体表现为外语译名的混乱。目前，我国学术界出现了种种偏离西方传统本体论原意的本体论学说。当然，我们所说的"偏离"无疑也可以视为是对本体论的"发展"。因为本体论作为一种思想观念、学说，理所应当地会不断发展变化以适应时代的需要。但是，必须注意的是，既然本体论是一个特有的哲学范畴，从学术研究规范及学术交流的角度着眼，任何发展、改造都应该建立在准确理解其原意的基础上，并有责任说明自己发展改造它的学理根据，以及自己赋予它的特定含义。否则，不必要的误解与混乱就可能产生。

本体论的英文是 ontology。尽管这个词出现于 17、18 世纪，但学术界一般都把它当作从柏拉图到黑格尔的西方传统哲学的主干。这意味着它是各个哲学分支的理论基础，是哲学中的哲学，其他哲学问题都是围绕着建设、运用或怀疑、反对本体论而展开的。现代西方哲学的主要流派大多是通过对本体论的不同程度的批判而发展起来的。所以，有学者打了一个精彩的比喻："治西方哲学史而不通晓本体论，犹如入庙宇而不识佛。"①

像许多表示学科名称的词由希腊文构成一样，ontology 这个词也是借助于希腊文而形成的，它由词干 "ont" 加上表示 "学说" 的词尾 "-logy" 而构成的。也就是说，它是关于 ont 的学说。从字面上说，ont 是希腊文 on 的变化式，而 on 则是相当于英语中不定式 "to be" 的希腊文 einai 的中性分词。也就是说，on 可以被认为直接相当于英文中的 being。因此，ontology 这个术语表明它是一门关于 being 的学问。而 being 又是一个多义词，最主要的有 "存在""有""是" 等，所以，ontology 在我国有多种译名——存在论、万有论、是论，还有一个最具中国传统思想特色的译名：本体论。

虽然本体论这门学问可以追溯到柏拉图，但 ontoloia 一词首先出现在德国哲学家郭兰克纽于 1613 年出版的一本词典中，它的第一个定义直到 18 世纪才出现，德国哲学家沃尔夫（1679—1754）是它的第一

---

① 俞宣孟：《本体论研究》，上海人民出版社 1999 年版，第 3 页。本章论述多参考此书，特此说明。

个定义者，他提出："本体论，论述各种关于'是'（öv）的抽象的、完全普遍的哲学范畴，认为'是'是唯一的、善的；其中出现了唯一者、偶性、实体、因果、现象等范畴。"① 这个定义反映了德国理性主义哲学对本体论的看法，稍后即遭到康德的批判。后来的一些西方重要学术典籍谈到本体论的时候，往往都提及并述说沃尔夫的定义，如《不列颠百科全书》（1989年第15版）与《美国大百科全书》。兹引前者如下：

本体论 关于"是"本身，即关于一切实在的基本性质的理论或研究。这个术语直到17世纪时才首次拼造出来，然而本体论同公元前4世纪亚里士多德所界定的"第一哲学"或形而上学是同义的。由于后来形而上学也包括其他的研究（例如，哲学的宇宙论和心理学），本体论就毋宁指对"是"的研究了。本体论在近代哲学中成为显学，是由于德国理性主义者克利斯蒂安·沃尔夫，依他的看法，本体论是走向关于诸是者之本质的必然真理的演绎的学说。然而，他的伟大的后继者康德却对作为演绎体系的本体论以及作为对上帝的必然存在（当作最高最完善的"是"）所作的本体论证明，作了有重大影响的拒斥。由于20世纪对形而上学的革新，本体论或本体论的思想又变得重要起来，这主要表现在现象学家以及存在主义者中，其中包括马丁·海德格尔。②

---

① 黑格尔：《哲学史讲演录》第四卷，贺麟、王太庆等译，商务印书馆1978年版，第189页。译本中"是"作"有"，此据俞宣孟改译。
② 转引自俞宣孟《本体论研究》，上海人民出版社1999年版，第23页。

《美国大百科全书》则明确指出，本体论是形而上学的一个分支，它研究的是与人的经验、与人对于它的思想观念相分离的实在本身。这个"实在"并非日常经验意义上的实际存在，而是不依赖于感觉、经验而存在的先验的（apriori）实在，是永恒不变的"本质"。俞宣孟先生继陈康先生之后主张将ontology译为"是论"，上引定义就是他的译文。他提出，本体论的对象是包容一切"所是"在内的"是"：它是研究"是"及种种"所是"的范畴间相互关系的学说，其中"是"包括一切"所是"，一切"所是"都是从"是"中产生出来的。这个"产生"是形式逻辑的演绎过程（形式逻辑到了黑格尔发展为辩证逻辑）。总之，俞先生的研究思路是将哲学形态与其语言形式密切联系起来。他还引用了汉学家葛瑞汉的论断："西方本体论对于印欧语言中动词'to be'的诸特性的依赖，这一点对于任何一个能站在印欧语系之外考察问题的人来说都是十分明显的。"[①] 这种观点的逻辑推论是，中国人理解西方本体论思想时之所以经常遇到困难，原因之一是汉语的语言特点，特别是古代汉语迥异于西方语言的特点。系词是西方传统逻辑中构成命题必不可少的成分，但是，古代汉语本来没有系词，据说，直到汉代，"是"才开始被用作系词。这表明：中国古代并没有与西方本体论完全对应的哲学内容。"本体"一词在古代汉语中却是个常用语，它从字面上最容易使人联想起"本根""本原""体用"这样的意义来。所以，俞宣孟提出"本体论"这个译名极不恰当，认为它把西方传统哲学的特殊形态和思想方法掩盖掉了。

西方哲学在20世纪初大量传入中国，但是，在传入时一般又经过

[①] 俞宣孟：《本体论研究》，上海人民出版社1999年版，第45页。

日本哲学这个"中转站"。从译名上说，1862年日本出版的《英和对译袖珍辞书》中，把ontology一词用汉语译为"性理学"，其后又有"理体学""实体学"等译名。井上次郎在1901年发表的《认识与实在的关系》一书，将之译为"本体学"。1922年出版的《岩波哲学辞典》则只有一个译名："本体论"。这或许是最早用"本体论"这个词来翻译ontology的。中国哲学界的译名也很复杂，如1911年版的《德英华文科学字典》将之译为"物性学""万有学"，1920年版陈大齐的《哲学概论》将之译为"实体论"。1926年出版的樊炳清的《哲学辞典》，或许是借鉴了日本学者井上次郎的译名，也将之译为"本体论"。后来还有"本体问题""本体学""凡有论""至有论""存有论""存有学"等译名，不一而足。在20世纪80年代以后，我国最常用的译名是"本体论"和"存在论"两个，并且学术界也曾经认真讨论过它的译名问题。[①]

从哲学内容上来说，本体论问题在20世纪的中国相当突出。[②] 中华人民共和国成立前的哲学研究中，关于本体论的探讨相当丰富深入，比如熊十力、冯友兰两位先生的本体论研究都曾达到很高的水平。但是中华人民共和国成立后，中国哲学界曾一度认为哲学无非就是认识论，本体论被流放于哲学之外。1980年版《辞海》的"本体论"条目，甚至仍然将之视为"资产阶级的哲学术语"。这无异于给它判了死刑，其命运可想而知。20世纪80年代中期以后，西方哲学再度大量涌入中

[①] 参见刘立群《超越西方思想——哲学研究核心领域新探》，社会科学文献出版社2000年版，第35—38页。

[②] 参见李维武《20世纪中国哲学本体论问题》，湖南教育出版社1991年版。需要指出的是，该著写成于1990年，所论内容主要限于20世纪前期。

国。在西方现代本体论哲学学说——主要是海德格尔的"基本本体论"和卢卡奇的"社会存在本体论"的刺激下,哲学界首先想到马克思主义哲学的本体论问题,又逐渐展开到其他方面。新儒学的复兴使新儒家的本体论思想也得到一定的重视。因此,本体论成为20世纪末期中国哲学的重要问题,它集中在两个方面的探讨上:一是马克思主义哲学与本体论的关系,它关心的是马克思主义是否就是、是否也有自己的本体论,"物质本体论""实践本体论"等提法随之产生;二是如何准确理解本体论的本义,主要围绕 ontology 及其词根"to be"的译名而展开。①

具体到文艺学、美学而言,各种各样的本体论纷纷出现。王蒙于1985年发表的《读评论文章偶记》一文中有这样一段话:"我以为,我们更应该重视对文学的本体论的研究。对文学的本体的提法的科学性我并没有把握,我请求读者和专家原谅我知识的不足和用语的大胆。但我以为文学的本体是存在的,它就是文学所反映所追求所赖以发生的宇宙、自然、世界、人生、社会、生活、人类的精神世界,它也就是古往今来古今中外的文学作品、文学宝库本身。"② 王蒙的理论态度是坦诚的,在当时的理论意义也是不容低估的。在此后的短短十几年内,文艺学出现了形式本体论、人学本体论、语言本体论以及其他文学本体论,诸如着眼于客观世界、社会存在的物质世界本体论、社会存在本体论、反映论本体论和意识形态本体论,着眼于艺术活动的活动本体论,着眼于人的意识、精神的理性本体论、存在本体论、现象

---

① 参见杨学功《马克思主义哲学与"本体论"研究:分歧与出路》,载《哲学研究》2001年第9期。
② 王蒙:《读评论文章偶记》,载《文学评论》1985年第6期。

学本体论、元语言本体论，着眼于对现实否定、颠覆的否定本体论、颠覆本体论，另外还有艺术形象本体论、娱乐本体论、自在之物本体论等。①美学方面，王岳川在20世纪80年代末期提出了"当代美学核心：艺术本体论"的理论命题。他首先提出本体就是终极存在，而本体论"从来就不是对一种无人存在的宇宙的确立或描述，相反，本体论是人对自身存在于其中的世界的一种整体的、终极的看法，是追问生存的真理、人生意义和价值的根基"。他将西方本体论划分为自然本体论、神学本体论、理性本体论、生命（生存）本体论四个演变阶段，本体论演变的历史实现了四个转向：由传统实在的绝对本体论转向人类生命本体——感性生命本体，由恒定不变的存在转向人的感性生成，由无时间的大全转向时空之中的过程，由客体论（必然）转向主体论（自由）。与此相应，艺术本体论的嬗变经历了模仿论、表现论、形式论、价值论四个阶段。文章最后指出："处于本体地位的艺术"，"牢牢把握住了人的生存意义问题"；"在美学消解美的本质之后，美的形而上学问题即艺术本体论问题，如今由艺术家来追问"。"正是艺术担当起拯救人的感性生成的使命"。②这些论述表明，王岳川注意到了本体论的多义性，并有着自己的理解和运用。

这样的理论景观无疑有些混乱。20世纪90年代末期，朱立元先生试图清理混乱局面。他在《当代文学、美学研究中对"本体论"的误释》一文中将文艺学、美学界对本体论的误释归纳为五方面：一是把本体误作"文艺作品本身"，二是将本体与世界万物的"本源"或"本

---

① 参见刘大枫《新时期文学本体论思潮研究》，天津社会科学院出版社2000年版。
② 王岳川：《当代美学核心：艺术本体论》，载《文学评论》1989年第5期。

性"相混淆，三是把本体论与宇宙论相混淆，四是把本体性与过程性、体验性、自足性、根本性等相混淆，五是把哲学本体论与当代西方生存哲学或存在主义哲学一刀切断。为此，朱先生花费了较大力气试图理清本体论的原意，主张将其译名改为"存在论"。他这样做的主要目的在于深化自己"哲学本体论的核心问题应是人的存在问题"的观点，从而为自己所主张的"实践美学"增加新的理论资源和理论深度。他最后又批评汤用彤、张岱年等在研究中国古代哲学史方面的错误，以及熊十力因对西方本体论的生疏、隔膜与误解，阻碍了自己在建构新哲学时取得新的突破，无法真正去追问存在特别是人的存在的意义。① 另外，朱立元曾经在研究"艺术本体论"的时候，提出"本体论"又可以译为"存在论"，所以进一步认为，艺术本体论就是关于"艺术的存在方式"的研究。高建平先生根据自己对西方本体论哲学的研究，对朱先生的有关阐述进行了有针对性的驳斥，他从西方哲学史史实的角度以及理论心态等方面，基本上完全否定了朱立元文章的主要观点。② 与此同时，张弘也对朱立元的观点提出批评。作为对张弘、高建平的反批评，陈英武发表了意在支持朱立元的驳斥文章③，这又遭到了张弘的进一步批评。张弘的反批评文章指出，朱立元主张将本体论的译名改为"存在论"，实质是为了引入海德格尔的存在论，使之与实践范畴接通，从而重构实践美学。文章还指出，在所谓实践本体论中，

---

① 参见朱立元《当代文学、美学研究中对"本体论"的误释》，载《文学评论》1996年第6期。

② 高建平：《关于"本体论"的本体性说明——兼与朱立元先生商榷》，载《文学评论》1998年第1期。本书从中借鉴、获益良多。

③ 陈英武：《美学与本体论建构——兼与张弘、高建平先生商榷》，载《学术月刊》1999年第7期。

"实践"也是具有与亚里士多德的"本体"同样性质的抽象前提,通过实践所要解释的是美的本源、本根、本质等。总之,作为本体论范畴的实践,被抽象为高踞于具体实践行为之上的一个实体,以此为基础的"实践美学"并未完成向现代生存论转向的理论任务。同时,张弘的文章又提出,"实践本体论""情感本体论""理性本体论""生命本体论"等学说,都无法避免"美学人学化倾向"。该倾向意味着将美学问题转化为哲学人类学问题,隐含着从本质主义出发规定人的某种本质的思维模式,都是"人学化的本体论的不同形态"。因此,以之为基础的诸种美学都"难以有更多积极性的成果"。[①] 由于中国特殊思想背景的强大制约,以实践观为哲学基础的"实践美学"曾经占据中国学术界的主导地位,后来虽然受到"生命美学""超越美学"等新生美学思想的挑战与批评,但是,实践美学至今仍然有较大影响。张弘的批判无疑深化了对于实践美学缺陷的认识,为各种"后实践美学"的发展,包括本书中主张的"生生美学"的发展,进一步提供了理论机遇。

　　无论是哲学领域还是美学、文艺学领域,本体论歧见的事实都提醒笔者注意以下问题:首先是研究心态和用心。自己的学术心态是否平和?自己的理论用心又何在?主张将本体论的词根"to be"或 sein 译为"是"的王路先生提出,这样做的根本原因在于,我们应该从理解西方的哲学本身出发,从理解西方的语言出发,从理解整个西方哲学史的发展过程出发。这样,我们就能尽可能消除由于不同语言的差异而造成的理解障碍,尽可能避免曲解或阉割西方哲学在"to be"或

[①] 张弘:《作为美学基础的本体论的若干问题——与朱立元先生商榷》,载《学术月刊》1998年第1期;《本体论的歧见和美学的发展——答陈英武同志》,载《学术月刊》2001年第6期。

sein这个问题上的思想及其发展。① 这是一位专门从事西方哲学研究的学者的中肯意见，对于本书的研究尤其具有警示作用。不专门研究西方哲学的学者，一旦涉及西方哲学的相关问题时，都应该首先具有这样的态度以及相应的理论准备。"误释"尽管也可能产生积极的学术成果，但从学术规范的角度来看，任何误释、曲解都是应该尽量避免的。哲学史史实方面的任何细小错误都会损害自己的学术建构。

笔者的理论目的、用心在于实现中国古代文心论的现代转换，或者说，依据中国古代的思想资源重建美学本体论。而"体用""本体"是古代思想的常用语，所以笔者坚持采用本体论的用法。那么，这种译名是否能够得到西方哲学的支持，或者说，这种译名是否一无是处？古希腊哲学研究专家汪子嵩先生指出，从米利都学派开始，西方哲学就提出万物本原（又译为"始基"）问题，所以，古希腊哲学一开始就提出了有关本体的问题。围绕"本原"展开的各种学说实际上讲的都是本体，古希腊哲学主要是本体论的思想。亚里士多德是第一个将本体作为哲学概念进行分析、加以论证的人。汪子嵩特意指出，substance通常被译为"实体"，但这个译名容易被误解为具体实在存在的物体，所以译为比较抽象的"本体"更符合亚里士多德的原意。② 主张将being译为"是者"的赵敦华先生也提出："什么是本原"的问题是"一个贯穿于希腊哲学始终的问题"。他在自己的论著中，详尽介绍了水、无定（通常译为"无限"）、气、火、数、是者、四根等多种关于本原的学说，并把亚里士多德的"是者"的哲学意义称为"实体"。从

---

① 参见王路《"是"之研究述评》，载《哲学动态》1999年第6期。
② 参见汪子嵩《亚里士多德关于本体的学说》前言及第一章，人民出版社1983年版。

他的研究可以感到，实体、本原、原因、本质等在古希腊哲学中往往具有相通之处。① 另外，中国学术界往往用"本体"一词来翻译康德哲学中的 noumenon，该词意指"现象"背后的"本质""本原"。康德《纯粹理性批判》并不强调它的积极内容，并没有用之来建构一个对世界作出最终说明的形而上学体系。但是，笔者却特别钟情于 noumenon 可能具有的积极意义，本书将以"康德本体论"来称呼关于它的理论，以区别于康德严厉批判的 ontology。

总之，"本体论"这个译名，尽管不利于从西方"语法语言"的语言特性、哲学的思维方式——形式逻辑两方面去理解西方哲学的真相，但是，古希腊哲学和康德哲学表明，它有利于人们将这一学说与本原、原因、本质等联系在一起思考，从而显示这个学说的理论内涵。这一点无疑是它的长处。我同意高建平先生的意见：译名并非产生误解的根本原因。

人类活动并非动物式的本能活动，其突出特征是有意识、有目的的活动。这从一个比喻可以看出，当我们面对一条河流时，我们面临着两个问题。第一个问题是：要不要过河？这个问题具有根本性，所以，它是个具有本体论性质的问题。如果需要过河，那么才产生第二个问题：用何种方式过河？是从桥上走过去，从水里游过去，还是通过船只或其他交通工具到达对岸？这些显然是属于方法论性质的问题。如果置第一个问题于不顾就埋头于第二个问题，其后果将可想而知。本体论之所以重要，就在于它是文化的思想根本、基础。古今中外的伟大哲学家们无法抛开本体论，原因即在于此。同时，本体论包含着

---

① 参见赵敦华《西方哲学简史》，北京大学出版社 2001 年版。

"需要与否"和"需要什么"的追问，因此，任何一种本体论必然意味着、包含着价值论。这些是我们建构"生生本体论"的意识背景。

第二节　道本根、道本体与心本体

《周易》中有两句非常著名的话："形而上者谓之道，形而下者谓之器。"中国学者就是根据这两句话来翻译西方的 Metaphysics 即"物理学之后"为"形而上学"的。既然"形而上者谓之道"，那么，关于"形而上者"的学说、学问自然就是"道学"。"道学"在中国古代曾经是宋明理学的别称，我们这里则专门指形而上学。

西方哲学到黑格尔时代，形而上学被认为包括四个分支：本体论、宇宙论、理性灵魂学和理性神学。随着现代自然科学的发展进步，宇宙论被宏观物理学所取代，理性灵魂学已经被心理学所取代，而理性神学则留存在基督教之内。综观中国古代"道"论的思想（以下简称"道学"），它似乎涵盖了西方形而上学各个分支的内容，并且"道"还有区别于西方哲学的独特意味。简单说来，"道"有天道、言道、导引、道路、方法等意义，这些意义可以组成一句集中体现中国古代思想精髓的话："道道道道道"——天道言道导引道路和方法。通过"原道"的方式来"为天地立心，为生民立命"（张载语），是中国古代伟大思想家们永恒的主题，也应该是当今具有良知的知识分子理所应当承担的使命。

"道"的本义是道路、言说，后来才引申为表示本体和最高价值观念的思想概念。之所以将"道"设定为本体和最高价值观念，其间隐含着一系列的哲学追问。哲学的思辨最初表现为"诧异"，也就是好奇心。对眼前的自然现象，如日月星辰、刮风下雨等感到诧异，所以产生追根究底、知其所以然的好奇心，一点点地推进，从而提出关于宇宙起源和万物本原的哲学问题。这种情形中外皆然。《庄子》对此曾经有过明确揭示，其《天运》篇曾提出一系列问题："天其运乎？地其处乎？日月其争于所乎？孰主张是？孰维纲是？孰居无事推而行是？意者其有机缄而不得已耶？意者其运转而不能自止耶？云者为雨乎？雨者为云乎？孰隆（降）施是？孰居无事淫乐而劝是？风起北方，一西一东，有上彷徨，孰嘘吸是？孰居无事而披拂是？敢问何故？"这一系列自然现象令哲人沉思不已，哲人还要进一步究根问底："四方之内，六合之里，万物之所生恶起？"庄子论道源于这些疑问，在此之前，老子论道也源于这些疑问。

老子受西周以来人文精神、人道观念、民本思想及救世心怀的文化传统影响，针对兵祸连年、争夺迭起的社会现实以及"周文疲弊"（牟宗三语）的文化状况，提出了一套缓和人类社会冲突的思想学说。老子看到，人类社会冲突的根源在于当权者肆意扩张一己的占有欲，所以他提出的"无为""质朴""无欲""谦退""不争"种种观念，莫不在于减损人类占有的冲动。为了给自己"无为"的政治观、人生观寻找最终根据，老子设定了"道"这一形而上的观念。春秋早期以"天道"指天象运行规律，如《左传·庄公四年》有"盈而荡，天之道也"的说法。这种观念在春秋末期成为主流，如与老子同时的范蠡曾说："天道盈而不溢，盛而不骄，劳而不矜其功。"又说："天道皇皇，日月以为常，明者以为法，微者则是行。阳至而阴，阴至而阳；日困而还，月盈而匡。"（《国语·越语》）老子本人为周史官，对天象应该极为关注。他或许正是从天象中得到启发而展开其道学的。老子系统地描述了天地万物的生化过程，并且描述了"道"的种种特征、特性；与此同时，指明了人类的行为准则与价值本原。老子在思索天地万物的生成本原时，构想了一个宇宙生成模式："道生一，一生二，二生三，三生万物。万物负阴而抱阳，冲气以为和。"（《老子》通行本第42章，以下皆依通行本）关于老子所说的"道"，历来论争纷纭。高亨先生对老子之"道"有一个简明的定义："道者，宇宙之母力也。"[①] 老子将这种"宇宙母力"称为"道"，并大致描述了宇宙万物的生化历程：由一而二、而三、而万物。"道"相对于杂多的现象来说是独一无偶、绝诸对待、混而为一的，老子用"一"来形容"道"向下落实一层的未分状态。浑沦不分的"道"实已禀赋阴阳二气，"二"就是指所禀赋的阴阳二气。而阴阳二气便是构成万物最基本的原质，它们相交而成为一种适匀的状态，万物都从这种和谐的状态中产生。这种创生历程不同于基督教的"上帝创世纪"。需要注意的是："道"这种神奇的创生力量的运化方式是"气化"，即气的运行、流行。这种宇宙生成论取消了人格神的存在，但又不失于对宇宙创生力的敬畏，更经得起现代思想的推敲。老子又说："道冲而用之或不盈，渊兮似万物之宗。……湛兮似或存，吾不知谁之子，象帝之先。"（《老子》第4章）因为"道"的化生方式是"气化"，故其体是"虚空"的（"冲"），然而其作用却

[①] 高亨：《老子通说》，载《老子正诂》，中国书店1988年版，第1页。

永不穷竭,是万物的宗主。尽管难以确知它的产生根源,但似乎在天帝以前就有了它。总之,将"道"理解为"宇宙之母力",既有助于理解《老子》,又容易与现代思想贯通起来。

老子还较为详尽地描述过"道"生化、衣养万物的情形:"道生之,德畜之,物形之,势成之。是以万物莫不尊道而贵德。道之尊,德之贵,夫莫之命而常自然。故道生之,德畜之;长之、育之、亭之、毒之、养之、覆之。生而不有,为而不恃,长而不宰,是谓玄德。"(《老子》第51章)万物由"道"产生,"道"分化于万物、内在于万物而成为万物之"德"(本性、天性),万物依据各自的本性(天性)而发展为独特的存在(具有特性),周围的环境使万物成熟。"道德"的尊贵在于不干涉外物的自然成长,而是顺任万物各自化育、自我完成。"道"的"生""为""长"等创造功能都不带任何目的性、占有欲。总之,"生而不有,为而不恃,长而不宰"的特性,极精炼地描述了"道"的精神。这也正是老子思想的基本精神,是老子倡导的最高价值取向。

就"玄德"而论,"道"论对于"道"的种种特性的描述,是为了从"道"的"本然"(事实)中引申出某种价值取向上的"应然"(价值观)。老子在描述"道"创生万物的情形时,已隐约涉及"道"的特性,如"渊兮""湛兮",即言"道"渊深幽隐而难测。在对"道"之特性的叙述过程中,老子隐隐地将自己的价值取向表达了出来,试图将"道"的特性作为人类活动的价值本原,使人取法于"道",其实质是突出一种超越人类社会的宇宙意识。老子这样说道:

第二章 心本体及其生生底蕴

有物混成，先天地生，寂兮寥兮，独立不改，周行而不殆，可以为天下母。吾不知其名，字之曰道，强为之名曰大。大曰逝，逝曰远，远曰反。故道大，天大，地大，王亦大。域中有四大，而王居其一焉。人法地，地法天，天法道，道法自然。（《老子》第25章）

在这段话中，第一句"有物混成"中的"物"，郭店竹简本作"盾"，有学者将之释为"状貌"的"状"字，并认为用"状"来描述"道"比用"物"字好。这种解释没有把"道"物化的危险，因为"道"是"物物者"而不是一种"物"。"有物混成，先天地生"即言："道"在天地之前就存在了，处于未分化的整全状态。① 老子认为，浑然一体的"道"，循环运行而生生不息，是天地万物产生的根源。既然人与天地万物都为"道"所生，那么，人的行为就应该遵从大地自然环境的法则（"人法地"），大地自然环境又须依顺整体宇宙的法则（"地法天"），而整个宇宙的运行，是"道"生生不息的存在活动的自然体现："道"纯任自然（"道法自然"）。令人称奇的是，在异文丛生的《老子》众本中，"人法地，地法天，天法道，道法自然"一句，包括竹简在内的各种版本中都完全相同，这表明古人一致认为：由人而地、而天、而道是一种通则，"王亦大"（傅奕本作"人亦大"），是从道论和宇宙论角度对于人的定位。将人类放在宇宙整体中，思考其行为准则与地位，是中国古代思想的重要特点：它突出强调了人的宇宙意识。

---

① 参见沈清松《郭店竹简〈老子〉的道论与宇宙论——相关文本的解读与比较》，载姜广辉主编《郭店简与儒学研究》（《中国哲学》第二十一辑），辽宁教育出版社2000年版。下文仍有参考沈文的地方，不再另注。

人与天地万物皆为"道"所创生，但"道"生万物之后并不占有万物。"道"的这种特性上文已有涉及，老子又说：

> 大道泛兮，其可左右。万物恃之而生而不辞，功成不名有，衣养万物而不为主。常无欲，可名于小；万物归焉而不为主，可名为大。以其终不自为大，故能成其大。（《老子》第34章）

"道"生长万物、养育万物，使万物各得所需、各适其性，在成就万物的时候丝毫不加以主宰、占有、控制。"道"的"不辞""不名有""不为主"的精神，是一种完全付出而不占有的精神。这种精神彻底消解了占有欲和支配欲，可用"伟大"来形容之。这种伟大精神也可称为"返"的精神、"弱"的精神、"无"的精神：

> 反者，道之动；弱者，道之用。天下万物生于有，有生于无。（《老子》第40章）

这一章所对应的郭店竹简本为："返也者，道僮（动）也。溺（弱）也者，道之甬（用）也。天下之勿（物）生于又（有），生于亡（无）。"竹简本"反"字作"返"。万物运动变化的目的是向"道"本身返回，万物越是变化至极，越终将返于"道"。"道"既以分殊化的程序产生万物，又内在万物之中运作，赋予万物动力，使万物返回自身。这说明返本复初是"道"的运动特点。"道"善利万物而不争，"是以弱为用也"（高亨语）。这种"弱"尽管是与"刚强"相对的弱，但它并非一般意义上的"软弱""弱小",而是放弃所有争夺、占有欲的豁达。所以,"柔弱胜刚强",并非要与"刚强"较量而胜之,而是从价值取向上看,"柔弱"要超过"刚强"。万物在柔弱、不突显自己是存在主体之时,才能使自己所含藏的"道"显露出来,显露自己的本性。具体到人这一"物"而言,人必须以被动的方式遵循天道,按照天道的要求而作为,不坚持个人意志,不强调宰制的欲望,随"道"而流转。一句话,即以被动性接受"道",任"道"的超越能力贯注个人心灵,成为人类存在的指导力量。

郭店竹简本"天下之勿生于又,生于亡"一句,解决了《老子》研究中的一大难题。该句今本作"天下万物生于有,有生于无"。虽仅多出一"有"字,但其哲学意义不可低估。今本"有生于无"的命题在王弼哲学体系中有着突出而重要的发展,玄学"以无为本"的"贵无说"又引发了裴颜的《崇有论》,其后东晋僧肇《不真空论》又提出"非有非无说"。宋明理学"无极而太极"的论题其实也是"有生于无"学说争议的延续。我们当然不能排除竹简本漏抄一个"有"字的可能性,但是,《老子》明确提出,"无"与"有"两者"同出而异名":"无名天地之始;有名万物之母。故常无欲,以观其妙;常有欲,以观其徼。此两者同出而异名,同谓之玄。"(《老子》第1章)这表明:"有"与"无"是道体的一体两面,都是"道"的代称,二者之间本无先后本末的问题。今本"有生于无",则导致了本末先后的判断,似乎突出了"无"的本源性、第一性,将"有"降低至与万物同一的层面上。一些论者将"无"等同于"道",而将"有"具象化为"天地""阴阳",原因正在于此。我们认为:将"有"具象化为某物并无错,但不能将"有"与"无"的关系理解为"先后过程",不管这一过程是时间的还是逻辑的。依据竹简本的文句则可理解为:"道"是生生不息的创化力量,它具有无穷的可能性(无);当某一可能性落实时则产生了某物(有),此"有"乃"无"之具体化。故老子说"有无相生":"无"存在于"有"之中,而"有"只不过是"无"的一种具体体现。强调"万物生于有,有生于无",是为了突出万物同时(而非先后)具备"有"性与"无"性:"有"意味其现实性,而"无"则暗示其无限可能性。正因为任何一物都是"有"与"无"的统一体,具有无限的可能性,所以当人类从某一意欲、观念出发而将之固定为"某一物"时(如给某物命一固定之"名"而使之成为"非常名"),实际上意味着取消了该物的"无"性——无限可能性。这不啻是一种阻碍、一种遏制、一种残害,是一种人之"为"而非"道"之"无为"。突出物的"无"性,说到底还是对"道"的精神——"生而不有,为而不恃,长而不宰"的张扬,因为"道"就是宇宙之母力,是化生万物的无穷力量,是无限的可能性。针对人类日益恶性膨胀的占有欲、宰制欲,突出老子学说中"无"的精神是必要的。

像老子一样,庄子也将宇宙万物产生的根源归结于"道",并且像老子一样肯定了"道"的实存(实际存在)性及其化生宇宙天地万物的本性。庄子认为:

> 夫道,有情有信,无为无形;可传而不可受,可得而不可见;自本自根,未有天地,自古以固存;神鬼神帝,生天生地;在太极之先而不为高,在六极之下而不为深,先天地生而不为久,长于上古而不

为老。（《庄子·大宗师》）

这段话说明了"道"的几个特点：第一，"道"实存（"有情有信"）而"无为无形"，无法由一般感官把握、知觉，隐含着"道"只能由心灵契会的意味。这与《庄子·齐物论》篇所说的"可行己信，而不见其形，有情而无形"一样，二者描述完全一致。第二，"道""自本自根"，它自己是自己的根据，它的存在根据在于它自身之中。第三，"道""未有天地，自古以固存"，说明"道"先于一切存在而存在，并且是永恒的存在。第四，"道"产生天地万物，就连"神""帝"也是它所生。庄子又说："道与之貌，天与之形。"（《庄子·德充符》）"形非道不生，生非德不明。"（《庄子·天地》）这些都在指明"道"对万物的化生。第五，"道"超越时空，在时间和空间上都是无限的。上段话的最后几句所言就是这个意思。庄子又说"道未始有封""道无始终"，也都是这个意思。

对于这个万物"所由以生"的"道"，庄子明确地称之为"本根"：

今彼神明至精，与彼百化，物已死生方圆，莫知其根也。扁然而万物自古以固存。六合为巨，未离其内；秋毫为小，待之成体。天下莫不沉浮，终身不故；阴阳四时运行，各得其序。惛然若亡而存，油然不形而神，万物畜而不知。此之谓本根，可以观于天矣。（《庄子·知北游》）

值得注意的是"本根"与宇宙天地万物的关系。在庄子看来，

"道"不仅生成万物,而且普遍地、内在地存在于万物之中。在回答东郭子所问"道恶乎在"的问题时,庄子指出"道""无所不在","无逃乎物",甚至也在蝼蚁、稊稗、瓦甓、屎尿之中(《庄子·知北游》)。这就是《庄子·天道》篇所说:"夫道,于大不终,于小不遗,故万物备。广广乎其无不容也,渊乎其不可测也。"《庄子·天地》篇曾详细描述天地万物的创生历程:

泰初有无,无有无名;一之所起,有一而未形。物得以生,谓之德;未形者有分,且然无间,谓之命;留动而生物,物成生理,谓之形;形体保神,各有仪则,谓之性。

所谓"泰初",就是宇宙的始原。"有无"的"无"就是"道"。"无"并非一无所有的"空无",而是隐含着无限生机的"无限可能性"。"道"还不能称为"有",而是既没有"有",也没有"名"("无有无名")。"一之所起"的"一",就是"道"在创生活动中向下落实一层的未分状态。这个未分状态的"一",相当于老子的"有"。这个"一"已经蕴含了阴阳两种元素,"有分"便是分阴分阳。阴阳在变合流动过程中产生出万物("留动而生物")。万物生成之后便各具各自的样态("形"),各有各自的精神、仪则("性")。这个历程,与《老子》第42章所述"道生一,一生二"的宇宙创生过程完全一致,《庄子·天地》篇这段文字无疑继承了老子的观念。不过需要指出的是,庄子并没有停留在老子"有生于无"、以"无"为本的阶段,而是追根究底地无限追问下去,从"有"追溯到"无"之后,又进一步从"无"上溯到"无无",乃至于"无无无""无……",从而将"无"也变成相对概念而加以超越,这就是《庄子·齐物论》所说的:"有始也者,有未始有始也者,有未始有夫未始有始也者。有有也者,有无也者,有未始有无也者,有未始有夫未始有无也者。"这是一个无穷的时空序列,"无"的特性被更加充分地揭示了出来。《庄子·知北游》又说:"夫昭昭生于冥冥,有伦生于无形,精神生于道,形本生于精,而万物以形相生。""冥冥"就是关于"无无""无"(无形)的描绘之词。

以上论述表明,在中国古代哲人的心目中,人生和社会不过是宇宙演化过程中的一个阶段。因而自然宇宙的问题内在地、逻辑地包含着人生和社会问题;反过来说,人生和社会问题内在地、逻辑地包含在宇宙之中。在古人笔下,"周行而不殆"的"道",潜藏着巨大的生命能量,蕴含着无限生机。整个宇宙生生不息,机趣盎然,是一个充满生机与活力的宇宙。《淮南子·原道训》认为:"夫太上之道,生万物而不有,成化象而弗宰。"并且对充满无限生机的宇宙有着生动描绘:

夫道者,覆天载地,廓四方,柝八极。高不可际,深不可测,包裹天地,禀授无形。原流泉浡,冲而徐盈,混混滑滑,浊而徐清。故植之而塞于天地,横之而弥于四海,施之无穷而无所朝夕,舒之幎于六合,卷之不盈于一握。约而能张,幽而能明,弱而能强,柔而能刚。横四维而含阴阳,纮宇宙而章三光。甚淖而滒,甚纤而微。山以之高,渊以之深,兽以之走,鸟以之飞,日月以之明,星历以之行,麟以之游,凤以之翔。

在"道"这一宇宙母力所创生的宇宙之中,万物各得其所,各为其是,大化流行,一派和谐。它完全不同于西方哲学家心目中的宇宙。例如尼采明确提出,自己头脑中的世界,是"一个力的怪物,无始无终,一个坚实固定的力"。这种"力"不变大也不变小,它不消耗自身,而只是改变面目。它被"虚无"所缠绕,"象自身吞吐翻腾的大海,变幻不息,永恒的复归,以千万年为期的轮回;其形有潮有汐,由最简单到最复杂,由静止不动、僵死一团、冷漠异常,一变而为炽热灼人、野性难驯、自相矛盾;然而又从充盈状态返回简单状态,从矛盾嬉戏回归到和谐的快乐,在其轨道和年月的吻合中自我肯定、自我祝福;作为必然永恒回归的东西,作为变易,它不知更替、不知厌烦、不知疲倦——这就是我所说的永恒的自我创造、自我毁灭的狄俄倪索斯的世界,这个双料淫欲的神秘世界"。它没有目的、没有意志,"是权力意志的世界——此外一切皆无"![1] 尼采肯定权力意志(又译"强力意志"),是为了肯定人的生命、弘扬人的生命,但是,环绕人的世界是一个蛮力的世界,一个处于永恒创造与毁灭轮回之中的"虚无"世界,而这个"无"又完全不同于老子与庄子意指"无限生机、可能性"的"无",所以,生命的归宿必然是"虚无"。老庄的宇宙观为中国古代肯定生命、寄情宇宙自然的审美追求奠定了形而上的依据,没有这样的宇宙观,中国古代以自然为最高审美理想的思想就不可能产生。

---

① 参见尼采《权力意志——重估一切价值的尝试》,张念东、凌素心译,商务印书馆1991年版,第701页。

第二章　心本体及其生生底蕴

上述老庄的道论，无疑包含着对于宇宙万物生成的说明，也就是说，它包含着宇宙论成分。但是，它不同于汉代的宇宙生成论。汉代思想顺着老子宇宙生成论的思路，收罗一大堆材料，对宇宙生成过程进行了更为具体的说明；董仲舒更是恢复了天的人格神的含义，以阴阳五行为间架，编织了一套宇宙生成图式。在董仲舒的天人感应观念中，神学意味大大超过了哲学意味。魏晋时期，王弼借助《老子》所提供的某些逻辑支点，把其中的某些宇宙生成论转化为哲学本体论，建构了一个既源于老子、又超越老子的思想体系，这实际上大大突出了老庄原有的本体论色彩。比如，王弼解释《老子》第42章"道生一"等几句话说："万物万形，其归一也。何由致一？由于无也。由无乃一，一可谓无。"《老子》第40章说："天下万物生于有，有生于无。"王弼解释说："天下之物，皆以有为生。有之所始，以无为本。将欲全有，必反于无也。""以有为生"肯定了原文的宇宙生成论，但是，"以无为本"则完全改变了"有生于无"的生成思想，而将之转化为"本末"思想。而"反于无"就是将"以无为本"转过来用于方法，使之成为解决各种具体问题的指导方针。"以无为本"命题的提出，将老子思想的"有无相生"转化为一对哲学范畴——"有无之辨"。王弼围绕着这对范畴进行反复论证，深入揭示了现象与本质的关系，使之成为其哲学体系的最主要的逻辑支点。

最重要的是，王弼将有无之辨与体用之辨联系起来。《老子》第6章曾经说："谷神不死，是谓玄牝。玄牝之门，是谓天地根。绵绵若存，用之不勤。"王弼解释说：

> 谷神，谷中央无者也。无形无影，无逆无违，处卑不动，守静不衰，物以之成而不见其形，此至物也。处卑守静不可得而名，故谓之玄牝。门，玄牝之所由也。本其所由，与太极同体，故谓之天地之根也。欲言存邪，则不见其形；欲言亡邪，万物以之生。（《老子道德经注·六章》）

这是一段会通《老子》《易传》的言论。王弼以《易传》解《老子》，把作为无限整体的"谷神"（无）、"玄牝"、"天地之根"说成是"与太极同体"。因此，"无"便是"体"。同时，"无"尽管是无形、无影、无名的"无"，但是，"物以之成"，"万物以之生"，其"作用"（功能）就是"生成"万物。就具有生成万物的功能来说，它又是"有"。总而言之，王弼的这段解释包含了"无"之"体、用"两方面，既以无为体，又以无为用。有无之辨也就是体用关系论。

严格说来，"以无为用"的思想出现在《老子》之中。但是，王弼明确地将之转化为体用关系论。他在《老子》第1章注中提出："凡有之为利，必以无为用。"《老子》第11章曾经提出过"无之以为用"的思想，王弼发挥说："毂所以能统三十辐者，无也。以其无能受物之故，故能以寡统众也。木、埴、壁所以成三者，而皆以无为用也。言无者，有之所以为利，皆赖无以为用也。"《老子》第38章注在论述"以无为用"时进一步提出："万物虽贵，以无为用，不能舍无以为体也。舍无以为体，则失其为大矣，所谓失道而后德也。以无为用，则得其母，故能己不劳焉而物无不理。"这几句话包含着明确的万物以无为体、以无为用的论断。

综上所述可见，王弼就"无"乃"有"之所本的意义而言，提出了"以无为本、以无为体"的命题，本、体合起来就是"本体"。就"无"乃"有之所以为利"的最高根据而言，他又提出了"以无为用"的命题，用就是功能、作用。综合这两个命题，就是"即体即用"的思想：所有的用都是本体之用，用不离体，体不离用。

王弼的体用关系论不仅体现在《老子道德经注》中，而且还体现在《易大衍义》中。他独辟蹊径指出："演天地之数所赖者五十"之中，所"用"为"四十九"，代指万物；而"不用"的"一"就是"太极"，也就是本体。不能于万物即"四十九"之外别觅作为本体的"一"，相反，也不能认为"一"之外另有"四十九"的存在。这种以《老》解《易》的方法，"扫尽宇宙构成之旧说，而纯用体用一如之新论"，在中国古代思想史上影响重大。[①] 在此基础上，宋代理学家进一步完善了体用论，提出了"体用一原，显微无间"的著名命题。如程颐说："至微者，理也；至著者，象也。体用一原，显微无间。"（《程氏易传序》）此论既出，随即成为理学家公认的格言，如朱熹《答汪尚书》一字不差地引用了程颐的原话，然后解释说："盖自理而言，则即体而用在其中，所谓一原也；自象而言，则即显而微不能外，所谓无间也。"王阳明《传习录》说："即体而言，用在体；即用而言，体在用，是谓体、用一源。"

理学家还将体称为"道体"，并以"大化流行"来解释用。《论语·子罕》载："子在川上，曰：逝者如斯夫！不舍昼夜。"程颐解释

[①] 参见汤用彤《王弼大衍义略释》一文，载《汤用彤选集》，天津人民出版社1995年版，第244—252页。

说:"此道体也。天运而不已,日往则月来,寒往则暑来,水流而不息,物生而不穷,皆与道为体,运乎昼夜,未尝已也。"(朱熹《四书章句集注·论语集注》引)朱熹解释说:"天地之化,往者过,来者续,无一息之停,乃道体之本然也。"(《四书章句集注·论语集注》)"道体"的重要性及其含义,于朱熹、吕祖谦二人共同编订的《近思录》一书最可见出。该书掇录北宋四子周敦颐,二程(程颐、程颢),张载四人的主要言论,十四卷,第一卷即为"道体",共51条。内容谈天道者似乎不比谈心性者为多,比如第4条录程颐之语:"心一也,有指体而言者,有指用而言者,惟观其所见如何耳。"第50条录张载的"心,统性情者也"一语,等等。这表明宋代理学家的道体之内涵已经发生较大变化。

在笔者看来,"从道本根到道体"是中国古代思想演化的关键性重大问题,需要专门研究。本节只能粗略地描述一二。我们本节所说的"道本根",所根据的主要是老子、庄子描述"道"时所使用的相关言论,如"天地之根""自本自根""以本为精""此之谓本根"等。在笔者看来,它与后来的"道体"并不完全等同,甚至可以说差别相当大。因此,笔者不同意将道本根、道体乃至本体混为一谈的论断。如张岱年先生不但将"本根论"归属于"宇宙论",而且在解释本根的时候提出,"道"是本根的代名词;而宋代道学中的"道体","亦指本根,与今所谓本体意同,指宇宙中之至极究竟者"。[①] 受其影响,中国当代哲学界多将"道本根"理解为本体论意义上的"本体"。例如权威的《中国大百科全书·哲学》卷,"本体论"一条首先比较谨慎地提出,该术

---

① 张岱年:《中国哲学大纲》,中国社会科学出版社1982年版,第8页。

语"在西方哲学史和中国哲学史中分别具有各自的含义",在解释其西方哲学含义之后提出,中国古代哲学里的本体论叫作"本根论",接着解释说:

指探究天地万物产生、存在、发展变化根本原因和根本依据的学说。中国古代哲学家一般都把天地万物的本根归结为无形无象的与天地万物根本不同的东西,这种东西大体可分为 3 类:①没有固定形体的物质,如"气";②抽象的概念或原则,如"无""理";③主观精神,如"心"。①

严格说来,这个条目的解释存在的问题相当突出,主要有二:一是未能与古代道论结合,深究"本根"作为宇宙万物之"本根"的真正含义,特别是没有显示古代道论隐含的价值论内涵;二是没有体现出中国古代思想中十分常见的关于"本体"的思想。如该辞书"心无本体"的条目,所要解释的是黄宗羲《明儒学案·自序》中的一句话:"心无本体,功夫所至,即是本体。"这里涉及"心本体、性本体",以及"本体、功夫"等中国古代重要的思想内容,而"本体论"词条却根本没有出现,也没有显示道体与心体、性体的区别与联系。这两方面问题具有内在的联系,我们首先来辨析第一方面的问题实质。

我们前面指出,"道"作为宇宙母力的主要特性是"生生":创造生命。但是,认真说来,中国古代道论似乎也隐约指出了"道"的阴

---

① 《中国大百科全书·哲学》,中国大百科全书出版社 1987 年版,第 35 页。该书"中国哲学史"部分的主编就是张岱年先生。

暗性，只不过讲得比较含糊，所以一直未能引起学者的重视。我们对此须严加辨析。比如，老子与庄子都推崇"道"，但老子之"道"与庄子之"道"在内涵上有较大不同，而且，两人的理论重点也有很大差别。与老子一样，庄子也将"道"视为天地万物的生成本原，但是，与老子不同的是，庄子不仅关注"道""生"万物的一面，而且指出了"道""杀"万物的一面。也就是说，在庄子看来，"道"具有化生、消杀二重性。《庄子·大宗师》篇讲到女偊教卜梁倚学圣人之道的程序。

（女偊曰：）吾犹守而告之，参日而后能外天下；已外天下矣，吾又守之，七日而后能外物；已外物矣，吾又守之，九日而后能外生；已外生矣，而后能朝彻；朝彻，而后能见独；见独，而后能无古今；无古今，而后能入于不死不生。杀生者不死，生生者不生。其为物，无不将也，无不迎也；无不毁也，无不成也。其名为撄宁。撄宁也者，撄而后成者也。

这段话的主旨是叙述学"道"进程，所谓"外"就是去除世俗价值与世俗牵累，对于"天下""物""生"都能做到深切地省觉，彻底透破，在此基础上进入"朝彻"（心灵如朝阳初升时的清明朗彻状态）、"见独"（见到绝无对待卓然独立的"道"）、"无古今"（超越时间限制）、"不死不生"（超越生死），四者是进"道"过程中的心灵状态。最后，庄子用"撄宁"来总结，也就是强调在扰乱中保持安宁。庄子在这里的描述中指出，整个宇宙无时不有所送迎，无时不有所毁（杀）成（生）。因此，只有在万物生死毁成的激烈变化、纷纭烦乱中保持心境宁静，才能达于体道的最高境界。这段话对于"道"的毁（杀）成（生）二重性揭示得非常清楚，充分彰显了"道""杀"万物的一面。

韩非子似乎也注意到"道""杀"（毁）万物的一面。他说：

道者，万物之所然也，万理之所稽也。理者，成物之文也；道者，万物之所以成也。……稽万物之理，故不得不化；不得不化，故无常操；无常操是以死生气禀焉，万智斟酌焉，万事废兴焉。天得之以高，地得之以藏，维斗得之以成其威，日月得之以恒其光，五常得之以常其位，列星得之以端其行，四时得之以御其变气……万物得之以死，得之以生；万事得之以败，得之以成。（《韩非子·解老》）

韩非子在此指出，"道"是宇宙万物生死、成败、盛衰的根本原因，它给宇宙万物带来生命光辉，也同样带给它们死亡和黑暗。既然如此，学道、体道是否意味着对于"道"的二重性的全面认同？从老子与庄子的有关论述来看，庄学所重视的只不过是"道"的"生生"（成）的一面。也就是说，当庄子学派在将"道"设定为最高价值理想时，他们已经对"道"进行了理想化的加工、提纯，其中已经隐含着哲学家自己的价值追求——追求生生之德，也就是《庄子·刻意》篇所说的"化育万物"。这样做的根本原因，在于为人生和社会问题寻求终极性的价值根据。后世哲学思想中所说的"道体"已经不是兼具生杀二重性的"道本根"，而是经过价值主体提升之后的"生生之道"。它在宋代理学中被称为"道体"。中国古代名士们"仰观宇宙之大，俯察品类之盛"时所感受到的，正是天地万物中所蕴含的生机："仰望碧天际，俯磐绿水滨。寥朗无厓观，寓目理自陈。大矣造化功，万殊莫不均。群籁虽参差，适我无非新。"（王羲之《兰亭诗》）名士孙绰《兰亭诗》也写道："茫茫大造，万化齐轨。"诗人们领略到的，正是"生生之道"的神奇造化。中国古代文艺所描绘的宇宙主要就是一个充满生机与活力的宇宙，这正是生生之"道体"的具体表现。

总之，包括老子、庄子道论在内的整个中国古代道论，特别是宋代理学的"道体"，主要是"生生之道"而非"杀生之道"。这是古代哲学思想演进的一个极其重要的关节，应该高度重视。当代学术界的失误，主要原因在于忽略了本体论的价值论维度。对此，我们必须进行更加深入的探讨。

第三节　一心开多门

由于极其偶然的原因，宇宙在其无限漫长的演化过程中的某一刻产生了地球；又因为极其偶然的原因，地球在其非常漫长的演化过程中的某一刻产生了生命；还是因为极其偶然的原因，地球上的生命在其十分漫长的演化过程中的某一刻产生了一种高级生命：它被人类自己称为"人"。所有这些偶然性累加在一起表明：人类的诞生是宇宙间曾经出现过的最大奇迹。人是二足无毛的动物，人是理性的动物，人是符号的动物……自从人类有了思考能力之后，便开始了对自己是什么的苦苦思索，提出了一个又一个答案。

第二章　心本体及其生生底蕴

从中国古代思想的角度看，人是天地万物中最珍贵的。如《说文》提出："人，天地之性最贵者也。"人是"天地之心"。如《礼记·礼运》提出："故人者，其天地之德，阴阳之交，鬼神之会，五行之秀气也。……故人者，天地之心也，五行之端也。"相对于"无识之物"，人之为人在于，人是"有心之器"——有心的动物。如刘勰《文心雕龙·原道》指出："夫以无识之物，郁然有彩；有心之器，其无文欤！"正因为人有心，人类才成为"天地之心"——宇宙之心。中国古代思想对心的功能、成分、特性等方面（我们统称为机能）进行过许多说明，形成了一个非常发达的心性论传统，内容涉及人类文化的创造根源、目的、方式等问题。中国古代的文心论就孕育在这个心性论传统之中，离开了中国古代心性论传统，就基本上无法理解古代文论。借鉴中国古代心性论思想，我们将人的心称为心性。

从心性角度来界定人，在西方思想中也很常见。最经典而权威的表述是马克思、恩格斯的相关论述。一方面，马克思明确指出"人是自然界的一部分"，"人直接地是自然存在物"，这是人与动物相同的地方；但是，另一方面，在思考人的"类特性"的时候，马克思、恩格斯又指出，人与动物相比，"人还具有'意识'"，"有意识的生命活动把人同动物的生命活动直接区别开来。正是由于这一点，人才是类存在物。……正因为人是类存在物，他才是有意识的存在物"。"通过实践创造对象世界即改造无机界，证明人是有意识的类存在物。"[①] 套用中国古代心性论的概念来说，"有意识"即"有心"。当然，中国古代

[①] 相关论述参见夏甄陶《人是什么》第四章《人是有意识的存在物》，商务印书馆2000年版。

"心"的含义要远远大于"意识"。

马克思的理论旨在指导实践，中国美学界对于他的《巴黎手稿》是非常熟悉的。但是，美学界似乎有意无意地忽略了马克思的相关论述，迄今尚未从人类的特性——人心的角度来进行理解，从而导致对美学本体论的种种误解。对于我们的"文心三角"文艺美学而言，重温这段话尤其必要：

> 动物和它的生命活动是直接同一的。动物不把自己同自己的生命活动区别开来。它就是这种生命活动。人则使自己的生命活动本身变成自己的意志和意识的对象。他的生命活动是有意识的。这不是人与之直接融为一体的那种规定性。有意识的生命活动把人同动物的生命活动直接区别开来。正是由于这一点，人才是类存在物。或者说，正因为人是类存在物，他才是有意识的存在物，也就是说，他自己的生活对他是对象。仅仅由于这一点，他的活动才是自由的活动。①

马克思这里所要阐明的问题是，人的有意识的生命活动同动物的直接生命活动之间的区别。动物没有意识，其一切活动完全出于本能的驱动，并且与本能完全统一，但是，人则不然，人是有意识的存在物，人的一切活动都有意识参与，即使是无意识活动，也与动物的本能不同，也有意识的渗透。在社会生活中，人的活动更多的是在意识的支配下进行的有意识的活动。就内容而言，意识都是关于对象的意

---

① 《马克思恩格斯全集》第42卷，人民出版社1979年版，第96页。近几年的相关讨论可参阅应必诚《〈巴黎手稿〉与美学问题》，载《中国社会科学》1998年第3期。

识。对象可以区分为意识主体自我之外的存在物，以及意识主体自我自身。对前者的意识是"对他物的意识"，对后者的意识是"对自身的意识"（康德语）。所以，意识活动最重要的特性就是"对象性"——将一切存在，包括意识自身都作为对象来把握。"对象性"活动可以称为"对象化"。意识将自身作为对象来把握，如同佛学所说的明灯的"回光返照"，其结果称"自我意识"。自我意识是人作为自觉、自为存在物的一个根本标志，所以黑格尔也将人"作为一个有自我意识的存在"，看作是"人能超出他的自然存在"，"区别于外部的自然界"的一个根本原因和根本标志。① 哲学人类学家马克斯·舍勒也认为，在人类认识发展的阶梯上，自我意识是人与动物的分水岭。② 所有这些论断都提醒我们：理解人心，是理解一切人类文化创造的根本前提，其重要性是无法替代的。人类文化出于人心，用中国古代的话来说就是"心之文"。文艺活动是人心的高级活动，更是"心之文"，无论如何也不能偏离人心而去寻找其他的什么"逻辑起点"。"文心三角"文艺美学所要突出的就是一个"心"字："心之文"与"为文之用心"。③ 我们可以说，心性（意识）是人类与其他动物相比最突出的类特性，对于心性的研究将是所有人学的基础，因此，心性论将是会通古今中西文论最佳的理论支点。

那么，如何会通古今中西的心性思想呢？我们想到了傅伟勋先生

---

① 参见黑格尔《小逻辑》，贺麟译，商务印书馆1980年版，第92页。
② 参见马克斯·舍勒《人在宇宙中的地位》，李伯杰译，贵州人民出版社1989年版，第35—36页。
③ 笔者曾尝试从人心的角度连通马克思的《巴黎手稿》与《文心雕龙》，参见拙文《〈巴黎手稿〉与〈文心雕龙〉的互动诠释》，载《山东大学学报》（哲学社会科学版）2000年第1期。

的学说:"一心开多门。"

大乘佛学曾经提出过"一心开二门"的理论模式。《大乘起信论》围绕着"真如缘起"说而展开其理论。所谓"真如缘起",是指一切诸法都是从真如派生出来的。《大乘起信论》在阐述这一理论时,首先提出了"一心"的概念。"一心"即"真如",也叫"众生心"(众生本来具有的一心)。由"一心"分出二门,即"心真如门"和"心生灭门"。"心真如门"又名"不生不灭门",是从宇宙万有的本体方面说的,"心生灭门"又名"生生灭灭门",是从宇宙万有的现象方面说的。真如本来一片清净,但它不守自性,忽然起念,名为"无明"。由于无明的妄念执着,从而生起生灭变化的森罗万象。《大乘起信论》常以大海水作比喻,说,犹如大海水一样,因为被风所吹而有波涛起伏,瞬息不停;但是大海水的湿性是始终不会变坏的。真如也是如此,虽因无明风动而起生灭变化,但真如自性清净的本性是始终不变的。这一理论阐明了"一心"(真如)与世界万物的关系,"一心"是永恒的、无所不在的、灵明不昧的,它是宇宙万物的本原、实体,世界万物都由"一心"派生。不仅现实世界是这样,而且佛的境界也是出于众生的自心,一切众生本来具有无量成佛的功德。所以信仰大乘,就是信仰自己的心;证悟大乘之理,也是证悟这个"自心"。所谓"自信己身有真如法,发心修行",看重自己内心的修行,一切的一切,都出发于心而又回归于心。该学说吸收了许多中国道家和儒家的思想,其中"众生心"似乎是《老子》的"道"或《易经》中所讲的"太极",又与儒家的"本心""本性"相对应。而"一心开二门",犹如"太极生两仪"。佛教各派都受到这一学说的一定影响,并且也为理学家程朱所改造吸收,从而提出了"心统性情"的命题。如同佛学将真如、生灭二门统归于人的当下一念心一样,程朱也将天命之性与气质之性归于一心。当代儒学大师中,牟宗三先生对于"一心开二门"的理论模式最为重视,他甚至将之视为一个"有普遍性的共同模型",不仅可以适用于儒释道三教,而且可以对治西方哲学的许多问题,特别是康德的哲学系统。①

应当指出,牟宗三出于自己的理论旨趣,在解释中国佛教演化的内在理路时不无牵强之处②;更何况,要想使"一心开二门"成为一个"公共的心性论模型"而具有普遍适用性,牟先生的解释就显得粗糙而不够仔细了。有鉴于此,傅伟勋先生进一步提出"一心开出高低多门"之论,在比较充分地吸收西方现代心性学说的基础上,重新建构具有普遍适用性的心性论模型。傅先生认为,在心真如门("心性本然门")与生灭门("心性应然门")之下,至少应设立纯属现实自然而价值中立的"心性实然门",以及暴露整个生命乃至完全陷于昏沉埋没状态的"心性沉没门"。告子的"生之谓性"等自然主义的心性论,或从心理学(如弗洛伊德心理学及其发掘的深层无意识学说)、人类文化学等实然观点考察而形成的种种科学的心性论属于"心性实然门"。至于基督教的"原罪"与佛教的"无明"之类,有助于透视生命最为昏沉黑暗的那一面,最可对治传统儒家性善论的偏失,则属于"心性沉没门"。这样,最高层次的"心性本然门"与最低层次的"心性沉没门"形成极端的对比,"可以让我们深深了解复杂无比的人(类心)性

---

① 参见牟宗三《中国哲学十九讲》第十四讲《〈大乘起信论〉之'一心开二门'》,上海古籍出版社1997年版。
② 参见程恭让《牟宗三〈大乘起信论〉"一心开二门"说辨正》,载《哲学研究》1999年第12期。

事实"。傅先生站在他自己提出的"整全（顾及全面）的多层远近观"的立场上，特别针对中国传统心性论忽视心性黑暗面的缺陷，强调"心性沉没门"的增加，"以便对于包括道德本性、气质之性、自然本能（如性欲本能）、社会性（如阶级性、民族性、国家性等）与罪恶性在内的复杂无比的人性，有一较为充实完整而免于单元简易甚至片面独断的新看法"。这个"一心开出高低多门"的理论模型，又与傅先生的"生命的十大层面及其价值取向"模型相通。傅先生根据自己所了解的生命存在的诸般意义的高低顺序与自下而上的价值取向，提出作为万物之灵的人的生命应该具有下列十大层面：（1）身体活动，（2）心理活动，（3）政治社会，（4）历史文化，（5）知性探求，（6）美感经验，（7）人伦道德，（8）实存主体，（9）生死解脱，（10）终极存在。①"一心多门"与"生命多层"之所以是相通的，原因在于和动物相比，人的生命活动不再与本能完全统一，即便是本能的活动，也渗透着意识活动。所以人的生命可以称为"心化的生命"，"生命十层"正是"一心多门"的具体化。

我们借鉴傅伟勋先生"一心开多门"这一理论学说，主要目的在于为中国古代心性论寻找便于把握的理论模式。我们所理解的"多门"，首先是指心性可以区分为功能特性、成分以及状态三大方面；其次是说，无论是功能特性、成分还是状态，都又可以再区分为不同的层次。

---

① 参见傅伟勋《从西方哲学到禅佛教》，生活·读书·新知三联书店1989年版，第290—294页、460—461页、477—481页。

（一）心的功能、特性

"心"字最早出现于甲骨文中，是一个象形字，像人和动物的心脏。中国古代的文字学家虽然没有见到过甲骨文，但已经作出了准确的论断。许慎《说文》指出："心，人心，土藏，在身之中，象形。"以心配土，土为中央，表示心是人体的主宰。王筠《文字蒙求》说："心，中象心形，外兼象心包络也。"其《说文释例》又说："心于五脏，独象形，尊心也。"

人的心脏与动物的心脏虽然同形，但二者有本质的差别。动物的心脏只是一个内脏器官，而人的心脏在古人看来既是内脏器官，又是思维器官。人心的独特之处在于能思考认识各种事物。如《释名·释形体》指出："心，纤也，所识纤微，无物不贯也。"心作为人的思维器官和精神意识，在甲骨文中已有萌芽。例如甲骨文中出现了这样的句子："壬午卜，贞，王心亡鼓。"是说王的内心疑虑消除了。在这两句话中，心都指人的内心思维活动和精神意识。春秋战国及以后，诸子从不同的侧面论心，心范畴的内涵不断丰富。孔子积极入世，忧国忧民，强调通过学习知识、认识事理来提高道德水准，因此他非常鄙视那种"饱食终日，无所用心"的人，似乎最早提出了"用心"一语。这无疑涉及了心的功能。从孔子的思想体系来看，他所强调的是心的内省功能，通过内心的自我反省提高道德修养，"吾日三省吾身"说的就是这个意思。

孔子后学孟子则在孔子心论的基础上突出讨论了心的功能。孟子认为,心是人体的特殊器官,其特点是能"思",也就是具有思维、认知的功能。他说:"耳目之官不思,而蔽于物。物交物,则引之而已矣。心之官则思,思则得之,不思则不得也。此天之所与我者。"(《孟子·告子上》)人有耳、目、心等不同的器官,但耳目之类的器官同普通物体一样,不具有思维的能力,不能认识事物的本质,一旦与外物接触,便为外物所诱蔽。心与耳目不同,它能思维,因而既可以认识外物及其道理,又能够认识自身的内在善性。心的这种思维认识功能是人与生俱有的,正因为心具有这种功能,人才能够通过"尽心"而达到"知性""知天",实现人格的高度完善而成为圣人。可见,能思之心是成圣的基础。

较之孟子,荀子对心的论述又前进了一步。荀子认为,心是身体最主要的器官,又是精神思想的主宰。他说:"心者,形之君也,而神明之主也。"心支配形神的一切活动,人的思维认识、精神思想的形成,都取决于心的功能和作用。这是因为,心具有思维的特性,它能对外物和自身作出独立的思考判断。心"自禁也,自使也,自夺也,自取也,自行也,自止也。故口可劫而使墨云,形可劫而使诎申,心不可劫而使易意,是之则受,非之则辞"。心的思维认识活动是自主的,人们可以利用外力使人闭口不言,使四肢屈伸运动,却无法使心轻易改变自己的主见。由于心是"形之君"和"神明之主",因而被称为"天君"。荀子还论述了心的重要特征"生而有知"。他所谓的"知",是指心的思维功能和认识过程。心的思维功能是与生俱有的:正由于具有思维功能,心才能够进行认识活动。"凡以知,人之性也;可以知,物之理也。"人之所以能够认识客观存在事物的性质和规律——"物之理",在于人天生具有有认识能力的思维器官——心。"心生而有知",人就是靠"生而有知"的心去认识掌握世界万物的道理,去"知道""知天""知人"的。(《荀子·解蔽》)

《管子》一书也将心视为思维器官,认为心是"智之舍",即人体中产生和储藏思想智慧的器官。韩非在论述人的利欲之心时也提到,人心作为思维器官是天生的,因而产生各种各样的思想意识。支配人们思想行动的"利欲之心"就是人们最重要的思想意识,以至于"父母之于子也,犹用计算之心以相待也"(《韩非子·六反》)。《吕氏春秋》也认为心是人的智慧器官,是储藏智慧的处所。如说:"身以盛心,心以盛智。"(《吕氏春秋·君守》)

中国古代的医学经典《黄帝内经》提出,万物之中人为最贵,人之所以最贵,在于只有人才能"知万物""应四时",而这又是由于人有心。"心者,生之本,神之变也。"(《黄帝内经·素问·六节藏象论》)心为生命之本,有了心,才有人的生命存在,也才有人的精神活动。心位居胸中,具有主神志和主血脉两种基本功能,人体其他脏腑肢体的功能活动均受心的主宰支配。"心藏神","主神志"(《黄帝内经·灵枢经·九针论》)。神即精神意识,是人体生命活动和精神活动的最高主宰。心不但支配各个器官的功能活动,而且通过经络气血将它们联结成一个不可分割的有机整体,从而使人体作为完整的生命有机体得以生存发展。

《淮南子》认为,心是人体最重要的器官,是身体之本。"心者,身之本也。"(《淮南子·泰族训》)心具有思维特性,是支配身体各种器官和精神活动的中枢,它不仅支配着身首四肢、五脏九窍的生理运动,而且支配着人的全部思想和行为。因此,人的整个机体,"心为之主"。心之所以能成为身体的主宰,是因为它有精神,具有思维的功能。心有知忧乐的功能,耳目手足有应物而变的功能,但耳目手足的感应和心的认知并非无故产生的,而是源于外界事物的刺激,事物的声色形变通过耳目感官传入人心,人心便产生各种不同的反应,物象"入人耳,感人心,情之至者也"(《淮南子·缪称训》)。同时,心除了能够知一般外物,还能够知"性"、知"道"。"知人之性,其自养不勃;知事之制,其举错不惑。发一端,散无竟,周八极,总一筦,谓之心。"(《淮南子·人间训》)心不仅能够通过耳目皮肤等感知外界事物的变化,而且还能够通过概念、判断、推理等认识活动,认识事物的本质规律,深入地认识人的本性和事物的规矩。并且,心还可以从一人之性推知众人之性,从一物的规矩推知万物的规矩,将天地万物和社会人生的道理纳于一心。人体各个器官中,只有心才具有这种功能。另一方面,耳目口腹经常产生各种欲望,因为耳目口腹自身不会思虑,只知悦好声色美味而不知节制。制约嗜欲,只能靠心。"耳目鼻口不知所取去,心为之制。"心能思虑,知天道物理和伦理道德,依人伦物理之所宜而立制,所以能制约耳目口鼻的去取,使之有度,这就是礼义。"以义为制者,心也。"(《淮南子·诠言训》)"目虽欲之,禁之以度;心虽乐之,节之以礼。"(《淮南子·精神训》)通过礼义的制约,使人达到"心和欲得"的状态,也就是与道相合。董仲舒、王充、王弼、裴危、张湛、葛洪等许多思想家都曾论述到心。这里不再一一列举。

在中国古代哲学中,对心的功能强调得最突出的莫过于佛教。郄超《奉法要》说:"经云:心作天,心作人,心作地狱,心作畜生。乃至得道者也,亦心也。凡虑发乎心,皆念念受报,虽事未及形,而幽对冥构。夫情念员速,倏忽无间,机动毫端,遂充宇宙。罪福形道,靡不由之,吉凶悔吝,定于俄顷。是以行道之人,必慎独于心,防微虑始,以至理为城池;常领本以御末,不以事形未著而轻起心念。"在佛教教义中,身、口(语)、意三业(行为)都是决定五道轮回的根据,但又特别强调其中的"意"(或称为"心"的作用)。郗超引用儒家经典《礼记》和《周易·系辞》中的话如"慎独""防微虑始",目的在于叫人持守自己隐藏最深的意念,从心念的起始处加强控制。

宗炳把心视为万有(外界)的根源,认为心能产生、造作万物。他说:"夫洪范庶征休咎之应,皆由心来。……故佛经云:'一切诸法,从意生形。'又云:'心为法本,心作天堂,心作地狱。'义由此也。"(《明佛论》)在接下来的佛教发展史上,"心作万法"的思想被大大突出了,"万法唯心""心为法本"成为中国佛教各宗派的共同主张。如智𫖮《摩诃止观》提出"三十种世间悉从心造","三十种世间"归结到本原,即一念心的造作。宗密《华严经指归》说:"一切法皆唯心现,无别自体。"心的本体通过心的形体(肉团心)、心的功能(缘虑、集起)体现出来。窥基《成唯识论述记》说:"三界唯心尔,离一心外别无法故。"这就是"唯识无境"说。

通过佛教的影响,中国哲学对心的重视大大加强了。隋唐以后的哲学家们都论述到心。张载提出:"合性与知觉,有心之名。"(《正蒙·太和》)所谓知觉,指人的主观认识能力。而所谓"性",则是人的理性认识。宋代理学继承孟子的"尽心"说,强调"治心",如二程提出"学本是治心"。胡宏提出"人心应万物,如水照万象"。理学集大成者朱熹对心的论述更加充分。他首先认为心为知觉思虑,提出"有知觉谓之心"。"聪明视听,作为运用,皆是有这知觉。"(《朱子语类》)认为"心者,人之知觉,主于身而应事物者也"(《大禹谟解》)。同时,朱熹还发挥孟子的学说,论述心的思虑功能。如说:"心则能思,而以思为职,凡事物之来,心得其职,则得其理,而物不能蔽。"(《四书章句集注·孟子集注·告子上》)陆九渊也论述到心的思虑功能,认为与耳目相比,心的职能在于思。这与朱子是一致的。

元代理学家许衡以心为认识主体,认为心具有思虑与反映事物的功能。他说:"心是人之神明,人之一心虽不过方寸,然其本体至虚至灵,莫不有个自然知识。""人之一心,应万事的是大用。"(《鲁斋遗书·大学直解》)王阳明论心,重在强调心的宇宙本体地位,但也指出了心的知觉功能:"心不是一块血肉,凡知觉处便是心。如耳目之知视听,手足之知痛痒,此知觉便是心也。"(《传习录下》)王廷相的看法与此不同,他认为心是一个认识论概念:"知觉者,心之用;虚灵者,心之体。"心不是实在之物,却能思维。"心者,栖神之舍;神者,知识之本;思者,神识之妙用也。"(《雅述》上篇)对心、神、思三者的论析十分确切。刘宗周也像孟子一样认为"心之官则思",并说"一息不思则官失其职";同时,他还认为心含万象、造万有,心是宇宙万物的本体,包容天地万物。他说:"须知盈天地间本无所谓万物者,万物皆因我而名。"(《会录》)这是非常精辟的见解。他在《和陈几亭中翰分三体》一诗中写道:"宇宙虽大矣,结束惟寸心。"王夫之由"心之官则思"提出"心日生思",并说:"形也,神也,物也,三相遇而知觉乃发。故由性生知，以知知性，交涵于聚而有间之中，统于一心，由此言之则谓之心。"（《张子正蒙注》）颜元、戴震也都论述到心的思虑功能。鸦片战争以后，近代哲学家们开始用西方的思想来改造心的传统内涵规定，把心的认知功能和人的大脑神经活动联系在一起，并且对心范畴的内涵作了新的整理，如梁启超从心理学的角度把心规定为知、情、意的统一。

总的看来，中国古代哲学对心的功能相当重视。心的功能大致可概括为三方面：一是心对外物的思虑或认识，这是心的最重要的功能；二是心对于自身的反思；三是心生成宇宙万物、为宇宙万物命名的功能。正因为心的功能如此强大，刘勰《文心雕龙·序志》才对心十分赞赏："夫文心者，言为文之用心也。昔涓子琴心、王孙巧心，心哉美矣，故用之焉。"必须说明的是，心的不同功能往往是与心的不同状态（心的不同表现形态）紧密联系的，这是我们下面所要进一步探讨的。

（二）心的表现形态

在古人看来，心可以泛指人的内心世界。人的内心世界是非常复杂的，古人对这种复杂性有充分的认识。例如，古人认识到心具有不同的状态，可以用"神""气"等来指称；心又具有不同的成分，最主要的是"性""情""志"。为了简明，我们这里将心的状态与成分合称为心的表现形态。把握心的各种表现形态，对于我们理解古代心论非常重要。我们还是按照历史顺序来进行述评。

在《易经》卦爻辞中，"心"字凡七见，其主要含义指人的各种精神心理。井卦九三爻辞说:"井渫不食,为我心恻。"涤除井中的污垢使井水恢复清洁,但仍无人饮用,这未免使人心里感到悲恻。"心恻"是一种悲伤的感情。在今文《尚书》中,"心"字凡二十六见,基本含义除表示人的内心感情、愿望外,还扩及人的道德精神,提出了善恶之心的观念。如《立政》中的"宅心"指恶人之心,"俊心"指贤俊之心。《尚书·尧典》有一段著名的话:"诗言志,歌永言,声依永,律和声。"据今人考证,"志"为"心之所止",是心的一种状态,一般理解为人的志向、怀抱。《诗经》中"心"字的运用更加广泛,凡126见,指人的各种各样的思想感情。

孔子论心集中在如下几句话:"吾十有五而志于学,三十而立,四十而不惑,五十而知天命,六十而耳顺,七十而从心所欲不逾矩。"(《论语·为政》)这是孔子自述修德进业的历程。从15岁的志于学,到70岁时能"从心所欲不逾矩",进入一种高度的自由境界。这里的"心"具有三个层次的含义:内心的欲望、主体的思维、主体的道德意识。通过主体的思维的进德修业,人的欲望与道德意识完全合一,心理欲望在道德规范内活动而又感到充分的自由。最完美的人心,是完全遵循仁礼而又不感到任何束缚,这是人格的高度完善。孔子论心虽然简略,但他将人的主体意识、思维认识、道德修养三方面统一于心,主张通过提高认识来完成道德修养,达到意欲、思想、道德的和谐统一,提高人的精神境界,达到人格的高度完善,从而奠定了儒家心性学说的基础,产生了重大影响。

《老子》一书中"心"字凡九见,心与志一般指人的欲望,"虚心"就是要排除人的各种欲望。第3章说:"不尚贤,使民不争;不贵难得之货，使民不为盗；不见可欲，使民心不乱。是以圣人之治，虚其心，实其腹；弱其志，强其骨。常使民无知无欲，使夫智者不敢为也。为无为，则无不治。"老子还用"愚人之心"来指这种排除了欲望的心。

孟子一方面注重心的思维功能，但另一方面他更重视心中的先验道德意识，如他说："仁义礼智根于心。"（《孟子·尽心上》）这个"根"便是他说的"四端"："恻隐之心，仁之端也；羞恶之心，义之端也；辞让之心，礼之端也；是非之心，智之端也。"（《孟子·公孙丑上》）人的仁义礼智根源于心，是人心固有的，因此，要成为具有高尚道德的人，便不应向外寻求，而应向内反观，运用心的思维功能，认识、扩充、发扬光大自己心中本来具有的道德意识，使之在心中得以确立，从而通达天人之道，成为圣贤，这就是尽心、知性、知天的过程："尽其心者，知其性也；知其性，则知天矣。存其心，养其性，所以事天也。"（《孟子·尽心上》）由此可见，在孟子的心论中，心、性、天具有内在一致性，或者说，性是心的不同表现形态。如果说"尽心"是从积极面来说的话，那么，"养心"则是从消极面来说的。孟子认识到"人心皆有害"，"心害"就是各种利欲。消除利欲之害，保存和扩充仁义礼智四端，必须"寡欲"而"养心"："养心莫善于寡欲。"（《孟子·尽心下》）这是"养心"的一种方式。养心的更重要的方式是培养内心的"浩然之气"，形成"居仁由义"的坚定意志。人心的"浩然之气"是与"义""道"相配合的精神意志，它通过"志"这一中介而影响心的活动。"夫志，气之帅也。气，体之充也。夫志至焉，气次焉。故曰：持其志，无暴其气。……志壹则动气，气壹则动志也。今夫蹶者趋者，是气也，而反动其心。"（《孟子·公孙丑上》）

从孟子的这些论述中可以看出,心具有不同的形态:仁义礼智四端,利害之欲,志,气,性。我们可以用今天的概念对它们进行梳理:"志"在孟子这里是合乎"道"与"义"的道德观念的,是人的心理活动的主宰;而"气"则是一般的心理活动,需要由志来控制,在志的控制下不断修"养"之后,就成为合乎道义的"浩然之气"。所以,培养浩然之气是从积极方面说的"养心","寡欲"则是从消极方面说的"养心"。弄清"心""志""气"三者的联系与区别,对于我们理解中国古代文心论是非常必要的。孟子的论述可以作为一个重要的参照。

《庄子》对于"心""志""气"三者的论述更加精巧,也更有理论深度。一般认为,庄子继承了老子的思想,重在探索人的"虚静"之心。首先,庄子看到世人都有喜怒哀乐好恶和利欲荣辱争夺之心,他将之称为"人心"。人心有各种各样的表现:一为"成心",也就是对事物的成见。"夫随其成心而师之,谁独且无师乎?奚必知代而心自取者有之?愚者与有焉。"(《庄子·齐物论》)二曰"滑心",即滑乱之心,这会导致人失去体道之心。"夫失性有五:一曰五色乱目,使目不明;二曰五声乱耳,使耳不聪;三曰五臭薰鼻,困惾中颡;四曰五味浊口,使口厉爽;五曰趣舍滑心,使性飞扬。"三为"机心",即机巧之心。"有机械者必有机事,有机事者必有机心。机心存于胸中,则纯白不备;纯白不备,则神生不定;神生不定者,道之所不载也。"(《庄子·天地》)四为"忧乐之心",即心有悲乐、喜怒、好恶。"悲乐者,德之邪;喜怒者,道之过;好恶者,德之失。故心不忧乐,德之至也。"(《庄子·刻意》)五为"相害之心"。"神农之世,卧则居居,起则于于,民知其母,不知其父,与麋鹿共处,耕而食,织而衣,无有相害之心。此至德之隆也。"古代之人心地纯朴，没有彼此相害之心；现世的人，则为名利争夺不已，怀有相害之心。所有这些心态，都是名利私欲的表现，它们使人背失道德，内心变谬，言行变邪。只有"弃名利，反之于心"（《庄子·盗跖》），才能回归于道。然而，人生天地之间，总难免有名利私欲之心，弃名利而返于道的唯一方法就是通过"心斋"而"坐忘"。"回曰：'敢问心斋。'仲尼曰：'若一志，无听之以耳而听之以心，无听之以心而听之以气！听止于耳，心止于符。气也者，虚而待物者也。唯道集虚。虚者，心斋也。'"（《庄子·人间世》）"心斋"是人心的一种状态，其最主要的特点是"虚"。在这几句话中，"志""心""气"具有内在联系，都是心的不同状态，其分别在于"气"比前二者"虚"，也就是"虚灵之心"。这种状态的虚灵之心具有的特征是"虚静"，是一种如同"圣人之心"的"通道合德"之心。"圣人之心静乎！天地之鉴也，万物之镜也。""万物无足以铙心者，故静也。""故外天地，遗万物，而神未尝有所困也。通乎道，合乎德，退仁义，宾礼乐，至人之心有所定矣。""一心定而万物服。"（《庄子·天道》）在这里可以看到，"神"也是心的另一个称呼。总之，在庄子这里，"志""心""气""神"是同一个对象在不同状态下的不同称谓，"志""心"是一般状态的心，而"气"与"神"则是合"道"状态的心，也就是"道心"。庄子所追求的正在于通过"坐忘""心斋"，使人心"通乎道，合乎德"，使人的精神达到与天地合而为一的自由境界。

荀子认为"心生而有知"，他引用《道经》上的"人心之危，道心之微"，将心区分为"人心"与"道心"。所谓"人心"，就是人的利欲好恶之心。人由气而成形,"形具而神生,好恶、喜怒、哀乐藏焉,夫是之谓天情。"(《荀子·天论》)人心的欲望、感情与生俱有,故称"天情"。同时,荀子还看到"人心譬如槃水",很容易为外物所动、所扰乱,所以,不能够正确地对待事物,便不能使人心合于"天心"。为此,荀子指出,人要"知道""知天",必须使心处于"虚壹而静"的状态。《荀子·解蔽》说:"心何以知?曰:虚壹而静。""虚"就是"不以所已藏害所将受",即不以已有的认识妨害所将要接受的认识;"壹"就是"不以夫一害此一",即内心不以对一种事物的认识而妨碍对另外一种事物的认识。"静"就是"不以梦剧乱知",即不让梦幻、想象以及各种胡思乱想扰乱正常的认识。"虚壹而静,谓之大清明。万物莫形而不见,莫见而不论,莫论而失位。"但是,心在认识过程中会受到两方面的制约和限制:一是万物相互为蔽,二是主体自身的利欲干扰。它们都是"心术之患",这就会导致"中心不定"。为了克服"中心不定"而保持"虚壹而静",必须"治气养心",其方法是:"血气刚强,则柔之以调和;知虑渐深,则一之以易良;勇胆猛戾,则辅之以道顺;齐给便利,则节之以动止;狭隘褊小,则廓之以广大;卑湿重迟贪利,则抗之以高志;庸众驽散,则劫之以师友;怠慢僄弃,则照之以祸灾;愚款端悫,则合之以礼乐,通之以思索。凡治气养心之术,莫经由礼,莫要得师,莫神一好。夫是之谓治气养心之术也。"(《荀子·修身》)以上所有的养心之术,都可归结为"以诚养心":"君子养心莫善于诚,致诚则无他事矣。"(《荀子·不苟》)通过治气养心,达到"虚壹而静"的状态,可以使"惟危"之"人心"合于"惟微"之"道心":"心合于道,说合于心,辞合于说,正名而期,质请而喻。"(《荀子·正名》)这就是圣人之心的境界。由此可见,在荀子哲学中,"天情""气""心"等概念都是心的不同表现形态。

像《庄子》《荀子》一样,《管子》也较多地涉及"心""气""道"的关系。《管子》也认为,心只有在"虚静"的状态下才能正确地"司虑",获得正确的认识。它指出:"夫心有欲者,物过而目不见,声至而耳不闻也。"(《管子·心术上》)因此,必须排除心中之"欲"才能正确认识事物。去欲也就是培养心中的灵气。《管子》哲学以气为万物本原,精气是气的精微部分,"精也者,气之精者也",它"流于天地之间,谓之鬼神;藏于胸中,谓之圣人"(《管子·内业》)。精气不但是构成天地万物的材料,而且是构成人体及其精神的基础。"气者,身之充也。行者,正之义也。充不美则心不得。"(《管子·心术下》)气充于身而成为人的身体,形体存在而后有人的精神,因此,如果气不精美,人的思虑感受功能就不会完善。人心之所以能认识天地万物,是因为它是由最精美的气构成的,即由"灵气"构成的:"灵气在心,一来一逝。其细无内,其大无外。所以失之,以躁为害。心能执静,道将自定。"(《管子·内业》)灵气存在于心,其特点是至小无内,至大无外,一来一往,不停运动。灵气可失可得。人心如果浮躁不安,灵气将失;反之,只有虚静自然,内心平静,灵气在心,人心就可能得天地之道、人物之理:"专于意,一于心,耳目端,知远之证。……故曰:思之思之,不得,鬼神教之。非鬼神之力也,其精气之极也。"(《管子·心术下》)"道之在天者,日也。其在人者,心也。"(《管子·枢言》)尽管"道"在心中,但是,它"所以充形也,而人不能固。其往不复,其来不舍"。"道"并不一定固藏于心中,而是可存可失的。使"道"在人心中存而不失的唯一途径是"修心静意":"修心静意,道乃可得";"心静气理,道乃可止"(《管子·内业》)。较诸其他,《管子》在探索心的思维功能的成因时,明确提出"灵气在心"的论断,更明确地以气论心。

《黄帝内经》提出"心藏神""主神志"。所谓"神",就是人的精神,表现在两方面:一为人的"神气""神色",即人体生理变化所表现于外的征象。二为人的"神志""神明",也就是人心在活动过程中所产生的心理、思想、意识、感情等精神思维现象,其具体表现形式有意、志、思、虑、智等。"心有所忆谓之意,意之所存谓之志,因志而存变谓之思,因思而远慕谓之虑,因虑而处物谓之智。"(《黄帝内经·灵枢经·本神》)心为"神之舍",便不是主血脉之心,而是主神志之心,是心这个思维器官及其活动。"心者,君主之官也,神明出焉。"(《黄帝内经·素问·灵兰秘典论》)心是思维器官,所以能产生"神明"。神明具体表现为意、志、思、虑、智,是心"任物"活动的结果。心能"任物",对外界事物和人体自身进行思考、认识,形成各种心理、思想、感情,于是有"神志",出"神明"。心是人体观察、思考、认识、记忆、处理事物的思维中心,从这个意义上说,"所以任物者谓之心"(《黄帝内经·灵枢经·本神》)。《黄帝内经》还认识到,心的思维活动和精神状态与人的身体健康状况有着密切联系,只有人的机体健康,心才能出"神明",有"神志";反之,"心伤则神去,神去则死矣"(《黄帝内经·灵枢经·邪客》)。伤害心的因素包括疾病、情感、利欲三方面。人生于天地之间,心感物而有喜怒哀乐恐惧之情,但是,不仅"喜伤心"(《黄帝内经·素问·五运行大论》),"忧思伤心"(《黄帝内经·灵枢经·百病始生》),"盛怒""惊骇""恐惧"也会伤心。"喜乐者,神惮散而不藏;愁忧者,气闭塞而不行;盛怒者,迷惑而不治;恐惧者,神荡惮而不收。"(《黄帝内经·灵枢经·本神》)同时,利欲也会伤害心神,所以必须消除过分的利欲。《黄帝内经》还认为气为宇宙万物的本原,天地形气相感而生化万物和人类。人受气而成形,其机体的生理活动和精神活动都以气为基础。"神者,正气也。"(《黄帝内经·灵枢经·小针解》)体内正气旺盛,人心便精力充沛;体内邪气侵害,人心便精神丧失。因此,保养身心应以治气为本。"气相得则和,不相得则病。"(《黄帝内经·素问·五运行大论》)"气得上下,五藏安定,血脉和利,精神乃居。"(《黄帝内经·灵枢经·平人绝谷》)这就从宇宙论的角度论述了心与神志、神明、气的关系。

《黄帝内经》奠定了我国中医学说的基础。医儒合一的现象在中国古代十分普遍,宋代以后甚至形成了"儒医格局":儒者习医之风越来越盛,无儒不通医;医者皆从儒者转来,医能述儒也成为一种普遍现象。如明代著名医家张介宾受王阳明心学影响很大,其《景岳全书·传忠录上》说:"万事不能外乎理,而医之于理为尤切。散之则理为万象,会之则理归一心。夫医者,一心也;病者,万象也。……故医之临证,必期以我之一心,洞病者之一本,以我之一,对彼之一,既得一真,万疑俱释,岂不甚易?一也者,理而已矣。苟吾心之理明,则阴者自阴,阳者自阳,焉能相混?"①将"心即理"这一阳明思想的核心用于诊病,在当时可谓一种创新,其目的在于用阳明心学来阐释医

---

① 张介宾:《景岳全书》,中国中医药出版社1994年版,第3页。

家重直觉体悟的"心法"。中医理论至今仍然发挥着巨大的实践指导作用，具有强大的生命力，应该引起我们的高度重视。

中国古代思想曾经提出过"心统性情"的命题。这一命题中的"心"，就气质而言，指心的功能。"性"指寓于心中的天命之性，程朱将之视为心之本体，又称性体、"道心"，相对于"情"而言是先天未发的。"情"是心感于物而动之后形成的心理活动、情感欲望等内容，是气质之性的发用流行，属后天已发，其强化形式即"欲"，亦即"人心"。"统"意指兼有、贯通。就动态的功能探讨而言，性、情皆为一心所兼有，未发之性与已发之情皆为一心所贯通。程朱一再强调"道心""人心"只是一心，并非二心，关键是要用"道心"来控制"人心"。朱熹说："使道心常为一身之主，而人心每听命焉。"（《四书章句集注·中庸章句序》）所谓"正心""诚意"都是此意。用今天的话语来说，"正心"实际上就是用意志克服、控制种种欲望，使之符合伦理规范。这表明，中国古代思想并非没有认识到人心的种种负面成分，只不过出于自身的思想逻辑，没有将之突出强调出来。或许正因为如此，傅伟勋先生在设计"一心开多门"的理论模式时，特意强调了"心性沉没门"，借鉴西方有关思想，突出了人心阴暗、险恶乃至罪恶的一面。这就为理解、解释人世间的无穷灾难、罪恶，奠定了人性论基础，有助于弥补儒家思想过分倚重性善的理论不足。

我们通常说"文学是人学"。其实这句话是不太确切的，因为包括文学在内的所有人文学科都是人学。与西方哲学相比较，中国古代哲学思想的人文色彩似乎更浓厚一些，"人文"是古代哲学家们永恒的主题，他们只是在为人文寻找最终价值本原时才追究到"天文"。由此可以将中国古代哲学称为以人为中心的"天人之学"。在对人进行思考和设定时，中国哲学经常涉及一个重要的理论范畴："心"。我们甚至可以说，中国古代的人论就是心论，心论就是人论。比如在《文心雕龙》一书中，上述特点就体现得十分明显。《文心雕龙》所讨论的主要对象是"文章"，这个文章的范围极其广泛，几乎与"人文"非常接近。而"文心"一词正表明它是从心的角度来探讨文的。因此，在《文心雕龙》的内在思路中，人、心、文三者具有密切联系，甚至可以说三者是一体的。而当代文论则对此有所忽视，这就是我们深究心性论的重要原因。

第四节　价值玄设："谓之"话语的价值论底蕴

我们在探讨心的功能的时候，已经涉及心的价值定向功能，用孟子的话来说就是"思"的能力。其实，古代心性论对此有更加明确的论述。明代思想家刘宗周曾提出："心之所存，渊然有定向。"这个存在于心中的"定向"，就是儒家所说的"本心"，更细致地讲就是"意"："意者，心之所以为心也。止言心，则心只是径寸虚体耳；著个意字，方见下了定盘针，有子午可指。……意之于心，只是虚体中一点精神，仍只是一个心。"（《刘子全书·问答》）刘宗周认为"心之主宰曰意"，同时又提出意与心只是一个心，无非是表明心有"主宰"，亦即"定向"的功能。

从传统儒家学说的角度来说，这个"定向"就是"致良知"，让先天存在于心中的"本心"呈现出来，其价值论意味非常明显。与此相似，道家的理论主旨在于，通过"致虚极，守静笃"（老子），"心斋""坐忘"（庄子）等方式而体"道心"，中国佛学则在于通过定、慧双修以明心见性。各家皆极其重视心的价值定向功能。完全可以说，没有心的价值定向功能，人类就不可能产生价值意识，更不可能产生集中体现价值意识的形而上学。

中国传统的形而上学与西方形而上学的思路、方法差别很大。冯友兰先生曾经著文，专门总结如何培养人格之美，也就是养成"真名士"。他将之概括为四方面。第一，真名士必有"玄心"，也就是一种超越感，超越自我之后即无我。第二，真名士必有洞见，不凭推理，专凭直觉而对玄理有深刻的体察。第三，真名士必有妙赏，也就是对于美的深切感悟。第四，真正风流者必有深情，其情感并非一己之私情，而是对宇宙人生的情感，其情与万物共鸣，共感其应，主观客观，浑然一体。[①] 这种风流人格，实际上正是对冯友兰先生所倡言的人生境界的最佳解说，将传统精神境界的所有奥秘揭示了出来。我们可以据此进行一些发挥，进一步说明中国古代形而上学思想的内在思路与方法特点。

像文艺一样，形而上学发源于人的深情，一种对宇宙万物一往情深而与之融合一体的、难以言诠的深情。正因为有此深情，宇宙万物不再是毫无生机的死物，而是呈现出千姿百态的美来的活物。对万物

---

① 参见冯友兰《论风流》，载《三松堂学术文集》，北京大学出版社1984年版，第609—617页。此文1944年原刊于《哲学评论》9卷3期。

之美的妙赏，引导着思想家、艺术家的洞见，去体悟宇宙人生的奥秘，并试图以此回答这奥秘。一旦思想家、艺术家获得这种洞见，并经常将之作为基点来思考时，这一洞见实际上就成了他们的一种比较稳定的价值观念玄设，其情感此时也就是"玄心"。因此，在最终的意义上，哲学与诗合二为一。古今中外一切优秀文艺作品无不具有"形而上的质"（英伽登语），反过来也可以说，是否具有"形而上的质"，是衡量一件作品优秀程度的试金石。科学哲学家赖欣巴哈在其名著《科学哲学的兴起》一书中指出："在整个哲学史上，我们发现哲学思维总是和诗人的想象连在一起；哲学家发问，诗人回答。"① 赖氏的本意或许在于揶揄哲学的根基不稳和无力。但是，我们据此可以说：哲学的思维程序是哲学式的，但其最终也就是最根本的价值预设（价值玄设），必然是艺术想象式的，亦即方东美、牟宗三等先生常说的"艺术观照"。因此，"宅心玄远"是中国古代形而上学思想的奥秘。

　　集中体现"玄心"的，是中国古代思想中十分常见的"谓之"话语。《易传》中有两句非常著名的话："形而上者谓之道，形而下者谓之器。"表面看来，这两句话主、谓、宾等语法要素齐全；但是，这是两句没有行为主体的话，在它们前面应该加上"《易传》作者（们）认为"。我们这样讲的目的是表明："谓之"判断的主体并非句中的"形而上者""形而下者"，而是"《易传》作者"。因此，"谓之"判断的实际意义是"《易传》作者把……当作……"：他（们）把"形而上者"当作"道"，而把"形而下者"当作"器"。当然，这个"把……当作……"的结构（以下简称"把字结构"），也就是"认为"或"看

---

① 转引自强以华《存在与第一哲学》，武汉大学出版社1997年版，第227页。

来"等义:"他(们)认为"或"在他(们)看来"。

在中国古代文献中,表达价值判断的"把字结构"就是相当常见的"谓之""之谓""谓"等话语,它们都是"谓……为……"之义。清代思想家戴震曾经总结过中国古代的"之谓"与"谓之"话语的用法差别。他指出,凡言"之谓",总是"以上所称解下",例证如《中庸》"天命之谓性,率性之谓道,修道之谓教"三句话,就如同说"性也者天命之谓也,道也者率性之谓也,教也者修道之谓也"。《易传》"一阴一阳之谓道","则为天道言之,若曰道也者,一阴一阳之谓也"。凡曰"谓之",则是"以下所称解上",例如《中庸》"自诚明谓之性,自明诚谓之教"二句,"非为性、教言之,以性、教区别'自诚明''自明诚'二者耳"。他特别解释《易传》"形而上者""形而下者"两句话说:"非为道器言之,以道器区别其形而上形而下耳。形谓已成形质,形而上犹曰形以前,形而下犹曰形以后。阴阳之未成形质,是谓形而上者也,非形而下明矣。器言乎一成而不变,道言乎体物而不可遗。"①

戴震的区分当然是有意义的学术研究,不过,就我们现在的论题来说,这些论述帮助我们搜罗了有用的材料。实际上,孟子的有关论述最为明显地表明了"谓之"话语的价值论内涵,我们下面来进行一些探讨。孟子有许多论述涉及这一问题。我们先看与告子辩论的一段话:

告子曰:"生之谓性。"孟子曰:"生之谓性也,犹白之谓白欤?"

---

① 戴震著,何文光整理:《孟子字义疏证》,中华书局1982年版,第80页。

曰:"然。""白羽之白也,犹白雪之白;白雪之白,犹白玉之白欤?"曰:"然。""然则犬之性犹牛之性,牛之性犹人之性欤?"(《孟子·告子上》)

"生之谓性"是一个词源学式的解释:生即性,性即生。关于孟子是否同意这一说法,目前学术界存在不同意见。我们认为,孟子不可能同意,恰恰相反,他的这段话,实际上正是在批判告子以生谓性。孟子用类比法来展开自己的论证:从句式上看,"生之谓性"与"白之谓白"完全一致。"白"当然就是"白",并且,凡是被称为"白"的东西,如白羽、白雪、白玉……就其"白"的颜色来说是完全一样的。但是,如果依此类推,认为犬之性、牛之性、人之性……完全一样,那么,人将等同于犬牛而不再为人。孟子经常骂他痛恨的恶人为"禽兽",表明他认为人与禽兽有着本质差别。按照孟子的思路,人与动物同样都是生于天的,但人却具有明显不同于动物的特殊"性":与禽兽"几希"的一点"仁义",如《孟子·离娄下》所说:"人之所以异于禽兽者几希,庶民去之,君子存之。舜明于庶物,察于人伦。由仁义行,非行仁义也。"告子不同意"以人性为仁义",孟子则斥责告子之言"率天下之人而祸仁义"(《孟子·告子上》)。因此,人之"性"是一种不同于犬之"性"、牛之"性"的特殊之"性",这一特殊之"性"(仁义之性)不可能从"生之谓性"这句话中内在地、合逻辑地推导出来。也就是说,"生之谓性"这句话,只不过是客观的描述,而不是一个价值判断。

从正面是"谓之",从反面则是"不谓"。孟子用"不谓"话语来

区别"性"和"命",也可以看作对"生之谓性"的进一步批判:

> 口之于味也,目之于色也,耳之于声也,鼻之于臭也,四肢之于安佚也,性也。有命焉,君子不谓性也。仁之于父子也,义之于君臣也,礼之于宾主也,知之于贤者也,圣人之于天道也,命也。有性焉,君子不谓命也。(《孟子·尽心下》)

告子认为"生之谓性",凡是自然生成的都可以叫作性,包括饮食、性欲。所以他又说:"食色,性也。"因为是自然本能,任何人都有,所以,"性无善无不善",无所谓善或不善。孟子的理论主旨在于论证人性本善,他认为人的本善之性是天赋的。这就是说,善性既是天性,又是人性,更确切地说,是人性当中包含的、体现出来的天性。但是,孟子也看到了人的诸多自然本能也是天赋的,如果像告子那样认为"生之谓性"的话,这些自然本能也应该属于"性"。而这个结论无疑会将道德意识与生理欲望混同为一,这是孟子万万不能接受的。因此,孟子明确将同样来自自然天性的内容区分为"命"与"性"两方面:生理方面的本能欲望为前者,而道德意识则是后者。我们要追问孟子:作出这样区分的根据是什么?

孟子没有从理论上说明"谓之"或"不谓"的理论根据。他的另外几句话更像是没有理论根据的"独断"话语:"可欲之谓善,有诸己之谓信,充实之谓美,充实而有光辉之谓大,大而化之之谓圣,圣而不可知之之谓神。"(《孟子·尽心下》)

与《中庸》"天命之谓性"这句话一样,孟子这里也是在天、命、之谓、性四者的关系中，来描述"尽心、知性、知天"的，其内在逻辑如《孟子·尽心上》所言："尽其心者知其性也，知其性则知天矣。"有学者借鉴现象学理论来剖析、批判"谓之"话语，认为这些都是没有充分理论根据的独断言论。① 我们赞同这样的批评，不过我们想进一步表明：孟子用"独断"式话语所要做的，是为了说明道德意识是人之为人的最后的根据，这是毋庸置疑的"先验"规定。试想：什么样的理论在其最本原之处不是"独断"的呢？形而上学的理论困境正在于此。

庄子也有一系列的"谓之"话语，如《庄子·天地》篇曾说："泰初有无，无有无名；一之所起，有一而未形。物得以生，谓之德；未形者有分，且然无间，谓之命；留动而生物，物成生理，谓之形；形体保神，各有仪则，谓之性。"这与孟子的论述可以对应起来，只不过庄子认为"性"乃自然之性，而非"仁义之性"。《庄子·天地》篇则说："无为为之之谓天，无为言之之谓德。"

总之，在中国古代思想话语中，"天命于人"和"人得于天"二者，共同构成一个"天人"关系的循环圆圈："天命于人"者为"性"，"人得于天者"为"德"，二者合称"德性"。德性本来是"天然"（自然）的，而在自然界中本来只有种种事实，没有价值；但是，人之为人，最重要的一点在于人的价值意识。价值是人类主体所作的认肯、追求，人可以进行种种抉择以建立种种价值观念，犹如荀子所谓"必容其择"，"情然而心为之择"："心"是价值抉择的主体。所以，中国

---

① 参见唐文明《孔孟儒家的"性"的理念及其话语权力膨胀的后果》，载《哲学研究》1999年第2期。

古代的价值论是一种"宇宙本体观点的价值论",特具慈悲广大的胸怀。①

由上述探讨可见中国古代思想中"谓之"话语的普遍性及其价值论内涵。但是,必须揭示"谓之"话语的另外一层意义。《史记·秦始皇本纪》载有著名的"指鹿为马"的故事:"赵高欲为乱,恐群臣不听,乃先设验,持鹿献于二世,曰:'马也。'二世笑曰:'丞相误邪?谓鹿为马。'问左右,左右或默,或言马以阿顺赵高。或言鹿(者),高因阴中诸言鹿者以法。后群臣皆畏高。"在这里,"谓鹿为马"是一种典型的"强力话语",认同它与否意味着对一种强力的认同与否,对于特定情境中的个人来说绝非儿戏,而是性命攸关的事。同时,也不是谁想"谓"就行的,其背后必须有强权作保障。因此,借用福柯的话来说,"谓……为……"是一种不折不扣的"权力(强权)话语"。

总之,正如庄子所深刻指出的那样:"物,谓之而然。"(《庄子·齐物论》)人类活动无不隐含着"谓之"话语,无不遵循着"谓之而然"的逻辑。庄子深情地写道:

可乎可,不可乎不可。道行之而成,物谓之而然。恶乎然?然于然。恶乎不然?不然于不然。物固有所然,物固有所可。无物不然,无物不可。故为是举莛与楹,厉与西施,恢恑憰怪,道通为一。其分也,成也;其成也,毁也。凡物无成与毁,复通为一。唯达者知通为一……因是已,已而不知其然,谓之道。(《庄子·齐物论》)

---

① 参见唐逸《荣木谭:思想随笔与文化解读》,商务印书馆2000年版,第187页。

在先秦，物是个"大共名"。从庄子的精彩论述可知，使用强力话语的绝对不仅仅是一个指鹿为马的赵高。相对于自然万物、特别是那些弱小者而言，人类的所有活动无不如此：使用"把字结构"强制、统治万物以满足自己的需求。更有甚者，社会上的强权者则将同类加上一个"名"，从而任意驱遣之。这是我们在反思人类文化之病根时必须注意的。

笛卡儿坚持统一的科学观，认为所有科学门类都统一于哲学。他有一个比喻：哲学是一棵大树，树根是形而上学，树干是物理学（自然哲学），树枝是医学、力学、伦理学等应用学科。海德格尔进一步追问道：大树的树根又扎在什么地方？因此，他的"基本本体论"（fundamental ontology）并非一种"基本（础）的本体论"，而应当将其理解为"本体论的基础"（foundation of ontology）：追问形而上学之根所扎的土壤。在拒斥形而上学的一片喧嚣声中，海德格尔不但没有放弃形而上学，反而提出："形而上学属于'人的本性'。……只消我们生存，我们就总已处在形而上学之中。"[①] 如此说来，形而上学的土壤，只能是人自身的本性。每一个人在本性上都想求知，不过，人类所求之知并不限于一般的知识，而应该包括关于人生的知识，比如对于人生意义的追问："活着到底有什么意义？"我们可以从"人生意义"这一命题入手，来探讨人的形而上学本性。

逻辑实证主义者主张通过语言分析来清除形而上学，他们所运用的手法是语言意义的分析，他们首先认定，语言的意义在于语言指称

---

① 参见陈嘉映先生的论述，他引用了海德格尔的这两句话，然后解释说："此在的存在论是为追问存在问题作准备的，是存在论的必备基础，因此被叫作'基础存在论'。"参见其《海德格尔哲学概论》，生活·读书·新知三联书店1995年版，第104页。

的对象,比如,"茶杯"的意义,就是"茶杯"这个词所指涉的、可以用于喝茶的杯子。反过来说,"茶杯"这个词之所以有意义,是因为存在着一种名叫"茶杯"的东西。这是一种事实陈述的意义(meaning in something)。以此为标准来分析"人生意义"会发现,这是一个没有所指对象的命题:"人生意义"不像人的耳朵、四肢一样长在人身上,它不是实实在在的东西;它没有长在人体的任何一个部位,也不实际存在于天空、大气或宇宙间任何一个地方之中,它没有实际存在性。所以,实证主义者便振振有词:这是一个虚假命题。其实,在"人生意义"这个命题中,"意义"一词的意义已经发生了很大转化,它不完全等同于"茶杯的意义"一句话中的"意义"一词。人们一般在"价值"的意义上领会"人生意义"的"意义":它可以改写为"人生价值"(significance)。这显然是一个不同于事实陈述的价值命题。分析哲学家在论述"意义"问题时不承认 significance,所以引发了许多无法解决的理论难题。对于他们来说,这样做的结果使哲学净化了、"省事"了,但是,当他们将人类一系列价值命题宣布为"废话""空话"时,哲学的功能与存在价值也产生了重大危机,分析哲学家本人也由人类精神导师蜕变为没有价值意义的"语言技艺师"。

因此,只要人类还关心、追问"人生意义",形而上学就不可能消亡。说到底,形而上学是关于人生意义的学说,是价值论。其命题并非关于"是"(事实)的问题,而是关于"应该"(规范、价值)的问题。但是,正因为形而上学命题不具备可验证性,所以,人类文化史上出现过多种虚妄的形而上学谬误,这些谬误曾经给人类造成过惨痛的灾难。所以,从另外一方面看,逻辑实证主义者的批判也未尝不是一副难得的"清醒剂"。傅伟勋先生所倡导的"超形上学"足资借鉴。傅先生认为，大乘佛学与道家的形上学，本质上是哲学的方便设施，最终必然消解而为"超形上学"的吊诡："超形上学的吊诡了悟所凭藉的是能够彻底破除哲学思维上的二元对立——体用对立、有无对立、心物对立、一多对立、生死对立、生死涅槃对立、天人对立、顿渐对立等等——的无心（庄子）或无住心（大乘佛学）。此无（住）心能从包括佛道二家形上学在内的一切名言思念完全解放出来。"[①] 这是我们在思考形而上学问题时所要注意的。

第五节　文心与水机：心本体的"随物赋形"

据说，人类起源于大海，人体的绝大部分是水。所以，水对于人类来说意义特别重大。中国古人对水有着特别的感情。明代袁宏道曾将"文心"与"水机"等同起来。他自幼生活在水乡，长大后又遍历天下名川，得出的感受是："夫天下之物，莫文于水……天下之至奇至变者，水也。""天下之水，无非文者。"在这样的自然意识背景中阅读历代名家文集，则"无之非水"，所有的好文章又都像水那样千变万化，"所见之文，皆水也"。水与文之间的相似性使袁宏道得出了这样一个论断："文心与水机，一种而异形者也。"（《文漪堂记》）这是一个意味深长的比喻。

[①] 傅伟勋：《从西方哲学到禅佛教》，生活·读书·新知三联书店1989年版，第48—49页。

思考世界本原或构成万物的始基是古代哲学思想的起点,所以,黑格尔称赞古希腊哲学家泰利斯"水是始基"这个命题是哲学的开始。中国古代思想家也曾经穷究世界万物的本原,他们也特别重视水。管子曾提出水是"万物之本原,诸生之宗室",湖北郭店发掘出土的楚简有《太一生水》之篇,该篇从宇宙生成的角度思考水。著名汉学家艾兰(Sarah Allan)利用西方的"喻象学(metaphorology)"理论,对中国古代早期思想中的喻象思维和隐喻运用作出了精彩分析。艾兰提出,自然界给中国早期的哲学思想提供了本喻(root metaphor,中译亦作基本隐喻)。因为这个自然界是农业社会的自然,所以,水和植物成了早期中国人理解宇宙的最重要的本喻。水滋养植物而使种子成长,"善利万物",所以被视为宇宙原则的一个喻象形态。①

正因为水是古代思想的一个最基本的"本喻",所以,中国古代早期哲学思想中曾经普遍出现水喻。老子大量使用水的喻象,如说:"天下莫柔弱于水,而攻坚强者莫之能胜,其无以易之。"老子甚至提出水"几于道":"上善若水。水善利万物而不争,处众人之所恶,故几于道。"水实际上成了老子思想观念"道"的具体喻象,《老子》第32、61、66等章都曾出现水的比喻。孔子也将水视为理解人类行为准则的方法。大量记载表明,孔子对水兴味盎然。《论语》载:"子在川上,曰:'逝者如斯夫,不舍昼夜!'"孔子还说过:"知者乐水,仁者乐山。"另据孟子的引述,孔子曾敦促他的门徒注意这样一则童谣所蕴含的智慧:"沧浪之水清兮,可以濯我缨;沧浪之水浊兮,可以濯我足。"

---

① 艾兰:《中国早期哲学思想中的本喻》,载艾兰、汪涛、范毓周主编《中国古代思维模式与阴阳五行说探源》,江苏古籍出版社1998年版,第58—73页。

观察到水的清浊为"自取之",正如人的自侮一样,是自我使然。孟子还引述道:

徐子曰:"仲尼亟称于水,曰:'水哉,水哉!'何取于水也?"孟子曰:"源泉混混,不舍昼夜,盈科而后进,放乎四海。有本者如是,是之取尔。苟为无本,七八月之间雨集,沟浍皆盈,其涸也,可立而待也。故声闻过情,君子耻之。"(《孟子·离娄下》)

孔子这种从水中获得启迪的情况,被孟子称为"观水有术"。对此,荀子有着进一步的记述。从荀子那里我们得知,子贡曾向正在观看东流之水的孔子发问说:"君子之所以见大水必观焉者是何?"孔子回答道:"夫水,大遍与诸生而无为也,似德。其流也埤下,裾拘必循其理,似义。其洸洸乎不淈尽,似道……"然后又说水"似勇""似法""似正""似察""似善化""似志",将所有的美德体现得淋漓尽致,所以在最后回答说:"君子见大水必观焉。"(《荀子·宥坐》)韩婴在解释"知者乐水"时提出,水的各种特性表明,水"似有智""似有礼""似有勇""似知命""似有德","天地以成,群物以生,国家以平,品物以正。此智者所以乐于水也"(《韩诗外传》)。孟子在与告子讨论人性问题时,都将水作为解释人心的合理性的推论比附。告子认为,人性像水一样没有定向地随意流动,东边能通便向东边流,西边能通便向西边流;孟子则坚持认为:"人性之善也,犹水之就下也。人无有不善,水无有不下。"孟子还提出:"观水有术,必观其澜。日月有明,容光必照焉。流水之为物也,不盈科不行;君子之志于道也,不成章不达。"

所谓观水之"术",就是观其"澜",亦即水在流动时产生的波澜、波纹,是流水表现出的形式。无源之水不会向前,更不会产生波澜之纹;君子之"志于道"也是如此,必须具有内在的"充实"之美(孟子说过"充实之谓美"),才能"成章"而上达天道。

以上所论都是在"比德"的意义上进行的。刘宝楠在解释孔子"知者乐水"两句话时说:"夫水者,君子比德焉。"(《论语正义》)这一论断可谓精彩。"比德"是中外思想家常用的手法。康德就指出,虽然在对自然的审美欣赏中我们同自然在感觉中相遇,但是,这种感觉"不仅仅是具含着感性的情感,而且也允许我们对于感官的这些变相的形式进行反思,因而它们好像是一种把大自然引向我们的语言,使大自然内里好像含有一较高的意义。所以百合花的白色导引我们的心意达到纯洁的观念,并且按照着从红到紫的七色秩序,达到:(1)崇高;(2)勇敢;(3)公明正直;(4)友爱;(5)谦逊;(6)不屈;(7)柔和等观念"。① 从大自然里看出"较高的意义",是任何一个民族都具有的思维方式。在《我们在喻象中生存》一书中,乔治·莱克弗和马克·约翰逊提出,我们是在喻象中进行思考的。根据他们的分析,我们关于存在的观念,是基于隐喻结构中的具体形象,并用我们的文字语言呈现出来的。即使抽象层次上的所谓的"理性概念",例如科学理论中的概念,"也许总是基于、依托于特定的物质和文化背景的隐喻……一种科学理论的本能的要求是必须使隐喻适合经验"。所以,"一种文化中最基本的价值,将附着在这种文化中的基本概念的隐喻结

---

① 康德:《判断力批判》上卷,宗白华译,商务印书馆1964年版,第147页。

构之中"。①

中国古代思想家不太注重形式逻辑，他们主要通过"观物"——对于具体的自然现象的观察、体悟，来提出自己的思想观念。实体性存在的"自然"，不但是人类生存于其中的母体，也是人类思想的母体。他们推测"自然"中存在着一种支配自然界、人类社会和人类心灵的共同原则，这就意味着，通过探索自然原则，就能够了解人性，人类的伦理准则能够通过相关的自然原则来证明。这种皈依自然的思想倾向，始终使自然处于主导位置，类比推理的方法成为中国古代思想最基本的思维模式。水喻正是这种思维模式的典型例证。

如果说"道"是一个较为抽象的思想概念的话，从上述的例证可以推测，它也是在"观水"的体悟中完成的。我们还可以找到许多相关言论："君子之接如水，小人之接如醴。君子淡以成，小人甘以坏。"（《礼记·表记》）"非水无以准万里之平，非水无以通远道任重也。"（《尚书大传·禹贡》）"润万物者莫润于水。"（《周易·说卦传》）历代都有思想家经常用水喻来阐发自己的人性论，特别是性、情关系。如李翱说："情者，性之动，水汩于沙而清者浑。"（《复性书》）《文子》数次喻性于水，如其《下德》篇论"人性欲平，嗜欲害之"时说："故水激则波起，炁乱则智昏。昏智不可以为正，波水不可以为平。"其《道原》篇说："水之性欲清，沙石秽之；人之性欲平，嗜欲害之。"《关尹子·五鉴》则说："情生于心，心生于性。情，波也；心，流也；

---

① 转引自艾兰《中国早期哲学思想中的本喻》，载艾兰、汪涛、范毓周主编《中国古代思维模式与阴阳五行说探源》，江苏古籍出版社1998年版，第60页。

性，水也。"佛教典籍也经常以水为喻。①

注重自然的庄子，则从水中"看出"了另外的意味，其思想突出了水的另外一方面意义。他通常注意静止、宁静之水的特性："水静则明烛须眉，平中准，大匠取法焉。水静犹明，而况精神！圣人之心静乎！天地之鉴也，万物之镜也。"（《庄子·天道》）这是以静水为喻说明圣人之心静为一切事物之镜，能够洞鉴天地万物之本然之相，容纳天地万物且不为外物损伤分毫。庄子还说："人莫鉴于流水而鉴于止水，唯止能止众止。"（《庄子·德充符》）所说的还是一个意思。庄子又说："水之性，不杂则清，莫动则平；郁闭而不流，亦不能清；天德之象也。"这里将水的特性称为"天德之象"，是理想的品德的象征。因此，培养纯粹精神的方法就应该是模仿水的性质："纯粹而不杂，静一而不变，淡而无为，动而以天行。"（《庄子·刻意》）依顺天道而行动，从而保养心神。庄子还引用老聃的话说："夫水之于汋也，无为而才自然矣。"（《庄子·田子方》）讲水浸润万物是无所作为的，因而它的本质是合乎自然的。

综上所述可知，中国古代思想中的水喻注意到水的两种基本状态：流动与静止。这都是"观水有术"的结果。具体到中国古代文艺美学来说，流水使人联想到"水之文"——水之波澜之纹，静水则表达了对于心灵虚静状态的追求。"水文"与"水镜"后来成为中国古代文论中最为常见的两种喻象。对于前者，我们自然可以追溯到《周易·涣卦》："象曰：风行水上，涣。"孔颖达《周易正义》解释说："风行水

---

① 参见钱锺书《管锥编》第三册，中华书局1979年版，第1211—1213页。

上，激动波涛，散释之象。"这是经学家的眼光。文艺家则对此别有会心，比如，刘勰曾用"水性虚而沦漪结"来说明"文"是自然生成的（《文心雕龙·情采》），从而支持文章必须讲究文采的论断。刘勰还说："攒杂咏歌，如川之涣。"（《文心雕龙·比兴》）这是说各种比兴聚集在歌咏之中，就如同河流中的波澜起伏。他还用"观澜索源"比喻追根求源式的文学批评（《文心雕龙·序志》）。苏洵在详尽描述天下之水千姿百态之后，引用此卦并说风吹水动所成波纹是"天下之至文"，因为这种"文"完全出于自然无心："天下之无营而文生之者，惟水与风而已。"（《仲兄字文甫说》）后来袁宏道发挥此说而提出"风值水而漪生"，用于说明"文之真性灵"与"文之真变态"。（《叙呙氏家绳集》）他能提出"文心与水机，一种而异形者也"的论断，就是以这些论述为基础的。纪昀基本上重复了前人的话："凡物色之感于外，与喜怒哀乐之动于中者，两相薄而发为歌咏，如风水相遭，自然成文；如泉石相舂，自然成响。"（《清艳堂诗序》）

"水镜"之喻在后代与"养气"之说结合起来，用于对艺术家主体修养的探讨。从孟子提出"我善养吾浩然之气"开始，"养气"便成为古代文艺美学的一个重要原则。刘勰有几句精彩的言论："纷哉万象，劳矣千想。玄神宜宝，素气资养。水停以鉴，火静而朗。无扰文虑，郁此精爽。"（《文心雕龙·养气》）刘勰认为，无论是作文的构思还是表达，都是精神的作用。所以要保养精神，做到率志委和，从容不迫；如果钻砺过分，就会神疲气衰，效果不佳，甚至"伤命""困神"。因此，要注意调养，使心境清和，志气顺畅，神清气爽，文思才不会壅滞。刘勰借鉴庄子的水喻提出"水停以鉴"，以静止的水比喻虚静的心境和理想的写作状态。所以,"养气"就是培养心境,使之如止水般明净。同样是讲艺术家的精神修养,韩愈综合庄子与孟子的相关水喻而提出了自己的见解。庄子说过:"水之积也不厚,则其负大舟也无力。覆杯水于坳堂之上,则芥为之舟;置杯焉则胶,水浅而舟大也。"(《庄子·逍遥游》)要行大船必须要有大江大河。韩愈借鉴了这个比喻,用于阐发孟子式的养气论,来说明艺术家修养和语言表达的关系。他说:"气,水也;言,浮物也。水大而物之浮者大小毕浮,气之与言犹是也,气盛则言之短长与声之高下者皆宜。"(《答李翊书》)韩愈认为君子"处心有道,行己有方",他说的"道"主要是孔孟的仁义之道,"仁义之人,其言蔼如也",仁义道德修养是文学创作的基础。所以,"气盛"就是让自己的道德修养达到极高的境界,这时候就会言随意出,挥洒自如。

但是,我们如果就此停止的话,就会忽略古代文论中水喻的更为精妙、也更加重要的一方面。我们注意到,孔子和韩婴在用"比德"的方式描述水的各种特性的时候,如言水似德、似义、似道、似勇、似法、似正、似察、似善化、似志、似有智、似有礼、似有勇、似知命等,实际上同时揭示了水的一个重要特性:无形而善变。这种特性近于王弼思想中的"无"。"无"对于万物的效法,类似各种器物中的无形空间,在圆器中表现为圆形,在方器中表现为方形,总之,与万物相一致,像水那样,随物而成形。王弼显然注意到了水的无形而善变之特性,在注释《老子》第8章"上善若水……故几于道"时,王弼说:"道无水有,故曰'几'也。""言水皆应于此道也。"与无迹可求的道相比,水还是看得见、摸得着的,故此说水几接近于道。在王弼看来，事物的性质都是自然而然形成的，作为宇宙本体的"无"的最大功绩就在于它除了顺应事物的自然之性外，没有其他任何作为，这样才能在不留任何痕迹的情况下成全万物之德。后代思想家中，苏轼最为明确地论述了水的无形善变的特性，并且在谈论文章写作时提出了著名的"随物赋形"说。

苏轼是位观水高手，他曾运用"博喻"手法，对徐州东南百步洪的湍流激涛，进行过令人惊叹的描绘。他除了是位享有盛名的艺术天才兼全才之外，还是一位功底深厚的经学家，写了《东坡易传》《东坡书传》《论语说》三部著名的经学著作。在《东坡易传》中，苏轼将水提升为一个重要的哲学范畴，赋予水以极为重要的哲学含义。比如他注《系辞》"一阴一阳之谓道"说："阴阳一交而生物，其始为水。水者，有无之际也，始离于无而入于有矣。老子识之，故其言曰'上善若水'，又曰'水几于道'。圣人之德，虽可以名言，而不囿于一物，若水之无常形。此善之上者，几于道矣。"[①] 这是对老子和王弼思想的继承与发挥。苏轼注《习坎卦象辞》说：

> 万物皆有常形，惟水不然，因物以为形而已。世以有常形者为信，而以无常形者为不信。然而，方者可斫以为圜，曲者可矫以为直，常形之不可恃以为信也如此。今夫水虽无常形，而因物以为形者，可以前定也。是故工取平焉，君子取法焉。惟无常形，是以迕物而无伤，惟莫之伤也，故行险而不失其信。由此观之，天下之信，未有若水

---

① 苏轼：《东坡易传》卷七，载《影印文渊阁〈四库全书〉》第9册，台湾商务印书馆1982年版，第124页。

者也。

所遇有难易，然而未尝不志于行者，是水之心也。物之窒我者有尽，而是心无已，则终必胜之。故水之所以至柔而能胜物者，维不以力争而以心通也。不以力争，故柔外；以心通，故刚中。①

在苏轼的笔下，水至柔而又至刚，前者近于旷达，后者近于执着。刚中而柔外，执着与旷达有机统一，这就是水所象征的圣人之德。苏轼本人一生屡遭贬谪、迫害而始终超脱，相当完美地保持了自己人格的完整。所以他对水的德性的描绘，实际上正是对自己人格的反思与写照。正因为苏轼对水如此钟情，所以他经常以水为喻来谈论文章，如总结自己的文章写作时说：

吾文如万斛泉源，不择地皆可出，在平地滔滔汩汩，虽一日千里无难。及其与山石曲折，随物赋形，而不可知也。所可知者，常行于所当行，常止于不可不止，如是而已矣。其他虽吾亦不能知也。（《自评文》，又作《文说》）②

文如其人，文章如水，为人亦如水，其特性都是无形善变，无论遇到什么艰难险阻，始终"志于行"而"随物赋形"。关于水的"随物赋形"，苏轼在论画时亦曾言及，如他评论唐代画家孙位所画奔湍巨浪，"与山石曲折，随物赋形，画水之变，号称神逸"（《画水记》）。

---

① 苏轼：《东坡易传》卷三，载《影印文渊阁〈四库全书〉》第9册，台湾商务印书馆1982年版，第54页。
② 苏轼：《自译文》，载《苏轼文集》卷六十六，中华书局1986年版，第2069页。

在评论友人文章时，苏轼还曾说："大略如行云流水，初无定质，但常行于所当行，常止于所不可不止，文理自然，姿态横生。"（《与谢民师推官书》）行云流水由此成了中国古代文艺美学的审美理想。

要深入理解"随物赋形"，我们还需要联系苏轼的另外一段话中的水喻。在注《周易·系辞》"精义入神"时，苏轼从古代体用论思想的角度论述道：

"精义"者，穷理也；"入神"者，尽性以至于命也。穷理尽性以至于命，岂徒然哉？将以致用也。譬之于水，知其所以浮，知其所以沉，尽水之变，而皆有以应之，"精义"者也；知其所以浮沉而与之为一，不知其为水，"入神"者也。与水为一，不知其为水，未有不善游者也，而况以操舟乎？此之谓致用也。故善游者之操舟也，其心闲，其体舒。是何故？则用利而身安也。事至于身安，则物莫吾测而德崇矣。（《东坡易传》卷八）①

这段话中的水喻很容易使我们想到庄子"吕梁丈人操舟"的寓言。苏轼偏爱庄子，并且受郭象影响很深。他用"以庄解易"的方式，极力把儒家的人文情怀提高到宇宙意识的高度，因而对自然之道倾注了极大的热情。② 在中国传统思想中，"穷理尽性以至于命"与"格物致知"相通，主要是讲哲学家通过对事物之理、人性，特别通过对自己

---

① 苏轼：《东坡易传》卷八，载《影印文渊阁〈四库全书〉》第9册，台湾商务印书馆1982年版，第138页。
② 参见余敦康《内圣外王的贯通——北宋易学的现代阐释》第四章《苏轼的〈东坡易传〉》，学林出版社1997年版。

的本心、本性的深入反省而得到关于天道、天命的感悟，从而提升自己的人生境界，达到理想的圣贤人格，这是"心本体"的培养与生成，也就是所谓的"内圣"之学。按照"内圣外王"的思想逻辑，"内圣"的根本目的在于"外王"，也就是"致用"，否则即成为"空谈心性"。苏轼正是从"内圣外王"的思路来展开论述的。在他的水喻中，培养心体的"内圣"之学就是通过长期与水打交道的实践来体悟"水性"，"尽水之变"而"与水为一"，这实际上也就是得"水之道"，与"水之道"合而为一。达到这种境界后，就可以像吕梁丈人那样，无论水流多么湍急凶险，都能够"心闲体舒"地如在平地行船。"体水之道"与"利水之用"正是体用关系。

清代朱庭珍的诗论，证实了我们从体用关系讲问题的合理性。朱庭珍引述了韩愈的"气水"之喻和苏轼的"随物赋形"说，认为二者皆善于言气，然后从"至动"与"至静"、"养气"与"炼气"的关系入手展开进一步的论述：

夫气以雄放为贵，若长江大河，涛翻云涌，滔滔莽莽，是天下之至动者也。然非有至静者宰乎其中，以为之根，则或放而易尽，或刚而不调，气虽盛，而是客气，非真气矣。故气须以至动涵至静，非养不可。养之云者，斋吾心，息吾虑，游之以道德之途，润之以诗书之泽，植之在性情之天，培之以理趣之府，优游而休息焉，蕴酿而含蓄焉，使方寸中怡然涣然，常有郁勃欲吐畅、不可遏之势，此之谓"养气"。及其用之之际，则又镇之以理，主之以意，行之以才，达之以笔，辅之以理趣，范之以法度，使畅流于神骨之间，潜贯于筋节之内，随诗之抑扬断续，曲折纵横，奔放充满于中，而首尾蓬勃如一。……变化神明，存乎一心，此之谓炼气。……盖养于心者，功在平日；炼于诗者，功在临时。养气为诗之体，炼气则诗之用也。(《筱园诗话》)①

这是笔者所读到的中国古代最详尽、辩证的养气论。它将庄子、孟子以及一般文论家如刘勰的作家修养论综合在一起，提出了动与静、养与炼、真气与客气、体与用等四对关系，贯穿于其中的，也是水喻。我们这里最为重视的是体用关系。上文曾经提到《大乘起信论》中的水喻，"风乍起，吹皱一池春水"。真常心是平静的春水，忽然无明风动，则起波纹，此即生灭心念。这个水喻被后来的思想家广泛引用。现代新儒学代表人物熊十力认为，人的"本心"是人自己与天地万物所共同具有的本体，他经常用大海里的水和众沤比喻本体和万物的关系：大海之水显现为众沤，而每一水沤都以大海之水为本体，是大海之水的全整的显现。同样道理，各人本心即具大全（即本体），所以不可离开自己的心到外面去追求实体。在其名著《体用论》中，大海与众沤的水喻几乎随处可见，被重复了无数次，足见熊先生对水喻的偏爱。颇为巧合的是，另外一位现代哲学家汤用彤先生也使用了这个水喻来讲体用关系。《易传·复卦》说："复，其见天地之心乎！"王弼注曰："复者反本之谓也。天地以本为心者也。"汤用彤先生在解释王弼注时提出："天地之心即天地之体，称心者谓其至健而用形者也。"完全从体用关系着眼。汤先生接着说，宇宙全体为至健之秩序，万物在

---

① 朱庭珍：《筱园诗话》卷一，载《丛书集成续编》第202册，台湾新文丰出版公司1988年版，第165—166页。

其中各有分位、各正性命。万物与宇宙本体，"犹之乎波涛万变而固即海水也"。"故如弃体言用而执波涛为实物，则昧于海水。而即用显体，世人了悟大海之汪洋，本即回波涛之壮阔"。① 两位现代哲学家的水喻是对古代水喻的继承与发挥，更加明确地揭示了水喻中隐含的体用关系。

中国古代思想有大量的关于心本体（心体）的论述，古代文论常从"体用"角度来论述文艺创造的有关问题。清人管同继承孟子的养气说，从养气的角度涉及心的体用关系：

日蓄吾浩然之气，绝其卑靡，遏其鄙吝，使夫为体也常宏，而其为用也常毅。则一旦随其所发，而至大至刚之概，可以塞乎天地之间矣。如此则学问成，而其文亦随之以至矣。（《与友人论文书》）②

"体宏用毅"，近于《礼记·乐记》所说："情深而文明，气盛而化神，和顺积中而英华发外。"养气就是培养心本体而使之"情深""气盛""和顺积中"，这是包括文艺创作在内的所有文化创造的前提与基础。有了这一前提，自然就能"文明"——文采斐然，"化神"——变幻莫测。有鉴于此，古人一般强调："学文者必先浚文之源，而后究文之法。""浚文之源"的方法"在读书，在养气"（邵长衡《与魏叔子论文书》）。另有学者提出"文要养气，诗要洗心"，"其俗在心，未有不俗于诗。故欲治其诗，先治其心"（吴雷发《说诗菅蒯》）。所有这些

---

① 汤一介编选：《汤用彤选集》，天津人民出版社1995年版，第250—251页。"昧"原作"味"。意改。
② 管同：《与友人论文书》，载《因寄轩文初集》卷六，清光绪五年刻本。

言论，无不体现出心本体的重要性。

至于心本体与道体的关系，我们可以根据陆游的诗句来进行简单说明。陆游写道："造道深浅看应物，修身勤惰验齐家。"（《自儆》）从第二句看，这里讲的似乎是正统儒家"修身、齐家、治国、平天下"那一套。但是，我们可以从比较宽泛的意义上去理解第一句。"造道"指的是修道，因为"道"并非具体存在之物，所以，它实际上是在心的价值定向意识支配下，对于最高价值预设——"道"的追求与涵养。因而，"造道深浅"实际上指的是心灵境界的高低。验证心灵境界的高低不在于空谈心性，而在于心灵境界在日常生活中处事接物——"应物"时的具体表现。这里，心体就是道体，二者合而为一。用苏轼的话来说，"造道应物"就是心本体的"随物赋形"。

"随物赋形"与"行云流水"使我们很容易想到西方心理学中的"意识流"。美国心理学家威廉·詹姆斯断言，意识本身并不表现为一些割裂的片段，并非由离散的、独特的、不成系统的心理成分组成，它像溪水一样不断地在流动。意识流提供一个介质，每一思想、意象与情感均渲染其中。这一思想影响了现象学。胡塞尔认为，一切意向行为从根本上讲是一道连续构成着的湍流，而不是经验主义者们讲的印象序列。海德格尔将老子的"道"理解为"湍流"和"开道"，"道"并非像近代人常常理解的那样是什么"根本的普遍规律""抽象的绝对"等。[①] 海德格尔对中国古代思想中的水喻未必了解多少，但他将"道"理解为"湍流"却是一种神解，非常符合"道"观念与水喻的实际关系。"赋形"二字尤其使我们想到意向性的构成特性。

---

① 参见张祥龙《从现象学到孔夫子》，商务印书馆2001年版，第196页。

有关意识的意向性问题,在中世纪的经院哲学中就已经有过讨论。布伦塔诺从现代心理学的角度对意向性进行重新研究,提出意向性是区别心理现象与物理现象的标准。他把心理现象定义为"通过意向的方式在本身之中包含对象的那样一种现象"。这就是说,心理活动的根本特性是意向性。胡塞尔从老师布伦塔诺那里接受了意向性学说并对它进行了改造,使之成为现象学不可或缺的起点概念和基本概念。胡塞尔始终将他的现象学理解为"关于意识体验一般的科学",而"意向性"又是"最确切意义上的意识之特征",即"意识始终是关于……的意识",因此,"意向性"构成了胡塞尔现象学的中心概念。特别是在他的先验现象学中,意向性意味着纯粹意识的"意向构造能力和成就"。[①] 此后,意向性得到学术界的普遍重视,对于它的理解,学术界也争论不休。海德格尔甚至说:意向性不是什么答案,而是一个中心问题的标题。这就为后来的学术发展留下了广阔的空间。

我们通过内省,可以体验到意识的流动性和"构造能力",这种动态的构成能力正像水量充沛的河流或溪水,构造的"成就"就是意识中呈现的对象——现象学意义上的现象。苏轼"随物赋形"这句话的主语是"万斛泉源",可以类比主体一极的心灵意向之流;"物"指"山石"等外在之物,可以类比客体一极的材料。二者相互结合构成的结果就是"形"——可以称为审美对象,它是水与物也就是主、客双方的统一体。既然意向性是意识活动的一般特性,那么就应该进一步追问能够构成审美对象的是何种层次上的意向性。"现象学还原"回答

---

① 参见倪梁康《胡塞尔现象学概念通释》,生活·读书·新知三联书店1999年版,第249—251页。

了这个问题。"现象学还原"指把非纯粹的意识现象还原为纯粹的意识现象,用水喻来说就是把混浊的、有杂质的水进行提纯,使之成为"纯净水",近似中国古代思想中的"心斋""虚静"论。当然,古代文艺美学中的水喻还包含着提纯之外的另一个意思:将细微的水养成充沛丰富的水。因此,中国古代思想中的"心本体"实际上是"既纯净又充沛的水流",可以类比具有强大构成能力的纯粹意向性。它才是艺术创造生生不息的母体——不竭的艺术"源泉""活水源头"。如果说中国当代美学与自己的美学传统有什么隔阂的话,那么在笔者看来,最大的隔阂就是无视心本体、不解心本体。在笔者的阅读范围中,只有极个别论著涉及心本体,如尤西林先生的论文《朱光潜实践观中的心体——重建中国实践哲学—美学的一个关节点》。[①] 笔者甚至想武断地说:心本体真正重建之日,才是中国美学走出"深层困境"(阿多诺语)之时。发掘古代文心论的心本体遗产,意义何其重大!

[①] 尤西林:《朱光潜实践观中的心体——重建中国实践哲学—美学的一个关节点》,载《学术月刊》1997年第7期。

第三章 文体的形而上意味

文体就是文章的体裁、类型，它的最准确的名称应该是"文类"（Genre）。中国古代对文体极其重视，比如《文镜秘府论·南卷·论体》曾指出："故词人之作也，先看文之大体，随而用心。遵其所宜，防其所失。故能辞成炼核，动合规矩。"毫不夸张地说，文体辨析是古代文论的核心内容之一。

　　但是，当代文论对文体却不甚重视，很少有人去认真追究文体的深层意义。以对《文心雕龙》的研究为例，中国文心雕龙学会选编的《文心雕龙研究论文集》（人民文学出版社1990年版），共选论文47篇，但所谓的"文体论"部分只选录论文3篇，不及论文总数的十五分之一。而在《文心雕龙》一书中，公认的属于所谓"文体论"的有20篇，占全书正文49篇的近二分之一。当然这种数字比较未必能说明实质问题，但至少可以反映古今学人的偏重。文体的实质是什么，文体与中国传统文化的内在关系又是什么？这些问题一直未能解决。

　　本书认为，文体是一种行为方式、准则、规范，是中国古代礼仪的具体体现。包括《文心雕龙》在内的中国古代文体论有着浓厚的礼学倾向。在古人的相关论述中，礼并非一般的社会行为规范，其形而上学依据在于：礼乃宇宙秩序的具体体现。正因为文体最终与宇宙意识相关，所以我们认为，文体是整理、呈现素材的"模子"，是引发构形、结构行为的一种力量，总之，可以将其理解为一种审美形式。其文艺功能在于：使人"中止"日常生活状态而进入审美状态。套用上一章的"一心开多门"模型，文体的功能就是使人从"沉没门"跃升到"审美门"。宗白华先生说："中国人抚爱万物，与万物同其节奏。"①具有形而上意味的形式就是宇宙节奏，它引领着宇宙意识的产生。

第一节 文体辨析的历史状况

我们在绪论中，曾经引用刘师培《中国中古文学史讲义》第三课的一个论断："文章各体，至东汉而大备。汉魏之际，文家承其体式，故辨别文体，其说不淆。"这是一个精辟的论断。关于东汉"文体大备"的情况，我们可以从南朝范晔《后汉书》得到一个大致的了解。据统计，《后汉书》共涉及文体 30 余种，计为诗、赋、铭、诔、颂、书、论、奏、议、记、碑、箴、七、九、赞、连珠、吊、章表、说、嘲、策、教、哀辞、檄、难、答、辩、祝文、荐、笺等。当然，《后汉

---

① 宗白华：《美学散步》，上海人民出版社 1981 年版，第 114 页。

书》为南朝人所作,所以,这中间也可能有南朝人的观念。①

刘师培所言的"辨别文体",是古代作家、批评家创作、批评首要的前提,也是我们这里所要重点考察的。从历史发展来说,文体辨别的学术渊源,可以追溯到刘向《别录》、刘歆《七略》与班固《汉书·艺文志》。刘氏父子整理图书的方法被《汉书·艺文志》称为"条其篇目,撮其指意",章学诚《校雠通义》则概括为"辨章学术,考镜源流"。这种学术方法对后来的文体辨析有一定的影响。《汉书·艺文志》将诗赋分为五种,其中赋四家,诗一家,所论文体实际上只有诗赋两种。东汉以后文体发展很快。为东汉人所作的《东观汉记》,记录了当时人善于属文的事实,并将文辞宏丽作为肯定评语;对于人物写作才能的评论往往是用书记一类的应用文体,并具有一定的辨体意识。如《班固传》说固"每行猎狩,辄献赋颂",《蒋叠传》说叠"奏议可观"。这可以说明《后汉书》的叙述背景是准确的。《后汉书·祢衡传》载"衡为作书记,轻重疏密,各得体宜"。所谓"体宜",便是符合该文体的要求。这说明东汉人已经具有一定的辨体意识。

汉末蔡邕的《独断》也反映出辨体意识。蔡邕本人是位深通各种文体的大作家,《独断》所辨的文体有策书、制书、诏书、章、奏、表、驳议、上书等。每一种文体都谈到它的来源、本义,说明该文体的使用对象和范围,如"策书"一条说:"策书,策者,简也。《礼》

---

① 本节论述参考了傅刚的《论汉魏六朝文体辨析观念的产生与发展》与《汉魏六朝文体辨析的学术渊源》二文,二文分别刊载于《文学遗产》1996年第6期、《中国社会科学》2000年第2期。这两篇论文是傅刚博士学位论文《〈昭明文选〉研究》第二章的内容,该文由中国社会科学出版社于2000年出版。特此说明。还需要说明的是,傅著在解释史料时,隐含的基本观念是文学与非文学的区别,并将文学观念的出现视为"进步的"。这是中国20世纪古代文论研究的基本理论预设,我们对此有不同看法。

曰，不满百丈，不书于策。其制长二尺，短者半之。其次一长一短，两编，下附篆书，起年月日，称皇帝曰，以命诸侯王三公。其诸侯之薨于位者，亦以策书诔谥其行而赐之。加诸侯之策，三公以罪免，亦赐策，文体如上策而隶书，以尺一木两行，唯此为异者也。"在论及戒书时说："世皆名此为策书，失之远矣。"在这里，策书的内涵、外延都很清楚，联系其他条目如对戒书、诏书的说明来看，策书与诏书、戒书之间的区别就非常明确。这对《文心雕龙》的影响很大。关于《独断》一书的性质，宋人王应麟《玉海》称其"采前古及汉以来典章制度、品式称谓，考证辨释，凡数百事"。这一点是我们应该重视的，它透露出这样一种信息：文体与古代的"典章制度、品式称谓"密切相关，也就是与我们将要论述的礼文化有着内在一致性。

与《独断》类似，汉末刘熙《释名》也是考释事物名称的著作。刘熙在《释名·序》中说："夫名之于实，各有义类，百姓日称而不知其所以之意，故撰天地阴阳四时、邦国都鄙、车服丧纪，下及民庶应用之器，论叙指归，谓之《释名》。"可见，书的性质在于典章制度、民众礼仪等，属于广义的"礼"的范畴。在《释名》篇十九《释书契》和篇二十《释典艺》中，共论及文体19种，计为奏、檄、谒、符、传、券、策书、启、书、告、表、诗、赋、诏书、论、赞、铭、碑、词，说明这些文体与礼学相关。

建安末年桓范《世要论》中有《赞象》《铭诔》《序作》诸篇涉及文体。与蔡、刘正面考释文体不同，桓范着重批判当时文体淆乱的社会风气。如《铭诔》篇说："夫渝世富贵，乘时要世，爵以赂至，官以贿成。视常侍黄门，宾客假其气势，以致公卿牧守。所在宰莅，无清惠之政，而有饕餮之害。为臣无忠诚之行，而有奸欺之罪，背正向邪，附下（傅刚指出此字疑为'上'）冈下。此乃绳墨之所加，流放之所弃。而门生故吏，合集财货，刊石纪功，称述勋德，高邈伊、周，下凌管、晏；远追豹、产，近逾黄、邵。势重者称美，财富者文丽。"按照《礼记·祭统》的说法，"铭者，论撰其先祖之有德善、功烈、勋劳、庆赏、声名，列于天下，而酌之祭器，自成其名焉，以祀其先祖者也"[1]。而《周礼·春官·大祝》郑玄注："诔谓积累生时德行以锡之命，主为其辞也。"[2] 这说明按照古代礼仪，铭、诔两种文体是生者表彰死者功德、抒发哀悼之情的文体。桓范正是从古代礼学的角度来批判当时铭、诔两种文体已名不符实，成为阿谀势重、财富者的文字的。

建安时期的著名文论是曹丕的《典论·论文》。这篇文章涉及文章的诸多方面问题，如文章的价值、批评的态度、作者的个性，同时还讨论了文体。文章说："夫文本同而末异，盖奏、议宜雅，书、论宜理，铭、诔尚实，诗、赋欲丽。"要理解这几句话的主旨，我们最好联系全篇。作者无论是谈论批评态度、作家个性，还是文章本身，处处都与文体辨析有关。如论及批评态度，作者反对文人相轻，"各以所长，相轻所短"，而这一论点的根据在于"文非一体，鲜能备善"，因为文体众多，同一个作家不可能全部擅长；在论述作家个性时，作者具体分析了王粲、徐幹、刘桢、陈琳、阮瑀、孔融、应玚七子，认为七子于各体文章各有所长，亦各有所短。如王粲和徐幹长于辞赋，陈琳和阮瑀长于章表书记，"然于他文，未能称是"。将各种文体辨析清

---

[1] 阮元校刻：《十三经注疏》，中华书局1980年版，第1606页。
[2] 阮元校刻：《十三经注疏》，中华书局1980年版，第809页。

楚，以便作家根据自己的禀赋之特长，选择适合自己的文体进行写作，才能取得事半功倍之效，"骋骥骥骒于千里"。由此可见文体辨析在《典论·论文》中的重要性。

西晋陆机《文赋》列举了 10 种文体：诗、赋、碑、诔、铭、箴、颂、论、奏、说，分别指出这 10 种文体的写作规格要点（而不是所谓的"风格"），其目的也在于指导写作实践。陆机的主旨很清楚，赋中所言"区分之在兹"，就是要分辨各种文体的不同要求；陆机还指出"其为物也多姿，其为体也屡迁"，也就是说外物丰富多彩，文体也要根据不同的需要来改换，以求得与外物最为切合。关于这一点，我们在后面还要详细论述。

挚虞的《文章流别论》大部分已经佚失，从严可均《全晋文》所辑佚文来看，挚虞详细地讨论了各种文体的起源、发展，并指出各种文体的分限，批评当时文体淆乱的作品。他对于各体文章都有明确的限定，比如说："诗、颂、箴、铭之篇，皆有往古成文，可放依而作，惟诔无定制，故作者多异焉。见于典籍者，《左传》有鲁哀公为孔子诔。"又说："哀辞者，诔之流也，崔瑗、苏顺、马融等为之率，以施于童殇夭折不以寿终者。……哀辞之体，以哀痛为主，缘以叹息之辞。"① 与挚虞相近，李充《翰林论》也重在释名彰义，分析文体界限。如说论、难二体是"研核名理而论、难生焉，论贵于允理，不求支离"。这与曹丕所说"书论宜理"、陆机所说"论精微而朗畅"具有一致性。同时，李充在论述文体时也从反面提出了文体的规格要求，如

---

① 严可均辑：《全晋文》，载《全上古三代秦汉三国六朝文》，中华书局 1958 年版，第 1906 页。

说"表宜以远大为本,不以华藻为先","驳不以华藻为先"。

南朝文体辨析的著作主要是任昉的《文章缘起》和刘勰的《文心雕龙》。我们将在下一节专门论述《文心雕龙》,这里着重看一下《文章缘起》。该书在《隋志》中称《文章始》。据任昉《文章始·序》说:"六经素有歌诗诔箴铭之类,《尚书》帝庸作歌,《毛诗》三百篇,《左传》叔向贻子产书,鲁哀孔子诔,孔悝鼎铭,虞人箴,此等自秦汉以来,圣君贤士沿著为文章名之始。"这是将各体文章的源头都追溯至六经,《文心雕龙》与《颜氏家训》无不如此。《文章始》的目的在于为各体文章溯源,它将文章区分为84类,计有三言诗、四言诗、五言诗、六言诗、七言诗、九言诗、赋、歌、离骚、诏、策文、表、让表、上书、书、对策、上疏、启、奏记、笺、谢恩、令、奏、驳、论、议、反骚、弹文、荐、教、封事、白事、移书、铭、箴、封禅书、赞、颂、序、引、志录、记、碑、碣、诰、誓、露布、檄、明文、乐府、对问、传、上章、解嘲、训、辞、旨、劝进、喻难、诫、吊文、告、传赞、谒文、祈文、祝文、行状、哀策、哀颂、墓志、诔、悲文、祭文、哀词、挽词、七发、离合诗、连珠、篇、歌诗、遗命、图、势、约,可见其琐细乃至芜杂。

《昭明文选》(《文选》)是一部文章选集,其编选体例见于萧统所作的《文选·序》。《文选·序》明确说明不选经、子、史三类,今人多以为这表明了文学的"自觉",是文学观念的一种"进步"。我们认为这个论断并不确切,这里对此不予讨论。在《文选·序》中,出现的文体有赋、骚、诗、颂、箴、戒、论、铭、诔、赞、诏、告、教、令、表、奏、笺、记、书、誓、符、檄、吊、祭、悲、哀、答客、指事、篇、辞、序、引、碑、碣、志、状，共计36种。按道理，《文选·序》中所列文体都应见于《文选》，但事实上如告、戒、悲等文体并未入选；而《文选》中实际选录的文体，又不见于《文选·序》。个中原因，据傅刚先生解释，在于《文选》的实际操作者刘孝绰在文体的选录上与萧统略有差异。但入选《文选》的文体确有30余种（傅刚先生考证为39类），每种文体各自具有清楚的界限，并有代表性的文章作为范例，编者辨析文体的意识还是相当明确的。傅刚先生认为，《文选》对于文体界限有着严格的把握，面对"众制蜂起，源流间出"的文体状况，对文体"各为类聚区分，以为学习者的依据，也是《文选》的编辑宗旨之一"。"既表现了对前人文学总结的意图，同时又以此作为辨析文体以指导写作的范文。""正是在这样的编辑宗旨的指导下，我们看到，《文选》的选文及分类安排，偏重于应用文。"诗中除"咏史""哀伤"外，都是应用性极强的体裁；而在35种文章体裁中，除"辞"外，"都是应用文"。① 这些论断都是切合历史实际的。《文选》在唐代以后的科举考试中，几乎被当作学习作文的教科书，其根本原因也在这里。诚如是，我们再说《文选》体现了"文学自觉"的精神，岂非有些矛盾？

从有关历史文献来看，齐梁时期文章写作风气颇浓。《梁书·王承传》载普通年间的贵族人士，"咸以文学相尚，罕以经术为业"；《诗品·序》也说："故词人作者，罔不爱好。今之士俗，斯风炽矣。才能胜衣，甫就小学，必甘心而驰骛焉。于是庸音杂体，人各为容。至使膏腴子弟，耻文不逮，终朝点缀，分夜呻吟。"这就迫切需要对"庸音杂

---

① 傅刚：《〈昭明文选〉研究》，中国社会科学出版社2000年版，第178、180页。

体"进行指导。《文心雕龙》的主旨在于为"才童"提供写作指导,这与这样的时代背景是一致的。《文心雕龙》文体辨析对后代有很大的影响,现略述如下。

唐朝日僧空海所写《文镜秘府论》,该书南卷《论体》部分说:"凡制作之士,祖述多门,人心不同,文体各异。较而言之:有博雅焉,有清典焉,有绮艳焉,有宏壮焉,有要约焉,有切至焉。"《文镜秘府论》提出,论"博雅",则"颂、论为其标","清典"则"铭、赞居其极","绮艳"则"诗、赋表其华","宏壮"则"诏、檄振其响","要约"则"表、启擅其能","切至"则"箴、诔得其实"。共论及6种规格要求,12种文体。这些论述与《文心雕龙》的有关论述是一致的。《文镜秘府论》还总结说:"故词人之作也,先看文之大体(谓上所陈文章6种,是其大体也),随而用心。遵其所宜,防其所失,故能辞成炼核,动合规矩。"这显然是针对写作而提出的"入门途径"。

宋朝陈骙《文则》,也论列了春秋时的文体及其特点,共计8体:"一曰命,婉而当;二曰誓,谨而严;三曰盟,约而信;四曰祷,切而悫;五曰谏,和而直;六曰让,辩而正;七曰书,达而法;八曰对,美而敏。"王应麟《玉海》尤其是其中的《辞学指南》,大量引证了《文心雕龙》。元人陈绎曾《文说》的《明体法》部分说:"颂宜典雅和粹,乐宜古雅谐韶,赞宜温润典实,箴宜谨严切直,铭宜深长切实,碑宜雄浑典雅,碣宜质实典雅,表宜张大典实,传宜质实而随所传之人变化,行状宜质实详备,纪宜简实方正而随所纪之人变化,序宜疏通圆美而随所序之事变化,论宜圆折深远,说宜平易明白,辨宜方折明白,议宜方直明白,书宜简要明切,奏宜精辞恳切、意思忠厚,诏宜典重温雅、谦冲恻怛之意蔼然，制诰宜峻厉典重。"所论文体18种，不过文体之后所加的规格要求有重复之嫌。

明朝吴讷的《文章辨体》、徐师曾的《文体明辨》和贺复征的《文章辨体汇选》三书，其《序说》部分都大量征引了《文心雕龙》的理论。《文体明辨序说》在谈到向古人学习赋时说："然则学古者奈何？曰：发乎情，止乎礼义。……动荡乎天机，感发乎人心，而兼出于六义，然后得赋之正体，合赋之本义。"

从桐城派的名著《古文辞类纂》中也可以看出《文心雕龙》的影响。它将文章区分为13类，其《序》提到"神、理、气、味、格、律、声、色"。近代的桐城派文人姚永朴，在其《文学研究法》中解释这些概念时，大量地引用《文心雕龙》的相关理论来说明；另一位桐城派文人林琴南在其《春觉斋论文》一书的《流别论》部分，也对文体的规格要求进行过论述，如说颂、赞二体"均结言于四字之句，不能自镇则近侻，不能自敛则近纤"云云，是根据桐城"义法"对颂、赞两种文体的详细规定。①

我们这里颇为烦琐地叙述古代有关文体的理论，目的在于显示文体的重要性。如果我们抛开理论著作而着眼于古代文人的文集的话，我们也会发现，几乎每一个著名文人都绝不限于一种或几种文体，如宋刻百家注本《柳宗元集》，其文体包括雅诗歌曲、古赋、论、议、辨、碑、铭、行状、表、碣、诔、志、对、问答、说、传、骚、吊、赞、箴、戒、题序、记、书、启、奏状、祭文、古今诗等，共计28种；基本上为白居易自己编订的《白氏长庆集》，内分古调诗、新乐

---

① 参见詹锳《〈文心雕龙〉的风格学》，人民文学出版社1982年版，第151—156页。

府、古体五言、歌行曲引杂言、律诗、格诗歌行杂体、半格诗、诗赋、铭赞箴谣偈、哀祭文、碑碣、墓志铭、记序、书序、书颂议论状、试策问制诰、中书制诰、翰林制诰、奏状、策林、判、碑志序记表赞论衡书、碑序解祭文记、铭志赞序祭文记辞传、碑记铭吟偈，共计25大类。其中混乱之处很多，足以说明当时文体庞杂的情形。这样的历史状况，在我们今天一般的"文学史"著作中是很难体现出来的。由此可见，当我们把柳宗元、白居易这样的人物称为"文学家"时，我们只不过看到了他们的一个侧面而已，并且，这个侧面对于他们本人来说未必是最重要的。

第二节 古代礼学视野中的文体辨析

20世纪90年代以来，学术界对于文体的重视程度明显提高，古代文体论受到了较多的关注。就笔者所见，代表性论文有三篇：一篇是刘梦溪的《中国古代文论何以最重文体——汉译佛典与中国文体的流变之一》（《文艺研究》1992年第3期），另外两篇是傅刚的《论汉魏六朝文体辨析观念的产生与发展》《汉魏六朝文体辨析的学术渊源》（分别刊载于《文学遗产》1996年第6期、《中国社会科学》2000年第2期）。但是我们觉得，受20世纪文学主导观念的制约，古代文体论的内在意义仍然没有得到充分的解释。

在我们看来，文体与古代礼文化具有密切的内在联系，只有从古代礼学的角度出发，才能真正理解古代文体论的实质。学术界认为，《文心雕龙》的文体辨析最为系统化、理论化，我们就以该著作的文体辨析之论来进行个案式的探讨。

现在学术界普遍认为，"文之枢经"的第三篇《宗经》是全书主导倾向的信号体现，而《宗经》所宗之经正是六经。就是在这一篇之中，刘勰明确提出，各种主要文体都源于六经："故论说辞序，则《易》统其首；诏策章奏，则《书》发其源；赋颂歌赞，则《诗》立其本；铭诔箴祝，则《礼》总其端；纪传铭檄，则《春秋》为根。"这种看法为后世所认同，如颜之推《颜氏家训·文章》篇说："夫文章者，原出五经。诏命策檄，出于《书》者也；序述论议，生于《易》者也；歌咏赋颂，生于诗者也；祭祀哀诔，生于礼者也；书奏箴铭，生于春秋者也。"我们这里重点从《文心雕龙》对文体的辨析中分析其礼学倾向。

从《文心雕龙》本身来看，自第六篇《明诗》往下到《书记》20篇是"论文叙笔"，也就是将文章区分为"有韵之文"和"无韵之笔"两大类，每大类下又分为若干小类。但是当代不少学者却不管这一结构，而将属于"文之枢纽"的第五篇《辨骚》也列入"文体论"，"骚"自然也就成了一种文体。属于"论文叙笔"的20篇，有的一篇只讨论一种文体，如《明诗》《乐府》等；有的则讨论两种文体，如《颂赞》《箴铭》《诔碑》等；而《诏策》涉及文体7种，《杂文》则包括19种，《书记》涉及25种。凡此种种，都给准确统计《文心雕龙》的文体总数增加了困难。罗宗强先生认为：《文心雕龙》一书论及文体81种，骚、诗、乐府、赋、颂、赞、祝、盟、铭、箴、诔、碑、哀、吊14种为有韵之文，史传、诸子、论、说、诏、策（诏、策又包括7种细目)、檄、移、封禅、章、表、启、议、对、书、笺记(笺记包括25种细目)为无韵之笔,计46种。杂文19种之中,典、诰、誓、问、览、略、篇、章为笔,其余为文。谐、隐2种无一定之体,可归入文,亦可归入笔。总计以上文体,共81种。① 我们认为,这一论断是可信的。

那么,在《文心雕龙》所论列的81种文体当中,哪些是刘勰比较重视的呢?当然首先是出现于篇目标题中的那些,也就是前面所列的那些。同时,我们还可以从《文心雕龙》的内容中找到一些根据。《宗经》在论述后世文章的渊源时,共提及文体20种。《定势》篇则说:"是以括囊杂体,功在铨别,宫商朱紫,随势各配。章表奏议,则准的乎典雅;赋颂歌诗,则羽仪乎清丽;符檄书移,则楷式于明断;史论序注,则师范于核要;箴铭碑诔,则体制于弘深;连珠七辞,则从事于巧艳。"两篇所涉及的文体有12种重合。我们认为综合两处的文体,再结合篇目标题中出现的文体,来讨论《文心雕龙》的文体论倾向,大概是不会错的。我们下面依原书所论列的次序来进行讨论。

《辨骚》篇在论述骚时,总结了骚"同于风雅者"的四方面和"异乎经典者"的四方面,断定它"虽取熔经意,亦自铸伟辞"。这是在努力将骚与五经联系起来。《明诗》篇给诗下的定义是:"诗者,持也,持人情性。"在分析诗的起源时所讲的"人禀七情,应物斯感,感物吟志,莫非自然"二语,来自《礼记》的《礼运》和《乐记》两篇。"乐府"一词出于汉代,其本义是朝廷所建立的音乐机构,《汉书·礼乐志》多有记载,并提出过"治道非礼乐不成"的说法。《乐府》篇分别

---

① 罗宗强:《魏晋南北朝文学思想史》,中华书局1996年版,第265页。

采纳了这些说法,并将雅声、正响与淫乐、溺音对举,雅咏与淫辞对举,并提出将"务塞淫滥"作为整篇的纲领,所继承的是《论语》《荀子·乐论》《礼记·乐记》等典籍上的观念。

《诠赋》篇一开头便引五经作为定义:"诗有六义,其二曰赋。赋者,铺也,铺采摛文,体物写志也。"《周礼·春官·大师》提出诗有六义:风、赋、比、兴、雅、颂。郑注:"赋之言铺,直铺陈今之政教善恶。"挚虞《文章流别论》说:"赋者,敷陈之称、古诗之流也。古之作诗者,发乎情,止乎礼义。情之发,因辞以形之;礼义之旨,须事以明之。故有赋焉,所以假象尽辞,敷陈其志。"刘勰就是综合这些说法,对作为一种文体的赋的特征进行了比较全面的概括。

《颂赞》篇将颂与赞两种文体合在一起讨论。《毛诗序》说:"颂者,美盛德之形容,以其成功告于神明者也。"这是庙堂祭祀的礼仪活动。刘勰沿用了这个说法,给颂下定义说:"颂者,容也。所以美盛德而述形容也。"又说:"容告神明谓之颂。"在评论那些优秀的颂作时说:"虽浅深不同,详略各异,其褒德显容,典章一也。"就是说它们符合典章规范。郑玄注《周礼·太宰·仪礼》的士冠礼、士婚礼中的一些"赞"字,皆曰"助也"。韩康伯注《周易·说卦》:"幽赞神明而生蓍",曰:"赞,明也"。刘勰给赞下的定义则是:"赞者,明也,助也。"这完全是根据前人对经典的解释而来的。

《祝盟》篇大量引用三《礼》中的话作为根据。祝文是祭祀时向鬼神祈祷之辞,《周礼·春官》说:"大祝掌六祝之辞,以事鬼神示;作六辞以通上下亲疏远近。"盟文是人们盟誓告天以求神鉴之文。《说文》引《周礼》曰:"国有疑则盟。"段注引《曲礼》曰:"莅牲曰盟。"并引述了盟的具体方式。刘勰对盟下定义说:"盟者,明也。骍毛白马,珠盘玉敦,陈辞乎方明之下,祝告于神明者也。"这些全是根据《周礼》《仪礼》的有关记述而来的。

刘勰对铭的定义是:"铭者,名也,观器必也正名,审用贵乎盛德。"这个说法也来自礼学著作,如郑玄注《仪礼·士丧礼》"为铭各以其物"曰:"今文铭皆为名。"又注《周礼·小祝》"设熬置铭"曰:"铭,今书或作名。"

《礼记·曾子问》有"贱不诔贵,幼不诔长,礼也"的说法,郑玄注曰:"诔,累也,累列生时行迹,读之以作谥。"由此可见,按照古礼,撰诔是为了作谥,是贵族葬礼的程序之一。在谈"礼"的经书上多处记载有关诔、谥的规定,足见其事关重大。刘勰在《诔碑》篇大量引用礼学著作,并完全继承了这些说法,如说:"诔者,累也。累其德行,旌之不朽也。""读诔定谥,其节文大矣。"

哀与吊像诔一样,是葬礼上所用的文字。《文章流别论》就曾说"哀辞者,诔之流也",所施对象是"童殇夭折、不以寿终者",有别于诔的对象。刘勰对哀文的论述与此基本符合。

《杂文》篇侧重论述对问、七、连珠三种文体。刘勰称"汉来杂文,名号多品",本篇除前面三种外,还另列出了16个名号。刘勰对诸多"杂文"开展专篇讨论,表明他是为了完备。

《谐隐》篇论述谐辞、隐语,也算两种文体。篇中事例多取自《左传》和《史记·滑稽列传》。刘勰说:"子长编史,列传滑稽,以其辞虽倾回,意归义正也。"因为"义正",史家才为这些社会地位低下,甚至为百姓所不齿的滑稽者立传。《史记·滑稽列传》开头便写道:

"孔子曰：'六艺于治一也。《礼》以节人，《乐》以发和，《书》以道事，《诗》以达意，《易》以神化，《春秋》以义。'太史公曰：天道恢恢，岂不大哉！谈言微中，亦可以解纷。"六经有益于治国，而滑稽之徒的"谈言微中"也于治国有益。刘勰则引用《礼记·檀弓》中的典故，指出"苟可箴戒，载于礼典"的历史事实，侧重指出这两类文章"本体不雅"而又"有足观者"，也就是对治理国家有益。

《史传》篇论述史书的写作，刘勰树立了一个标准："是立义选言，宜依经以树则；劝戒与夺，必附圣以居宗。"这是明确的征圣、宗经观念。他对史、传所下的定义分别是："史者，使也。执笔左右，使之记也。""传者，转也。转受经旨，以授于后。"正因为如此，刘勰在充分肯定《史记》的"实录无隐之旨"与"博雅弘辩之才"的同时，又说它"爱奇反经之尤"与"条例踳落之失"。这些都是宗经观念的自然流露。当代学者对于刘勰在本篇中"就史书的体制问题一再置辞"表示不满，认为"失去了文体论的光彩"，不懂得"于《史传》中拨《史记》"，是"识犹未逮"的结果。① 我们则觉得，刘勰侧重谈史书体例，正表明他对文体规范的极度重视，而文体规范就是礼义的具体体现。这在本篇中体现得尤为明显。

"诸子"一词始见于《周礼·夏官》，原为主管国子军旅教育训练的官名，在汉代变成各学派的学者及其著作的代称。《七略》中有《诸子略》，《汉志》也有《诸子略》。刘勰受这两书的影响把"诸子"列为一种文体。但如果用他自己定的"论文叙笔，囿别区分"的四项原则

---

① 参见祖保泉《文心雕龙解说》，安徽教育出版社1993年版，第328—330页。本节论述参考此书。

来检验，《诸子》篇便有不太符合要求的地方，特别是未能就诸子散文总结出写作要领。《诸子》篇开头就说诸子是"入道见志之书"，那么，这个"道"与"五经"之"道"是什么关系？《汉书·艺文志》说是"六经之支与流裔"，刘勰与此相同，明确回答说："述道言志，枝条五经。"章学诚的表达更加明确，其《文史通义·诗教（上）》说："周衰文弊，六艺道息，而诸子争鸣。盖至战国而文章之变尽，至战国而著述之事专，至战国而后世之文体备；故论文于战国，而升降盛衰之故可知也。战国之文，奇邪错出，而裂于道，人知之；其源出于六艺，人不知也。后世之文，其体皆备于战国，人不知；其源多出于《诗》教，人愈不知也。知文体备于战国，而始可与论后世之文。知诸家本于六艺，而后可与论战国之文，知战国多出于《诗》教，而后可与记六艺之文；可与记六艺之文，而后可与离文而见道；可与离文而见道，而后可与奉道而折诸家之文也。"章氏的"战国之文，其源皆出于六艺"的论断，刘勰在《宗经》篇已经提出过，并非像章氏所言"人不知也"。只不过章氏的论述更细致些。

《论说》篇阐述论与说两种相近的文体。关于论的含义，《说文》解释曰："论，议也。"然而刘勰却说："圣哲彝训曰经，述经叙理曰论。"我们上文提到，刘勰在解释"传"时说它是"转受经旨，以授于后"，而这里又将"论"称为"述经叙理"，又与"经"联系在一起。刘勰又说："论者，伦也。伦理无爽，则圣意不坠。"更进一步与"圣意"联系起来。但从《论说》全篇来看，刘勰对论下的真正定义是："论也者，弥纶群言，而研精一理者也。"这无非是将"理"与"经""圣"联系在一起。关于"说"的含义，《说文》曰："说，释也。"而刘勰却解释道："说者，悦也。兑为口舌，故言咨悦怿。"这个说法的根据在于《周易·说卦》："兑，为泽、为少女、为巫、为口舌。"又说："兑者，说也。"兑卦的象辞说："兑，说也。"兑卦的爻辞有"和兑吉"一语。刘勰就是根据这些经文进行综合的。

在《封禅》篇中，刘勰提道："兹文为用，盖一代之典章也。"也就是说封禅文关系到一个时代的典章制度，足见其于国家之重要性。什么叫封禅？《史记·封禅书》张守节《正义》引《五经通义》曰："易姓而王，致太平，必封泰山，禅梁父，何？天命以为王，使理群生，告太平于天，报群神之功。"并解释了封禅的典礼仪式。封禅典礼在两汉备受重视。刘勰所论的封禅文是典礼仪式中刻石立碑的碑文，因为是国家大典，故专立一类来讨论。纪昀在本篇的批语中指出："封禅为大典礼，而封禅文为大著作，特出一门，盖郑重之。"关于它的写作要领，刘勰指出："构位之始，宜明大体，树骨于训典之区，选言于宏富之路。"所谓"大体"，是指合乎礼仪的体统。

刘勰在《章表》篇中指出："章表奏议，经国之枢机。"这是根据汉代礼仪将臣僚上奏皇帝的应用文区分为四类。关于章、表两种文体的含义，刘勰都是根据汉儒解经的训诂而来的。如他释章为"明也"，来源于郑玄对《尚书·尧典》中"平章百姓"一句的解释："章，明也。"他释表为"标也"，还说"《礼》有《表记》谓德见于仪"，也来源于郑玄注。《礼记》在《表记》这个篇目下，郑玄注曰："以其记君子之德见于仪表者也。"《礼记·檀弓下》有"君子表微"句，郑玄注曰："表，犹明也。"而在《文选》的"表类"中，李善注曰："表者，明也，标也。如物之标表，言标著事序，使之明白以晓主上，得尽其忠，曰表。"可见章与表在古代是相近的文体。

从以上的论述可以看出，《文心雕龙》文体论具有非常浓厚的礼学倾向。我们可以说，文体的本质无非就是礼义规范在写作活动中的具体体现。要深入理解这一现象，必须联系中国古代的礼文化。我们下文将对此进行讨论。

第三节　审美形式：文体的形而上意味

对于生活在 20 世纪的中国人来说，一提到"礼"，最容易联想到的一句话便是"吃人的礼教"。这是激烈反传统的文化人对"礼"的一个简明评价。不过，这句话尽管是批判性的、否定性的评价，却也从反面昭示出中国传统文化的主要特点，那就是一个"礼"字。随着现代社会的发展和文化反思的深入，学术界逐渐从"传统与现代"截然对立的片面性中走了出来，由"批判—继承"的学术思路转变为"理解—转化"的致思方式。① 从这样的学术思路出发，对中国传统文化的观察，便呈现出新的面貌来。

据笔者所见，刘志琴先生较早提出中国传统文化的模式是以礼为中心的，礼是中国传统文化世代相沿的主要形态，礼制、礼律、礼教、礼治等概念从不同角度、不同层次表达了礼的功能和内容。从礼深广

---

① 参见阎步克《士大夫政治演生史稿》，北京大学出版社 1996 年版，第 504 页。

的内涵和外延来看可以说，礼就是中国传统文化的同义语。① 刘先生的分析，理论资源显然来自美国文化人类学家本尼迪克特的《文化模式》一书。该书认为，文化模式是相对于个体行为来说的。人类行为的方式有多种多样的可能性，但是，一个部族、一种文化在这样的无穷可能性里，只能选择其中的一些，而这种选择具有自身的社会价值取向。选择的行为方式包括对待人之生死、婚姻，以至在经济、政治、社会交往等领域的各种规矩、习俗，并通过形式化的方式，演化成风俗、礼仪，从而结合成一个部族的文化模式。各个文化模式之间差距很大，甚至是完全对立的。但每一种文化模式都有其存在的合理性。这些文化模式，区分着不同的文化，同时也塑造着各自所辖的那些个体。② 我们认为，将中国传统文化称作"礼文化模式"是恰当的。

在刘志琴之后，邹昌林的《中国古礼研究》提出："'礼'在中国，乃是一个独特的概念，为其他任何民族所无。其他民族之'礼'一般不出礼俗、礼仪、礼貌的范围。而中国之'礼'，则与政治、法律、宗教、思想、哲学、习俗、文学、艺术，乃至于经济、军事，无不结为一个整体，为中国物质文化和精神文化之总名。"③ 在该著基础上修改而成的《中国礼文化》明确提出："中国的礼，与广义的文化是同一个概念，是一个无所不包的系统。"并论及儒学与礼的关系说："儒学不

---

① 参见刘志琴《礼——中国文化传统模式探析》，原载《天津社会科学》1987年第6期，后载陈其泰、郭伟川、周少川编《二十世纪中国礼学研究论集》，学苑出版社1998年版。
② 参见露丝·本尼迪克特《文化模式》"译者前言"，王炜等译，生活·读书·新知三联书店1988年版。
③ 邹昌林：《中国古礼研究》，台北文津出版社1992年版，第12页。该著后经扩充，以《中国礼文化》为名，由社会科学文献出版社于2000年再版。

过是从属于这一文化模式的一个发展阶段而已。"① 这里出现了"文化模式"这一概念，显然，邹昌林也将中国传统文化视为一种文化模式，其意识背景中还有着文化比较的成分。

我们正是在两位学者所论的基础上，从文化特征上将中国传统文化视为一种"礼文化"的，这是一种与其他文化模式相区别的独特文化模式。同时，我们着眼于"礼"的社会文化功能，又将这种文化模式称为"礼治文化"。因为在中国古代，"礼"不仅是"治"身——修养身心的工具，而且是"治"国的工具。儒家所言"修身、齐家、治国、平天下"，所凭借的正是"礼"。因此在本书中，"礼文化"与"礼治文化"的含义是相同的，我们只不过视所论的侧重而分别使用。下面我们就尝试着对这一文化模式进行一番粗略的描述。

从起源上来说，将"礼"视为"奉神人之事"的祭祀活动是正确的。不过应该看到，周代所谓集大成而发展起来的"周礼""礼乐"，显然已经超出了宗教活动的范围。历史上所谓的"周公制礼作乐"的"礼乐"，是指周代的一套文化制度。所以，周代以后的"礼"并非专指祭礼，而是各种行为规范和各种人际关系的行为准则。如金景芳先生指出，《说文》以"履"释礼符合古代意义，因为"礼""履"二字音近，"履是践履，是行动；而礼正是行动的准则"。②

古人对"礼"的概括有所谓"三礼""五礼""六礼""九礼"的说法，不过在中国古代最通行的是《周礼·春官·大宗伯》所记载的

---

① 邹昌林：《中国礼文化》，社会科学文献出版社 2000 年版，"自序"第 18 页。
② 金景芳：《谈礼》，原载《传统文化与现代化》1997 年第 1 期，收入陈其泰、郭伟川、周少川编《二十世纪中国礼学研究论集》，学苑出版社 1998 年版，第 1 页。

"吉、凶、宾、军、嘉"之"五礼"。其中，吉礼有十二种，凶礼有五种，宾礼有八种，军礼有五种，嘉礼有六种。这五礼三十六细目几乎无所不包，涵盖了社会活动的各个方面，从政治、经济、军事、外交、宗教、教育，直到家庭的日常生活。主要的社会活动的规范和程序，都被视为"礼"，采取了"礼"的形式，并通过"礼"来完成。所以，当代学人将"礼"视为一种文化模式是有道理的。①

关于"礼"的社会功能，先秦时代的论述很多，无不将之视为治国之大纲与根本，如《左传·隐公十一年》说："礼，经国家，定社稷，序民人，利后嗣者也。"《左传·昭公十五年》说："礼，王之大经也。"《国语·晋语》则说："礼，国之纪也。"孔子反复讲："为国以礼。"（《论语·先进》）荀子强调得更细致："礼之于正国家也，如权衡之于轻重也，如绳墨之于曲直也。故人无礼不生，事无礼不成，国家无礼不宁。"（《荀子·大略》）《礼记·曲礼》说："道德仁义，非礼不成；教训正俗，非礼不备；分争辨讼，非礼不决；君臣上下、父子兄弟，非礼不定；宦学事师，非礼不亲；班朝、治军、莅官、行法，非礼威严不行；祷祠祭祀、供给鬼神，非礼不诚不庄。"这段话将"礼"在社会生活各个方面的功能概括无遗。《礼记·乐记》的概括更为简明："礼、乐、刑、政，其极一也。"所谓"一"，便是一之以"礼"。《周易·系辞下》说："圣人有以见天下之动，而观其会通，以行其典礼。"《淮南子·齐俗训》曾说："义者，循理而行宜也；礼者，体情制文者也。义者宜也，礼者体也。"从这些论述都能看出"礼"的

---

① 这方面的论著还有陈来的《古代宗教与伦理：儒家思想的根源》，该书曾说"着眼在礼乐文化所体现的文化模式与文化精神"云云。生活·读书·新知三联书店1996年版，第248页。

重大意义。

六经之中,《礼》固是礼,不用多说;《乐》也是礼。古代的礼仪活动,都配以乐,如《通典·礼典》所说:"礼非乐不行,乐非礼不举。"《诗》是古人行礼活动中的歌辞,《诗》三百中的《雅》《颂》都是宗庙礼仪。《诗》一般都用于礼仪场合,所以魏源曾说古之学者"未有离礼乐以为诗者"。《易》与"礼"的关系也十分密切,如《周易乾凿度》引孔子所言:"故《易》者,所以继天地,理人伦,而明王道。是故八卦以建,五气以立,五常以之行。象法乾坤,顺阴阳,以正君臣父子夫妇之义。度时制宜,作网罟,以畋以渔,以赡人用。于是人民乃治,君亲以尊,臣子以顺,群生和洽,各安其性。"这是着眼于《易》的社会功能,所以与"礼"相通。《书》是三代的典、命、文、诰,也可以说是三代的政典。但在三代,政教合一,行政是以礼而行的,如《大戴礼记·哀公问》所说:"为政先礼,礼者,政之本与?"至于《春秋》,《史记·太史公自序》曾将之称为"礼义之大宗",可见其与"礼"为近。因此,在中国传统文化中占据突出地位的六经,实际上都可以说是"礼"。既然"礼"为一切典章制度、社会规范之总名,那通常所谓的六经就不过是它的各个侧面。关于这一点,邹昌林先生甚至说"六经皆礼"。[①] 这一论断,历史上也有类似的观点,如《汉书·礼乐志》说:"六经之道同归,而礼乐之用为急。"

阎步克的《士大夫政治演生史稿》一书,致力于通过梳理士大夫政治的演生,"揭示一种独特的政治文化模式的演生过程和结构设计"。

---

① 邹昌林:《中国礼文化》,社会科学文献出版社2000年版,第25页。这里的论述参考了该著。

在作者那里，士大夫政治和政治文化模式是互为表里的。值得注意的是，作者又将这种独特的政治文化形态或传统概称为"礼"，并论述了"礼"的各个方面。作者认为，"礼"最初关涉"事神人之事"，也就是一种祭祀活动，由原始社会的习俗仪节逐步演化而来。从它的社会功能来看，"礼"是处于"俗"与"法"之间的政治文化形态，它具有无所不包的性质，统摄了社会各个领域。从法度政制到冠、婚、丧、祭之民间礼俗，大都被纳入"礼"中。① 这就在更加广泛的意义上指出了"礼"的重要性。

需要指出的是，对"礼"的社会功能的强调，并非仅仅通常所说的儒家，法、道、墨诸家也很重视"礼"，只不过侧重略有不同。我们将古代文化称为"礼治文化"，或许更恰当。

"礼"在社会生活中既然如此重要，便有哲学家来为它进行理论论证。代表性的言论有二，其一为《左传·昭公二十五年》，子产针对子大叔"仪、礼有别"的话，发过一番高论："夫礼，天之经也，地之义也，民之行也。天地之经，而民实则之。则天之明，因地之性，生其六气，用其五行，气为五味，发为五色，章为五声。淫则昏乱，民失其性，是故为礼以奉之。为六畜、五牲、三牺以奉五味，为九文、六采、五章以奉五色，为九歌、八风、七音、六律以奉五声，为君臣、上下以则地义，为夫妇、外内以经二物，为父子、兄弟、姑姊、甥舅、昏媾、姻亚以象天明，为政事、庸力、行务以从四时，为刑罚、威狱，使民畏忌，以类其震曜杀戮，为温慈惠和，以效天之生殖长育……"在这些言论中，"礼"实际上就是天、地、人之间的关系和统一性的体

---

① 参见阎步克《士大夫政治演生史稿》，北京大学出版社1996年版，第1—23页。

现与反映。古代的"天人合一"之说从这里也可以得到说明。

另一段论述出于《礼记·乐记》："大乐与天地同和，大礼与天地同节。……礼者，殊事合敬者也；乐者，异文合爱者也。""乐者，天地之和也；礼者，天地之序也。和，故百物皆化；序，故群物皆别。"考虑到中国古代礼、乐具有一体性，"礼"实为兼指二者的统称，这段话可以看作对"礼"的更精微的论述。它明确指出了"礼"的形而上学的根据："天地之和"与"天地之序"。我们在思考古代礼治文化时，必须考虑这一形而上学的根据，才能领会古代思想的精神实质。我们既然将文体的内在底蕴与"礼"联系起来，那么，文体的形而上学意味也就不言自明了。这是我们理解古代文体论的关键，对我们深入把握审美形式的实质，无疑是有启发意义的。

第四章 文心三角的动态诠释

上面两章对于心本体及审美形式的研究,似乎侧重于对审美主体之审美经验的探讨。这与当代西方美学的整体情形是一致的。当代西方美学不再费力地关注美的哲学(追问什么是美),而是将审美经验作为美学研究的出发点和重点对象,集中精力对审美经验进行描述和研究。但是,审美经验毕竟只侧重审美主体,并非审美对象(也就是一般所说的"美")。没有审美对象(美)的美学还能被称为"美学"吗?所以,又有学者站出来重申审美对象的重要性,甚至提出:"当代以审美经验为核心的美学理论必须被以审美对象为核心的美学理论所取代。"[①]

西方美学转了一圈又回到了美的哲学上。但是,"审美对象"与"美"并非完全等同的,两者的差异甚至是本质性的,这种差异决定着美学的基本观念和思路。特别是经过现象学的洗礼之后,传统意义上

---

① Dabney Townsend: *Aesthetic Objects and Works of Art*. 1989: 7. 转引自张永清《从现象学角度看审美对象的构成》,载《学术月刊》2001年第6期。本章第一节的论述曾参考此文。不再另注。

的实体性的、客观存在的"美",已经完全丧失其理论支撑而为"审美对象"所取代。

我们当然不必与西方美学亦步亦趋,也并不是要对西方美学进行廉价的、中庸式的调和。本章将遵照我们自行设定的文心三角的内在理路之要求,将文心三角当作一个理论模型,用生成性的眼光,审视它的各个组成要素之间的动态生成关系,重点探讨中国传统美学的最高审美对象——"天地大美"的生成机制与审美特性,并将在中西会通的基础上,重新理解康德"美是德性的符号"这一著名美学命题。

第一节 从"意不称物"到"乘物游心"

陆机《文赋》小序曾言及"意不称物,文不逮意"。对于这两句话,历来存在不同的理解。唐大圆《文赋注》云:"所构之意,不能与物相称,则患在心粗;或意虽善构,苦无词藻以达之,则又患在学俭。欲救此二患,则一在养心,使由粗以细;一在勤学,使由俭而博。"当代学者据此发挥说,这是从艺术构思的角度立论,意不称物是讲构思之意不能正确反映事物,即苏轼所谓"观物之妙,不能了然于心";而文不逮意谓写出之文与构思之意尚有距离,即苏轼所谓"了然于心,不能了然口与手"。[①] 有的学者则认为,意不称物是讲思想不足以正确

---

① 郭绍虞主编:《中国历代文论选》第一册,上海古籍出版社1979年版,第175页。

表达客观事物，文不逮意则是说文辞不足以正确表达思想。[①] 这是从表达的角度来理解问题的。我们认为，第一种说法比较符合陆机本意，但也不完全确切。陆机所苦恼的是"写什么"与"如何写"的创作问题：面对纷繁复杂的社会现象、人生经历，出于一定的写作动机，在一定的写作意图限定下，如何选择、提炼文章写作的对象（意称物），又如何选择恰当的语言将构思好的内容表达出来（文逮意）。

我们这里无意将问题局限在文艺创作的范围之内，而是想从哲理人类学的角度，来探讨造成这种困境的思想文化根源。在中国古代思想家看来，人类生存于其中的宇宙，是一个"无言独化"的宇宙，比如孔子明确以"自然"来理解天，他所感悟的天是"无言之天"："天何言哉？四时行焉，百物生焉。天何言哉！"（《论语·阳货》）庄子则说："天地有大美而不言，四时有明法而不议，万物有成理而不说。"（《庄子·知北游》）中国古代贤哲不但重视人的生命，而且珍惜万物各自的生命，表现出明显的万物生命平等的思想。老子在描述道创生天地万物的同时，又指出道"生而不有，为而不恃，长而不宰"的特性，表明道创生万物既没有丝毫的意识性、目的性，也没有任何的占有意欲、支配意欲。这里无疑隐含着任凭万物自由生化的意味，亦即"道法自然"。庄子则在此基础上提出了万物"自化"的观念。《庄子·秋水》篇有这样一段话："道无终始，物有死生，不恃其成；一虚一满，不位乎其形。年不可举，时不可止；消息盈虚，终则有始……物之生也，若骤若驰，无动而不变，无时而不移。何为乎？何不为乎？

[①] 于民、孙通海编著：《中国古典美学举要》，安徽教育出版社2000年版，第269页。

夫固将自化。"

《庄子·在宥》篇又说:"汝徒处无为,而物自化……无问其名,无窥其情,物固自生。""自化"就是自然演化、生化,表明万物的天然自发状态。万物之所以是这样而不是那样,根本原因在于它们"循道而趋"。万物的自发性、自然性就是道的具体体现:"万物皆出于机,皆入于机。"人类应该任物"自化",而不是根据自己的意欲来改造、宰制万物。这是老子所言"人法地,地法天,天法道,道法自然"的逻辑内涵,也是人类"循道而趋"的具体体现。庄子对这一点也有极其明确的说明:"天道运而无所积,故万物成;帝道运而无所积,故天下归;圣道运而无所积,故海内服。明于天,通于圣,六通四辟于帝王之德者,其自为也。"成玄英疏曰:"任物自动,故曰自为。"

总之,在思考天地万物等自然现象时,庄子没有提出一个"第一推动者"或上帝,也就是没有从现象之上或之外找原因,而是从自然界本身去寻找根源。《庄子·则阳》篇中少知提出一个问题:"四方之内,六合之里,万物之所生恶起?"当时有两派意见,一是以季真为代表的"莫为"说,二是以接子为代表的"或使"说。后者认为,世界根源处,有一个主宰在主使着万物;而前者则认为,万物是自生、自长、自化、自为的,并没有神力的作用。庄子认为这两种说法都难免落入形迹而陷于现象界的范围。现象界的东西有形有名,可以为人的感官所觉知,可以用语言文字来描述("有名有实,是物之居")。然而超乎现象界的东西,则"无名无实,在物之虚",既无法感知,也无法用语言描述;如果一定要用言意去下结论,那就必然"言而愈疏"。庄子还以鸡鸣狗叫为例子说:"鸡鸣狗吠,是人之所知;虽有大知,不能以言读其所自化，又不能以意测其所将为。"人之为人的特性之一在于，人的活动都是出于一定的动机、在一定目的的支配下做出的，所以可以追问"为什么"；但是，人只知道鸡鸣狗叫，却不能问"为什么"这样叫而不那样叫以及为什么叫。其他万物莫不如此，它们的特性、样态等天性都不可究诘。这是一种纯粹的"自然而然"。正因为如此，庄子的思想在本源上有接近"莫为"说的地方，如《庄子·齐物论》篇中"万窍怒号"的比喻，肯定自然界的声响是"自己""自取"的结果，与《庄子·则阳》篇所论并不矛盾。

"自化"观念隐含着万物独立平等的思想，否定了人类中心主义的优越感，恰如徐复观先生所指出的："个人精神的自由解放，同时即涵摄宇宙万物的自由解放。此一要求，乃贯穿于《庄子》全书之中。虽然只是精神的；但若对现实的奴性世界而言，当然能发生批判、提撕的作用。"[①] 中国传统艺术无不表现出对自然万物的极大亲和感，其思想基础正在于"自化"观念。

但是，人类不但要有"言"，要喋喋不休，而且还要打破自然的"独化"状态而将之"人化"，天、人之间的矛盾冲突由此产生。比如，我国当代占据主导地位的实践美学，在解释所谓的"美的根源"问题时，曾经提出过两个代表性的命题："自然的人化"，"人的本质力量的对象化"。其基本思想是：人类通过以物质生产为主要内容的实践活动改造自然、征服自然，因而自然上面打上了人的印记，于是自然"人化"了，也就是被对象化而成为人类的对象了；人从"人化"了的自然（作为人类对象的自然）上看到了自己的"本质力量"，于是便认为

---

① 徐复观：《中国人性论史·先秦篇》，上海三联书店2001年版，第356页。

所看到的就是"美"。对于这种美学思路，我们可以提出两点疑问：如果自然的人化就是美，那么，今天的环境危机中，被污染得、破坏得越严重的地方就越"美"，因为那里最集中而明显地体现了"人化"；人类社会中的阴谋家、野心家同样可以将其"本质力量"对象化，那么，希特勒等战争狂人所制造的战争废墟、奥斯威辛集中营，正是"美"的典型体现。问题的焦点在于：所谓"人的本质力量"究竟是什么？实践美学对此似乎从未有过明确解释。这表明，实践美学遗忘了人类文明中的一个关键词：价值观。

因此，从哲理人类学的角度来看，"意不称物"的根源在于人类企图从己意（人意）出发去统治天物，"文不逮意"则是因为人类企图将宇宙万物关押在牢笼中以满足自己的欲望所致。

如何化解天、人之间的矛盾冲突，为人类的文化活动寻找最为合理的价值准则，一直是中国古代贤哲的"重重心事"，是他们苦心孤诣探索的核心问题。他们的目光往往穿透重重的社会帷幕，向深邃的自然、宇宙眺望，试图从那里得到感悟与答案。这就是中国古代持续不绝的"原道"意识。如果说中国古代有什么"道统"的话，笔者认为，真正的"道统"就是"原道"意识。中国古代文论也始终贯穿着原道的苦心，文艺家们凭借自己对宇宙节奏的感悟，从社会意念中超越出来，他们的最高的追求不但不是"人化自然"，而且是将自己创造的文本中的人为成分尽可能地清除，使人文脱离人的痕迹而成为"道之文"（语出刘勰《文心雕龙·原道》）。此之谓"以天合天"（庄子语）：以己之天合物之天。我们下面来看一个例证。

古代曾经有人赞叹，"中秋词，自东坡《水调歌头》一出，余词尽废。"（胡仔《苕溪渔隐丛话》后集）此话其实有些过分。南宋张孝祥的《念奴娇·过洞庭》就是一首"废"不得的佳作。词中写道："洞庭青草，近中秋，更无一点风色。玉界琼田三万顷，着我扁舟一叶。素月分辉，银河共影，表里俱澄澈。怡然心会，妙处难与君说。　应念岭海经年，孤光自照，肝肺皆冰雪。短发萧骚襟袖冷，稳泛沧溟空阔。尽挹西江，细倾北斗，万象为宾客。扣舷一笑，不知今夕何夕。"

南宋孝宗乾道元年（1165 年），张孝祥出知静江府（治所在今广西桂林），兼广南西路经略安抚使，七月到任。次年六月，被谗落职北归，途经湖南洞庭湖（词中的"洞庭""青草"二湖相通，总称洞庭湖）。时近中秋的平湖秋月，引得词人乘兴泛舟，援笔赋词。我们最感兴趣的是"怡然心会，妙处难与君说"一句。在广袤浩渺的湖波上，在神秘幽冷的月光下，词人能够抛开世俗的名利忧患，跳出"遍人间烦恼填胸臆"的狭隘心境，反而"怡然"自得，与宇宙万象"心会"而为挚友，陶醉于一片空明澄澈之中。"难与君说"的"妙处"正是这一片空明澄澈。张孝祥凭借自己的"迈往凌云之气"和"自在如神之笔"（陈应行《于湖词序》语），将难说的"妙处""说"了出来，于是，一件优秀的艺术品诞生了。"凌云之气"和"如神之笔"缺一不可。

我们这里无意进行诗词赏析，上述词例只不过是为了引起对"意不称物"和"文不逮意"的思考。我们上一章的论述试图指出这样的事实：人的心性客观上包含着不同的成分、不同的层次，具有各种不同的机能、功能。中国古代思想关注的焦点是，将处于低层次的心性转化为高层次的心性。"意"只不过是心性的成分，在古代文论中可以分出诸多层次,最起码可以区分为世俗化的一己小我之"私意"和意境中的"宇宙意识"之意。具体到张孝祥而言,前者就是遭谗落职的愤懑、悲叹,是一种社会化的日常感情,所谓"人之常情",古人曾经将之称为"浊心",如王夫之在论述诗歌的审美教育功能时说过:"圣人以诗教以荡涤其浊心,震其暮气。"(王夫之《俟解》)而后者则是对前者的升华与提纯,是一种超越了一己小我的宇宙化的无我情怀,也就是"迈往凌云之气",它近于我们今天所说的审美情感,古人曾称其为"道心"或"天地之心",如郑板桥在告诫他弟弟要注意培养子女的"忠厚悱恻"之情、驱逐"残忍之性"时,提出要"体天之心以为心"(《郑板桥集·潍县署中与舍弟墨第二书》)。

同样的道理,"物"也可以区分为世俗化的欲望对象和宇宙万物。前者是一般的日常对象,是思想家经常批判的"逐物"之"物";而后者指"道",比如老子就曾以"物"来指代"道",说过"有物混成,先天地生"(《老子》第25章),"道之为物,惟恍惟惚"(《老子》第21章),等等。因此,所谓"意不称物",主要应该是社会化的日常情意,在面对宇宙万物时的一种震惊、一种惊奇、一种无可奈何、一种无法言说的困窘。中国古代艺术主体论(创作论)的主题,无非在于探讨如何化解"意不称物"的困窘而达到"神与物游"。这样的言论不绝如缕。如庄子讲"天地与我并生,而万物与我为一",李白诗中写道:"水色傲溟渤,川光秀菰蒲。当其得意时,心与天壤俱。闲云随舒卷,安识身有无。"(《赠丹阳横山周处士惟长》)柳宗元写道:"心凝形释,与万化冥合。"(《始得西山宴游记》)李白诗中的"得意"并非一般的欲望达到时的"心满意足",其所得之"意"是陶诗"此中有真意"的

"真意"，也就是在"探玄入窅默，观化游无垠"（李白《送岑征君归鸣皋山》）的特殊心灵状态下的超然物外之"意"。只有在此心境中，才能"别有会心"而"心与天壤俱"，从而进入"天人合一"之境。柳宗元的两句话更为精彩："心凝形释"将"心凝"与"形释"对举，二者乃一体之两面。"心凝"就是排除心中的各种杂念而达到老庄所说的"虚静"状态，也就是"形释"，如同庄子所说"离形去知"。在此状态下，"意不称物"的困窘已经被化解，主体的身心与宇宙万物整体合为一体："与万化冥合。"

从思想来源上说，"与万化冥合"就是庄子所说的"乘物以游心"。庄子经常强调这一点，相关言论很多：

彼（至人）将处乎不淫之度，而藏乎无端之纪，游乎万物之所终始，壹其性，养其气，合其德，以通乎物之所造。夫若是者，其天守全，其神无却，物奚自入焉！（《庄子·达生》）

出入六合，游乎九州。（《庄子·在宥》）

乘天地之正，而御六气之辩，以游无穷。（《庄子·逍遥游》）

圣人将游于物之所不得遁而皆存。（《庄子·大宗师》）

吾游心于物之初。（《庄子·田子方》）

浮游乎万物之祖。（《庄子·山木》）

上与造物者游。（《庄子·天下》）

庄子所说"乘物以游心"的"物"并非一般之物。上引第一段话中出现了两种物，第一种是"物之所终始""物之所造"的物，这种物可以称为"宇宙之物",是作为宇宙生生母力的"道"所自然生成的物,也就是庄子所说的"天地之大美";第二种是"物奚自入焉"中的物,指干扰纯净心境的世俗物欲之物,可以称为"世俗之物"。庄子思想所极力追求的是第一种物。庄子描述了这种物的生成情形:"至阴肃肃,至阳赫赫;肃肃出乎天,赫赫发乎地;两者交通成和而物生焉。"(《庄子·田子方》)出于天地的阴阳二气达到"和"的状态时,就会产生宇宙万物,这是对老子宇宙万物生成论的继承。《淮南子·氾论训》在此基础上提出:"天地之气,莫大于和。和者,阴阳调,日夜分,而生物。春分而生,秋分而成。生之与成,必得和之精。"更加重要的是,庄子从更高的意义上指出:"得是,至美至乐也。"(《庄子·田子方》)这就把"至美至乐"的根源,归结于生成宇宙万物的自然之道("造物者"),为审美对象(至美)与审美愉快(至乐)确定了形而上的根据。两个"至"所强调的是"最高""最大""最理想""最有价值"等意味,具有明确的境界层次性。

庄子用"物之初""物之祖"来强调物的宇宙性,"乘物以游心"的"物"就是这种物。认真说来,"乘物以游心"似乎包含着互为条件的两方面:"游心"必须"乘物",凭借宇宙间原生态的自然之物来"游心畅神",使自己的心灵超越世俗社会的束缚而"宅心玄远";反过来说,"乘物"必须以"游心"为前提,如果心胸狭窄,斤斤计较于社会性的功名利益、个人得失,第二种意义上的物就会通过利欲之心而占据人的整个心灵,套用庄子"物奚自入焉"这句话,可以表述为"物自欲望而入"。社会化的世俗之物一旦充塞人的心田,人就不可能"上与造物者游"。因此,必须通过种种达到"虚静"的方式来生成

"游心"的状态,这种方式被庄子称为"心斋":"无听之以耳而听之以心,无听之以心而听之以气!听止于耳,心止于符。气也者,虚而待物者也。唯道集虚。虚者,心斋也。"(《庄子·人间世》)所谓"气",是指心的虚灵化状态,通过将心田里的世俗欲望彻底排除,就像将杂物充塞的库房彻底清除一样,使心田变得"空虚"而灵动,从而成为"心灵",所谓"虚室生白"。心完全听任虚气之自然,心气合二为一;又由于"唯道集虚",所以,心气合二为一,就意味着心与道合一。此之谓"体道",实际上也正是心体:侧重于天道可称为道体,侧重于人心可称为心体。

总之,"游心"是一种独特的心灵活动状态,其实质在于从"浊心"升华为"体天地之心以为心"。这是在一种特定价值观念导引下的一种人生态度、人生追求。古代圣贤认为"天地之大德曰生",所谓"天地之心"也就是化育天地万物的精神,也就是"生生之德""生意"。这种思想并非仅仅出现在一般所说的儒家经典如《周易大传》中,前面所引用的庄子的几段话也清楚地表明,庄子极其重视"造物者"的"生生"特性。只不过一般的儒家人物,为了强调人心之仁的先天性,喜欢把天地的"生生之德"称为"仁";而老庄将这种"生生"特性视为"自然",无所谓仁与不仁,所谓"天地不仁,以万物为刍狗"云云,就是此意。"体天地生物之心以为心"的过程,也就是培养"心体"的过程。中国古代的艺术家的主体修养论,主要就是"心体"论,黄宗羲《明儒学案·自序》中的一句话最为精彩地概括了这一论题:"心无本体,功夫所至,即是本体。"中国古代思想中极其丰富的"功夫"论,无不针对提升人格、培养心体而言。心体养成之后,具体的文艺创作就是心体的发用流行,如同自然之道创生万物那样自然,虽人工而为"化工""天工""天然"。中国古代文艺的最高审美理想追求天然的"化工"而贬低人为的"画工",其思想根源正在于此。

作为社会中的人,如果能够跳出"遍人间烦恼填胸臆"的狭隘心境,而"以天地生物之心以为心"的话,那么他同时也是一个"宇宙人",正如冯友兰先生所指出的,"作一个人世间的宇宙人",是中国古人最高的人生理想。这时候他将见到"天地之大美"。上文曾经提及的郑板桥家书,最为明确地表达了中国古人的宇宙观、人生观、审美观。他在告诫他弟弟时说:

平生最不喜笼中养鸟,我图娱悦,彼在囚牢,何情何理,而必屈物之性以适吾性乎!至于发系蜻蜓,线缚螃蟹,为小儿顽具,不过一时片刻便折拉而死。夫天地生物,化育劬劳,一蚁一虫,皆本阴阳五行之气氤氲而出,上帝亦心心爱念。而万物之性人为贵,吾辈竟不能体天之心以为心,万物将何所托命乎?……大率平生乐处,欲以天地为囿,江汉为池,各适其天,斯为大快,比之盆鱼笼鸟,其巨细仁忍何如也。(《郑板桥集·潍县署中与舍弟墨第二书》)

郑板桥提出,要注意培养子女的"忠厚悱恻"之情,驱逐"残忍之性",要"体天之心以为心",这表达了庄子式的"齐物"意识:天地万物皆得于天道而生,各有其存在的根据、合理性,物与物之间是平等关系,无论是哪种物都没有任何优越性。

人类理所当然地掠夺自然、利用自然,并且越来越疯狂。我们不禁要问：人类有什么权力宰役万物、利用万物？

人们常说，人为万物之灵。但是，这丝毫不意味着人拥有相对于他物的优越性。海德格尔提出，人没有任何稀奇、任何优越性。他说，地球只不过是广阔无垠的宇宙空间中的一颗微小的沙粒，在这颗微小的沙粒上，苟活着一群浑噩卑微的、自认为聪明而发明了认识一瞬的动物。在千百万年的时间长河中，人类生命的延续才有几何？不过是瞬间须臾而已。"在在者整体中，我们没有丝毫的理由说恰是人们称之为人以及我们自身碰巧成为的那种在者占据着优越地位。"[①] 海德格尔在追问"究竟为什么在者在而无反倒不在"这个问题时提出，我们必须摒弃所有特殊的、个别的在者的优越地位，包括人在内。"究竟为什么在者在而无反倒不在"这个问题在海德格尔看来，正是"形而上学的基本问题"。人类在没有经过任何反思、说明的情况下，就武断地赋予了自己相对于他物的优越性，并凭借自己的认识能力发明了种种统治万物、利用万物的方法——技术，通过技术任意宰制万物，从而满足自己无限膨胀的消费欲望。相对于自然万物而言，人类的所谓"文明"史，其实就是运用"强力话语"宰制万物来满足自己欲望的历史，实际上也正是宇宙万物的灾难史。人的"强力"一方面来源于他的认识能力——认识心，另一方面来自永远难以填满的欲壑。正是认识心与欲望的合谋，才使万物陷于无以"托命"的困境。地球上每天都有多种物种在消失、灭绝，更多的物种在受到空前的奴役与残害，而人类似乎绝少追问自己运用强力的根据。庄子最早追问过，他用"齐物"意识否定了人类这种行为的理由，并强烈批判"用知之患"："天下每

---

① 海德格尔：《形而上学导论》，熊伟、王庆节译，商务印书馆1996年版，第6页。

每大乱，罪在于好知。……故上悖日月之明，下烁山川之精，中堕四时之施；惴耎之虫，肖翘之物，莫不失其性。甚矣，夫好知之乱天下也！"(《庄子·胠箧》)郑板桥也追问过，其意与庄子十分接近。海德格尔似乎也在隐约地追问。

从上述形而上学追问出发，我们更加能够体会出"乘物以游心"作为一种宇宙观、人生观、审美观的价值，人类审美活动的价值与意义也在此得到充分的体现。相对于世俗化的社会活动，只有在"乘物以游心"的审美活动中，人类才能平等地看待自己与万物的关系，"体天地生物之心以为心"的心态才可能产生，人类的"生生之德"才能够体现。"我们只有一个地球！""人类处于转折点上！"有感于空前严峻的人类生态危机和生存危机，有识之士发出了阵阵呼唤，呼唤人类保持起码的良知，避免人类灭绝之境的过早到来。古代文心论包含的生生意识的现代价值正在这里，我们倡导的"生生美学"的良苦用心也在这里。

第二节　从"文不逮意"到"名象交融"

在介绍、研究俄国形式主义和法国结构主义时，美国理论家詹姆逊出版过一本专著《语言的牢笼》①。在我们看来，语言的确是人类创

---

① 弗雷德里克·詹姆逊：《语言的牢笼——马克思主义与形式》，钱佼汝译，百花洲文艺出版社1995年版。

造的最坚固、最具威力的"牢笼",关押在牢笼当中的不仅有天地万物,而且还有人类自己。

中国古代思想家对语言问题一直比较重视,讨论的重点在于"道""言"关系。一般思想家大都否定语言自身的存在价值,并且认为语言无法完善地描述"道"的特性,传达体道、得道、合道时的体验。所以,如何突破语言牢笼的关押而获得自由,一直是思想家们关心的话题。在对"道"的描述中,老子认为"道"不可视、听、触、味,亦即无法为人的感官所把握,只能为一种特殊的心灵境界——虚静之心所体证。对于"道"的称谓,老子明确说"道隐无名",又说它"绳绳兮不可名"。老子还明确指出,因为"不知其名",称之为"道"、称之为"大",只不过是"强字之"而已:勉强地称谓以便言谈。之所以要勉强称谓它而谈论它,根本原因在于:"自今及古,其名不去,以阅众甫。吾何以知众甫之状哉?以此。"(《老子》第21章)名之为"道",是为了依据它来认识万物的本始情形。综合这些论述可知,老子称谓"道"时,斟酌再三,其思路的内在逻辑似乎是:道本来"无名""不可名",而今"强名之(字之)","始制有名而知之","其名不去,以阅众甫"。这些言论,无不显示出老子的表达困境与理论苦心。表达难题是"道不可道",理论苦心是如何"导"世人以"道",引导世人"为道"。先看表达困境:

道可道,非常道;名可名,非常名。无名,天地之始;有名,万物之母。故常无欲,以观其妙;常有欲,以观其徼。此两者同出而异名,同谓之玄,玄之又玄,众妙之门。(《老子》第1章)

古代文献多有训"道"为"言说"的例证，如《诗经·墙有茨》："墙有茨，不可扫也；中冓之言，不可道也。"《论语·宪问》载，子贡曾认为孔子所言的"君子之道者三"为"夫子自道"。《孟子·梁惠王上》有"仲尼之徒无道桓文之事者"一语。这些"道"都是"言说"之义。"道可道"一句中的第二个"道"正是此义。老子认为，可以言说的"道"就不是"常道"，就不是作为他的思想根基的那个"道"。为什么"道"不可言说？紧承此句之后的"名可名，非常名"暗示了答案：言说与命名相关。言语必须凭借名言，可名者可言说，不可名者则不可说。总之，"道"之不可言在于其不可名。问题出在了"名"上。

"名"的本义是"标明"。先秦诸子与"名"有关的论争主要有形名、名实问题。老子似乎不太重视名实问题，他所关心的似是"形名"问题。形名亦称"刑名"，原指形体和名称的关系，认为事物之标志的"形"与事物之称谓的"名"必须相当。这一主张出现甚早，《庄子·天道》引《故书》曰："有形有名。形名者古人有之。"春秋时，郑国大夫邓析："好刑名。操两可之说，说无穷之辞。"（刘向《校序》）综观老子思想可知，"道"的不可名在于其"无形"。他说："大象无形，道隐无名。"又说："道常无名，朴虽小……始制有名。"木之未成器者谓之"朴"，它是浑然一体的；"始制有名"即"朴散为器"，器物有形故有名。我们的这些论述，可以从古代典籍中找到有力的佐证。《尹文子》云："大道无形，称器有名。名也者正形者也。形正由名，则名不可差。""名者名形者也，形者应名者也。""名以检形，形以定名。"总之,"大道"绝非一般的"小器",它"有象无形",故"不可名";进而因"不可名"故"无名"。但是,自古以来的哲人,又真切体证到"道"的存在及其化育万物的功用,勉强地名之曰"道"。因此,老子指出:"知者不言,言者不知。"真正体证"道"的人,由于清楚明白"道"的无形无名之特性,故"不言"——不企图假借名言来言说"道"。这同时也表明,假借名言来言谈"道"的人"不知道"——根本没有体证"道"。果真如此,必然引发一个疑问:老子到底"知道"还是"不知道"?白居易的《读〈老子〉》就曾经质疑说:"言者不知知者默,此语吾闻于老君。若道老君是知者,缘何自著《五千文》?"这一质疑是有力的。老子的道论表明他是个"知道者"。他显然也意识到这个问题,所以不断强调自己名之曰"道",只不过是"强字之":"道"本来是"无名"的,通过"强字之"曰"道"而"始制有名","名亦既有,夫亦将知止。知止可以不殆"。人们可以通过勉强命制的"道"名,去勉强地"知道"。但是必须指出:凭借"道之名"而"闻道""知道",距实际得"道"距离尚远。因此,必须像"上士"那样"勤而行之",才可能最终体证大道。老子说:"上士闻道,勤而行之;中士闻道,若存若亡;下士闻道,大笑之。"老子的"为道"论正缘此而发。

庄子在批判反思"建己之患、用知之累"时,更加突出了语言问题。可以毫不夸张地说,庄子对于语言局限性的分析在先秦学术中是最为深刻的。概括说来,庄子语言批判的矛头主要指向语言的遮蔽性,也就是,语言使用者出于一己私心,通过运用语言,强加给外物以种种蔽障,从而宰役外物使其成为一己之私:要么是以自我为中心的占有欲望，要么是一孔的是非偏见。在回答"何谓天？何谓人？"的疑问时，庄子借北海若之口答曰："牛马四足，是谓天；落马首，穿牛鼻，是谓人。故曰，无以人灭天，无以故灭命，无以得殉名。谨守而勿失，是谓反其真。"（《庄子·秋水》）人类凭借自己的知识能力，使用强力给马加上羁络、给牛加上鼻栓，从而役使牛马，宰制其天性以满足自己的私欲。庄子反对人为损害天然、伤害本性，旨在去除人类像强加在牛马身上络栓一样的种种宰制，使万物各"反其真"——恢复万物的天然本性。语言就是人类用来宰制、役使万物的最重要的工具，庄子从许多方面展开了他对语言的批判。我们可从如下几方面来论述。

（一）"道"之不可名言

庄子时代，百家争鸣，互相攻讦。"一曲之士"拘于各自的一得之见，"寡能备于天地之美，称神明之容"。庄子对此十分担忧："百家往而不反，必不合矣！后世之学者，不幸不见天地之纯，古人之大体，道术将为天下裂。"（《庄子·天下》）如何才能"备天地之美""见天地之纯"，也就是保证"道"的整一性，成为庄子最为关注的核心问题。百家各执一词，吵嚷不休，都以为自己的学说是得道之言。有鉴于此，庄子从古代"形名"之说出发，提出"名止于实"，一再强调道"无形无名"；提出"大道不称，大辩不言"；"道不可闻，闻而非也；道不可见，见而非也；道不可言，言而非也。知形形之不形乎！道不当名"。"形形"者也就是"物物"者，指"道"而言。因为"道""无形""不形"，所以"道"无名而不可言说，正因为如此，所有的以见

"道"自许的言论,其实都没有得道。

(二)语言自身的局限性

语言的运用有其特定的范围,超出了这个范围之后,语言就无能为力。如大公调所说,像阴阳相合、四时转换这些自然现象,以及欲恶去取、安危福祸这些社会现象,都是有名实可记、精微可辨的,而它们正是语言所适用的范围。但是,"言之所尽,知之所至,极物而已。睹道之人,不随其所废,不原其所起,此议之所止"(《庄子·则阳》)。也就是说,现象界之外的超现象界是无法追究,更无法议论的。老子说过:"知者不言,言者不知。"《庄子·天道》篇则进一步明确指出:

世之所贵道者书也,书不过语,语有贵也。语之所贵者意也,意有所随。意之所随者,不可以言传也,而世因贵言传书。世虽贵之,我犹不足贵也,为其贵非其贵也。故视而可见者,形与色也;听而可闻者,名与声也。悲夫,世人以形色名声为足以得彼之情!夫形色名声果不足以得彼之情,则知者不言,言者不知。

"心之所之谓之意"(《春秋繁露·循天之道》),"意"所追逐的是"道"。语言只能描述形色、名声,而"道"没有形色、名声,所以无法言传。"轮扁斫轮"的故事表明:"得之于手而应于心"的斫轮之"数"是"口不能言"的,并且根本无法传授给他人。因此,即使是

"圣人之言"（所谓"经书"），也只不过是"古人之糟魄（粕）"，根本不值得珍贵。这种意思，《庄子·秋水》篇有相近的表达。河伯提出"至精无形，至大不可围"的问题，北海神回答说：

夫精粗者，期于有形者也；无形者，数之所不能分也；不可围者，数之所不能穷也。可以言论者，物之粗也；可以意致者，物之精也；言之所不能论，意之所不能察致者，不期精粗焉。

这段话按照庄子惯用的方式，将"物"区分为三个层次，同时，也将言、意关系区分为三个层次。最高层次的物是"不期精粗"的"道"，它超越于言、意之表。如果根据庄子的这段话来分析"意不称物，文不逮意"，我们可以说，语言（文）可以表达"物之粗"，但难以表达通过"意致"而得到的"物之精"（"文不逮意"）；更进一步说，心意可以完全领会它自身捕获的对象（"物之精"），却难以完善地领会无所谓精粗的最高对象"道"（"意不称物"）。总之，从语言到其要表达的最高对象，有一段很长的距离。

（三）语言使用者的"用心"

庄子较多地注意到"用心"问题，如说过"至人用心若镜"的话。《庄子·天道》篇又提到，舜问尧："天王之用心何如？"尧回答说："吾不敖无告，不废穷民，苦死者，嘉孺子而哀妇人。此吾所以用心已。"这表明庄子注意到，"用心"如何，决定着行为的结果。语言运用是人类的活动方式之一，它不同于自然界的吹风。风吹发于自然，而人的言论则往往"随其成心"，经常隐藏着运用者的"机心"。例如那些争辩不休者，"累瓦结绳窜句，游心于坚白同异之间"。这是语言成为是非之争的缘由："言者，风波也。"另外，语言并非"空话"，它总要表达、指称一定的对象。语言可以用文字固定下来，但是，所指对象通常是不确定的："言者有言，其所言特未定也。"并且，那个对象通常是人们根据自己的"成心"限定、命名的："物，谓之而然。"这就是说，一个东西"是什么"，取决于人类"把它当作什么来看待"。这个"把……当作……"的主体性结构，普遍地存在于人类一切活动之中，成为人类宰制万物最为惯常的思维模式，语言活动自然也不例外。在这个主体性结构的强制、役使之下，万物成为人的"对象"而不再"是其所本是"。《庄子·天道》篇曾引老子的话说："昔者，子呼我牛也而谓之牛，呼我马也而谓之马。苟有其实，人与之名而弗受，再受其殃。"这几句话表明，庄子早已注意到：一个东西叫做什么，完全出于人对它的称谓。恰当的称谓是符合对象之实的称谓，而大量的称谓则未必"名符其实"。争执者又像斤斤计较"朝三暮四"或"朝四暮三"的猴群那样，"名实未亏，而喜怒为用"。总之，无聊、可笑的不良心态，一己偏见形成的"成心"，对象的不确定性，凡此种种，引起各家意见纷纷，最终导致"道隐于小成，言隐于荣华"。

（四）语言困境的超越方式

庄子从语言指称的对象、语言自身的局限性、语言使用者的不良心理等三方面，全面深入地分析了人类语言活动的种种困境，在此基础上提出"不言""忘言"等主张。《庄子·列御寇》说："知道，易；勿言，难。知而不言，所以之天也；知而言之，所以之人也。古之人，天而不人。"人类的痼疾之一或许在于，喜好夸夸其谈，导致人类离天道越来越远，并且迷而不返。所以庄子提出，要像古人那样"知而不言"，以合于天然本性。人类既然有了语言，完全"不言"似乎是不可能的，庄子又提出"忘言"。《庄子·大宗师》篇说"真人""愧乎忘其言也"，并运用寓言的方式将语言引向无言：得"道"的女偊闻"道"于文字（"副墨之子"），文字又闻"道"于言语（"洛诵之孙"），语言又本于明彻的观察（"瞻明"）、听闻（"聂许"），见于行动（"需役"）。而人的所有视、听、行动，又都是元气（"于讴"）所予，而元气又来源于"玄冥"（即幽隐，《庄子·知北游》说："视之无形，听之无声，于人之论者，谓之冥冥，所以论道，而非道也"），"玄冥闻之参寥（空旷），参寥闻之疑始（似始非始）"。这样一来，一步步走向无名、无形、不知有无的宇宙原始。这是"无""无无""无无无"……的天然状态，根本没有语言存在的根据及必要性。所以，心灵境界的最高层次是"喙鸣合，与天地为合"（《庄子·天地》），也就是忘言而与天地万物为一体。《庄子·外物》说："筌者，所以在鱼，得鱼而忘筌；蹄者，所以在兔，得兔而忘蹄；言者，所以在意，得意而忘言。吾安得夫忘言之人而与之言哉？"庄子连用两个精妙的比喻，既说明了语言的局限性——"言不尽意"，揭示语言之外还有超出字面本身的"言外之意"，又指出了超越语言局限性的方式——"得意忘言"。这就是《庄子·徐无鬼》所说"不道之道""不言之辩""言休乎知之所不知，至矣"。庄子的"言意之辨"在魏晋时代成为玄学的理论出发点，并被引用到文艺理论当中，形成了中国古代注重"言外之意"的民族传统。相关的话题不绝于耳，诸如"文已尽而意有余"（钟嵘《诗品·序》），"含不尽之意，见于言外"，"作者得于心，览者会以意"（欧阳修《六一诗话》引梅尧臣语），"言有尽而意无穷"（严羽《沧浪诗话》），等等。

与老庄语言观相近，佛学对于语言的局限性也深有发掘。佛学从"实相无相"的观念出发，认为语言文字都是假相，如果执着于这种假相，则不能达到作为真如智慧的"实相"境界。《五灯会元》曾记载了一个故事：世尊在灵山会上拈花示众，众人皆不知何意，只有迦叶尊者别有会心而破颜微笑。世尊于是说："吾有正法眼藏，涅槃妙心，实相无相，微妙法门，不立文字，教外别传，付嘱摩诃迦叶。"这个故事有点玄虚，"不立文字，教外别传"将语言文字的作用完全否定，就连捕鱼之筌、登岸之筏的地位也不予承认。但是，它所突出的是"以心传心，心心相印"，所谓"心法"者也。佛学将心领神会的最高佛学理念称为"第一义"，它并非逻辑分析或现象归纳的结果，而是"觉悟"后的体验。因此，佛学认为它根本无法言传："第一义者，圣智自觉所得，非言说妄想觉境界。是故言说妄想不显示第一义。""第一义"又称"胜义"，谓超胜于世俗义的真实义理，或最胜智所行境界之义。它又与真如、实际同义，佛学认为其特征是："胜义无相所行，寻思但行有相境界……胜义不可言说，寻思但行言说境界……胜义绝诸表示，寻思但行表示境界……胜义绝诸诤论，寻思但行诤论境界。"（《楞伽经》）这就是说，诸佛妙理，自用智慧常观照，非关文字，不假文字。

正因为这样，一切言说都不离假相，"无有语言文字是真入不二法门"（《维摩诘所说经》）。佛学顶多赋予语言文字以"示月之指"的价值："如人以手标月示人，彼人因指当应看月。若复观指以为月体，此人岂唯亡失月轮，亦亡其指。"（《楞严经》）聪明人应当将目光从手指上移开，顺着手指所指的方向，去观赏月亮；同样的道理，读经也应当顺着语言所指的方向，去体会胜义，而不是执着于语言文字本身。这就是慧皎所说的："知月则废指，得兔而忘蹄。"（《义解论》）对于语言文字局限性的明确认识，促成了古代艺术家独特的表达技巧，那就是"立象以尽意"方法的普遍采用。竺道生有言："夫象以尽意，得意则象忘；言以诠理，入理则言息。"（《高僧传》）这是融会中国传统道家思想与佛学之后的结论。中国文艺作品的含蓄朦胧之美即源于此。

作为思想家的庄子，在体会到"天地之大美"之后可以"不言""忘言"。但是，庄子毕竟"言"了，否则三万多字的《南华经》也无从诞生，更不要说流传至今供我们研读了。于是，"言不可言""于不言中言"，既成为思想家的难题，也成为艺术家的使命。古代艺术家面对这个难题的时候采取了"名象交融"的方式，通过意象语言，比较成功地完成了这一使命。[①] 著名比较文学学者叶维廉先生，曾经从中西语言差异的角度，总结出中国古典诗歌表达方面的特点：1. 作者自我融入浑然不分的存在，融入事象千变万化之中。2. 任无我的"无言独化"的自然作物象本样地呈露。3. 超脱分析性、演绎性，让事物直接、具体地演出。4. 时间空间化、空间时间化——视觉事象共存并

---

① 参考刘文英《中国传统哲学的名象交融》，载《哲学研究》1999年第6期；胡伟希《从中国哲学看意像语言把握形而上学何以可能》，载《哲学研究》2001年第9期。"意像"通常作"意象"。

发——空间张力的玩味、绘画性、雕塑性。5. 语意不限指性或关系不确定性——多重暗示性。6. 不作单线（因果式）的追寻。7. 连接媒介的稀少使物象有强烈的视觉性、具体性及独立自主性。8. 因诗人"丧我"，读者可以与物象直接接触而无间隔，并参与美感经验的完成。9. 以物观物。10. 蒙太奇（意象并发性）——叠象美。① 中国古典诗歌尽可能地摒弃语言的一切限制，比如时态变化、人称变化等，其根本目的在于打破语言的"牢笼"，让自然事物自然自由地呈现自己的本来面目。叶维廉的这些论断除了总结出了中国古代诗歌的独特表达方式之外，更重要的是揭示出了造成这种独特表达方式的哲学思想根源，诸如道家的"无我""无言""以物观物"等，这些都与道家的宇宙观、人生观、语言哲学、知识论等密切相连。

第三节　道技两进：美是德性的符号

在中国古代思想家看来，人类生存于其中的宇宙是一个"无言独化"的宇宙，恰如欧阳建所说："夫天不言而四时行焉，圣人不言而鉴识存焉。形不待名而方圆已著，色不俟称而黑白以彰。"② 人类社会只不过是宇宙整体中的一个细微的部分。有鉴于此，古代思想家在思考

---

①　温儒敏、李细尧编：《寻求跨中西文化的共同文学规律——叶维廉比较文学论文选》，北京大学出版社1987年版，第80—81页。
②　欧阳建：《言尽意论》，载严可均辑《全上古三代秦汉六朝文·全晋文》，中华书局1958年版，第2084页。

人类社会的一切问题时，无不以宇宙意识为思想背景。在他们看来，人类之所以会出现"意不称物，文不逮意"的困窘，根源在于人类自作聪明，运用自己的认识能力创造知识，利用知识来满足欲望，而欲望的满足意味着不断地统治万物、宰制万物，进而统治、奴役人类自身。人类不但要"言"，喋喋不休甚至胡言乱语，而且，还要打破自然的"独化"状态而将之"人化"，天、人之间的矛盾冲突由此产生并愈演愈烈。有鉴于此，中国古代思想家们设想的解决方案是放弃人为活动，超越世俗社会而"纵浪大化中"，从"宇宙人"的观点来看待一切——用庄子的话来说就是"以道观之"。

在这种哲学观念的指导下，中国古代文艺美学提出了"道艺两进"的命题。这是由北宋艺术天才兼艺术全才苏轼提出的。

在苏轼之前，理学开山祖周敦颐提出"文以载道"的主张，认为文辞是"艺"，而道德是"实"，"不知务道德而第以文辞为能者，艺焉而已"（《通书·文辞》）。周敦颐所说的"道德"内容姑且不论，其言论重"道"轻"艺"，将"道"与"艺"割裂开来的倾向十分明显。苏轼则不然。他在论画时指出，龙眠居士李伯时的山水画之所以画得绝妙，是因为他在山中"不留于一物"，即不因留意于某一物而被其障蔽，所以，"其神与万物交，其知与百工通"。这是对庄子"乘物以游心"的阐述。然后，苏轼笔锋一转提出："虽然，有道有艺。有道而不艺，则物虽形于心，不形于手。"（《书李伯时山庄图后》）在另外一篇谈论书法的文章中，苏轼认为秦观"近日草书，便有东晋风味"，同时，"作诗增奇丽"，书法、诗歌都有进步，"遂兼百技矣"。饶有意味的是，苏轼紧接着说："技进而道不进则不可，少游乃技道两进。"

(《跋秦少游书》)仔细体会,苏轼大概怕别人误解他说秦观"兼百技"是在强调一个"技"字,所以马上补充声明:单单有技艺方面的进步是不可能达到艺术上乘境界的,技艺进步的同时必须"道进"。秦观就是"技道两进"。

苏轼的第一段话提出"有道而不艺"的缺陷,第二段话则从相反的方面,强调"技进而道不进则不可"的问题。综合两段话可知,苏轼的主张是"道艺(技)两进"。这使我们很自然地联想到中国古代的"道""艺"关系论。

孔子最早将"道"与"艺"联系在一起来讲。《论语·述而》说:"志于道,据于德,依于仁,游于艺。"从程树德撰《论语集释》一书来看,历代学者对这几句话解释很少,当代学者对其意义也没有进行充分发掘。在笔者看来,这几句话概括了孔子学术与教学思想的中心问题,可以视为孔子学说乃至整个中国传统思想的总纲,值得我们认真细致地进行阐释。先看"志于道"。

《论语·里仁》载孔子曰:"士志于道而耻恶衣恶食者,未足与议也。"即言读书人应该专心致志求道,而不应为物欲所累。中国古代论及"士"时无不突出"志"的重要性,如《礼记·学记》曰:"凡学,官先事,士先志。"孟子回答"士为何"的问题时说"尚志"。孔子自称"十有五而志于学",也就是立志"下学而上达",通过学习具体的事务、知识而上达天道。孔子认为,学以明道者为"君子儒",而矜其才名者则为"小人儒"。他告诫子夏说:"女为君子儒,无为小人儒。"因此,孔子所强调的"学"并非对一般知识技能的掌握,而是"学以致其道","闻道"而"知天命",成就一种圣贤人格,达到如同"天"

那样无言而化育万物的境界。

需要进一步说明的是，孔子所言"志于道"的主体是"士"，他们志在求道、得道，并非仅仅局限于获取有关天道的知识学问，而是像老子所说"闻道"的"上士"那样，"勤而行之"，其最终价值取向在于"行道"与"以道事世"，使"无道"之"天下"变为"有道"。前者相当于孔子之孙孔伋（即子思）之作《中庸》所讲的"笃行之"。二者结合即"知行合一"。《论语·公冶长》曾载孔子说过"道不行，乘桴浮于海"的话，与他所说"天下有道则见，无道则隐"之意相近。但在实际的人生历程中，孔子在"道之不行，已知之矣"的情况下，仍然知其不可为而为之，坚持"行道"。比如他希望改变鲁国的政治和教育，使之"至于道"。他参政坚持理想，强调"以道事君，不可则止"。对于"君子"，"说之不以道，不说也"，也就是用正当的方式取悦他。这就是他说的"直道而事人"，反对"枉道而事人"。他一生席不暇暖，目的在于改变"天下无道，则礼乐征伐自诸侯出"的礼坏乐崩的局面，从而使"天下有道"。在受到长沮、桀溺这两位隐士的嘲讽时，孔子说："天下有道，丘不与易也。"也就是说，如果天下太平清明，自己就不会参与变革了；自己之所以不愿为隐士，最终目的无非在于使"天下有道"。这实际上是"修身"（求道）以"平天下"的最初表达，孔子后学在《大学》中将之更为详尽地表述为："物格而后知至，知至而后意诚，意诚而后心正，心正而后身修，身修而后家齐，家齐而后国治，国治而后天下平。"通过"内圣"（求道、修身）而"外王"（平天下）是中国古代最基本的理想人格模式，为历代文人所奉行。

再看"据于德"。《礼记·乐记》曰:"德者,得也。"也就是"得于道"。人作为天地万物之一种,他"得之于天道"的是什么呢?孔子对于这个问题并未作明确解释。不过我们可以从《论语》中找到线索。《论语·公冶长》记载孔子学生子贡的话说:"夫子之文章,可得而闻也;夫子之言性与天道,不可得而闻也。"子贡为什么慨叹孔子关于"性与天道"的言论"不可得而闻",历代有不同理解。从《论语》本身看,孔子关于"性与天道"的言论尽管不像关于"仁"的言论那么多,但也比较常见。谈论"天道"的上文已有涉及,谈论"性"的则有"性相近也,习相远也"之说。笔者认为:子贡所"不可得而闻"的并非"性与天道"本身,而是"性"与"天道"二者的关系。孔子没有明确讲这一关系,但其后学则讲得很清楚:"天命之谓性,率性之谓道,修道之谓教。"汉代郑玄解释说:"天命,谓天所命生人者也……性者,生之质命人所禀受度也。"(《十三经注疏》卷五十二《中庸》第三十一)唐代孔颖达释曰:"天命之谓性者,天本无体,亦无言语之命。但人感自然而生,有贤愚吉凶,若天之付命遣使之然,故云天命。"(同前)宋代程颢说:"天道降而在人,故谓之性。性者,生生之所固有也。循是而之焉。莫非道也。"(《二程集·中庸解》)以上这些解释都有助于我们理解"性"与"天道"的关系。孔子因去上古未远,所以对此前的宗教神学保持着存疑态度,认为其有一定的神秘色彩。对"天""鬼神"的论述无不如此。但孔子也明确以"自然"来理解天,如他所感悟的"无言之天":"天何言哉?四时行焉,百物生焉。天何言哉!"天所生的"百物"包括人类在内。《诗经·大雅·烝民》开篇曰:"天生烝民,有物有则。民之秉彝,好是懿德。"人所秉承于

"天"者为"懿德",即美好的品质。《孟子·告子上》在引用了这几句诗之后,紧接着又引孔子的话说:"为此诗者,其知道乎?故有物必有则,民之秉彝也,故好是懿德。"因此,我们可以断言,孔子正是以《诗经》为据而提出"天生德于予,桓魋其如予何"的。这是对于天(道)与德之关系的明确解释:天生德于人,人得德于天。

以孔子为代表的儒家将"天生百物"这一自然现象理解为上天之"仁"的表现,其思维方式带有一定的拟人化色彩,所以,始终没有与古代宗教中作为人格神的"天帝"完全绝缘。这里需说明:尽管孔子并没有像孟子那样明确论定人的"性善",但他在大量的有关"德"的论述中已经明确地表明,"德"是一种美好的品质。如《论语·为政》说:"为政以德,譬如北辰,居其所而众星共之。"《论语·雍也》说:"中庸之为德也,其至矣乎!"《论语·泰伯》称赞"周之德"为"至德":"周之德,其可谓至德也已矣。"《论语·子罕》说:"吾未见好德如好色者也。"《论语·宪问》说:"有德者必有言,有言者不必有德。"《论语·卫灵公》说:"巧言乱德。"孔子还认为"乡愿,德之贼也"。总之,"据于德"应该理解为"依据天道所赋予人的美德而行事"。

正因为孔子所言之德为"美德",德与"依于仁"中的"仁"字就难以区别。人们一般认为孔子之学说为"仁"学,"仁"是其思想核心。从《论语》本身看,"仁"字共出现了 109 次[①],概括说来,仁是指一种源自血缘亲情而扩充开来的博爱情怀。孔子的学生有子(有若)说:"其为人也孝弟,而好犯上者,鲜矣;不好犯上而好作乱者,未之

---

① 据杨伯峻《论语词典》,《论语》中出现"道"60 次、"德"38 次、"性"2 次、"艺"4 次。参见杨伯峻《论语译注》,中华书局 1980 年版,第 213—316 页。

有也。君子务本，本立而道生。孝弟也者，其为仁之本与！"父母爱子女、兄姊爱弟妹是一种没有条件的自然之爱，近乎动物本能；反过来子女、弟妹对父母兄姊尽孝悌也是自然的事。有若将"孝弟"视为"仁之本"，正说明仁爱之情是一种自然血缘亲情。"本立而道生"，仁的根本（孝悌）建立了起来，"道"就自然产生了。这里说明"仁"与"道"之间具有内在联系。樊迟问仁时，孔子答曰："爱人。"正因为这样，"君子无终食之间违仁，造次必于是，颠沛必于是"。

孔子以仁为标准评论人物，但在评论众多人物时，又从不轻易以仁许人，这表明仁是一种至高的精神境界，一般人很难达到。另一方面，孔子在论及求仁的方法时，又往往说明仁不远人，非常易求。他说："有能一日用其力于仁矣乎？我未见力不足者。"即言人人有力求仁。求仁的方法也很平易："夫仁者，己欲立而立人，己欲达而达人。能近取譬，可谓仁之方也已。"也就是推己及人，将心比心，从身边的小事着手，一步一步做下去。孔子还说："仁远乎哉？我欲仁，斯仁至矣。"仁并非外在的一个对象，而是内在于人心的一种仁德，恰如朱熹所说："反而求之，则即此而在矣，夫岂远哉？"（《四书章句集注·论语集注》）为了说明仁的平易且切己可求，孔子引用了逸诗"唐棣之华，偏其反而，岂不尔思，室是远尔"之句，然后评论说："未之思也，夫何远之有？"意谓一般人都是自己不肯用心思索而自远于仁，其实仁并不遥远，求之则得，舍之则亡。因此，孔子做出了"为仁由己"的论断。子曰："克己复礼为仁。一日克己复礼，天下归仁焉。为仁由己，而由人乎哉？"《左传·昭公十二年》载："仲尼曰：'古也有志：克己复礼，仁也。'"可见"克己复礼"一说非孔子所创，而是当时所传古语，它是从外在规范方面讲仁，孔子引用之后则释为"为仁由己"，从人的内心自觉角度来理解外在的伦理规范，这是孔子的创造。所以孔子又说："君子求诸己，小人求诸人。"他经常勉励学生求仁："民之于仁也，甚于水火。水火，吾见蹈而死者矣，未见蹈仁而死者也。"即言人对仁德的需要超过对水火的需要，但求仁甚易，学生们不要有畏难情绪。朱熹的解释非常精彩："民之于水火，所赖以生，不可一日无。其于仁也亦然。但水火外物，而仁在己。无水火，不过害人之身，而不仁则失其心。是仁有甚于水火，而尤不可以一日无也。况水火或有时而杀人，仁则未尝杀人，亦何惮而不为哉？"（《四书章句集注·论语集注》）综上所述可知，所谓"依于仁"就是"依顺自己内心本有的博爱之情接人待物"。"仁"是"德"的具体表现。从体用关系讲，德是得于天道之体，仁则是人的天德（性）之发用流行。

最后看"游于艺"。古代学校教育内容为"六艺"。《周礼·地官司徒·保氏》载："保氏掌谏王恶，而养国子以道，乃教之六艺。""六艺"即礼、乐、射、御（驭）、书、数。朱熹释曰："游者，玩物适情之谓；艺，则礼乐之文，射御书数之法。"（《四书章句集注·论语集注》）这个解释符合先儒原意。礼乐是孔子的主要教学内容，自不待言。孔子自称："吾少也贱，故多能鄙事。""吾不试，故艺。"也就是擅长多种技艺。当达巷党人赞扬孔子博学道艺时，他对学生说："吾何执？执御乎？执射乎？吾执御矣！""执御"即驾车，是"六艺"中较低级者。孔子自谦只会驾车，意在教育学生守约务近，从简单到复杂，从浅近到深奥。"游"是一种"玩物适情"的状态、心境，于娴熟的技艺中得到乐趣，是一种"得于手而应于心"的境界，这种境界在《庄子》中得到了淋漓尽致的发挥。

与孟子重点发挥孔子"依于仁"的一面不同，庄子重点发挥了孔子"游于艺"的一面，并且比较详细地解释了"道""艺"两者的关系。陶醉于庖丁解牛舞蹈之中的文惠君，不由自主地发出由衷的慨叹："技盍至此乎！"技术怎么达到了如此高超的程度！对于这样的称赞，庖丁颇为不屑地回答说："臣所好者，道也，进乎技矣！"这根本不再是什么技术，而是自然大道的天然运行："臣以神遇，而不以目视，官知止而神欲行。依乎天理，批大郤，导大窾。"这种游刃有余的境界是经过长期磨炼才达到的。游刃有余的另外一种表达是"得心应手"，轮扁总结自己斫轮的心得时说："得之于手而应之于心，口不能言，有数存焉于其间。"这类寓言故事在庄子那里还有许多，比如"以天合天"、制器"疑神"的梓庆，"用志不分，乃凝于神"的佝偻老丈，"指与物化而不以心稽"的工倕，都是庖丁式的人物。

庄子曾经用"每下愈况"的方式来回答"道恶乎在"的问题，指出"道""无所不在"，无论多么卑下的东西，如蝼蚁甚至瓦甓、屎尿，都有"道"的存在。既然如此，宰牛、斫轮理所当然地存在着"道"：宰牛之道、斫轮之道、涉水之道……所有的技艺都包含着各自的"道"。庄子还有一段话涉及"道""艺"关系：

天地虽大，其化均也；万物虽多，其治一也。……以道观言而天下之君正，以道观分而君臣之义明，以道观能而天下之官治，以道泛观而万物之应备。故通于天地者，德也；行于万物者，道也；上治人者，事也；能有所艺者，技也。技兼于事，事兼于义，义兼于德，德

兼于道，道兼于天。(《庄子·天地》)

庄子观察、看待万物的根本方式是"以道观之"。因此，庄子提出，天地虽然广大，它们的施化是均平的；万物虽然繁杂，它们的条理是同一的。根据"道"来观察政令，天下的君位就端正了；根据"道"来观察名分，君臣之义就明确了。至于才能以及天下事务，都要根据"道"来观察。这样的观物方式，自然而然地打通了天与人的隔阂。所以庄子又说：通于天的，就是"道"；顺从于地的，就是"德"；施行于万物的，就是"义"（时宜）；君上统治人民的，就是事务；才能有所创造的，就是技艺。这样的结论必然是，技艺包括在事务里面，事务包括在时宜里面，时宜包括在德里面，德包括在道里面，道包括在天（自然）里面，一切都依顺"道法自然"的总原则。尽管庄子在这里没有明确讲自然之道与技艺的关系，但是，我们可以从其论述中得到理解：技艺最终包括在天道里，其最高境界必然是"道法自然"。庄子认识到语言的困境，但是，面对语言的困境，庄子本人一方面采取了独特的表达方式，诸如"卮言""重言""寓言"等。这些独特的表达方式，大体上缓解了面对语言困境时的焦虑。另一方面，按照庄子"道无所不在"的思想逻辑，语言无非也是一种物，道也应该存在于语言之中。既然如此，就可以如同得"宰牛之道"的庖丁一样，通过长期艰苦的磨炼而获得"语言之道"。事实表明，庄子本人是语言大师，深得"语言之道"，其语言技巧在中国古代几乎千古独步。

事实上，古人从不离开具体事物而空谈"道"。宋人胡五峰说："道不能无物而自道，物不能无道而自物。道之有物，犹风之有动，犹水之有流也。夫孰能间之？故离物求道者，妄而已矣！"（《知言》）"道""物"关系即体用关系，胡五峰将之与水喻联系在一起。这就准确揭示出了"道"与"艺"的关系：道不离艺——离艺则道无以致；艺不离道——无道之艺为雕虫小技。道从艺求，艺凭道成，的确是"道技两进"——互不分离，相互促进。这一原则早由孔子师徒揭示过。孔子提出过"下学而上达"，注重通过对具体对象的学习而上达天道；其门徒子夏则说"学以致其道"，这将其老师的意思揭示得更加清楚。苏轼在论述"道可致而不可求"时引用了子夏的话，强调"莫之求而自至"，反对"不学而务求道"。（《日喻》）老子说过："从事于道者，同于道。"所谓"从事"，实际上是讲从"事"上求"道"，最后达到与"道"同体而"同于道"的境界。因此，我们认为古人并非都是"空谈心性"的，对于"学"的强调也并不罕见。相对于现代意义上的"学习"，古代仍然"以道观之"，从"道"的高度来看"学"，将"学"的最终目标定位于"同于道"，而不是一般地掌握一点技艺、知识。

"道艺两进"论在古代文艺美学中更多地以"心手相应"论出现，相关言论非常之多："静居燕坐，明窗净几，一炷炉香，万虑消沉……境界已熟，心手已应，方始纵横中度，左右逢原（源）。"（《林泉高致》）金圣叹别出心裁，以心、手关系来论述文章境界："心之所至，手亦至焉者，文章之圣境也；心之所不至，手亦至焉者，文章之神境也；心之所不至，手亦不至焉者，文章之化境也。"（《水浒传·序一》）古代文艺美学最重"化工"，金圣叹也认为文章的最高境界是"化境"，心手两忘，完全没有人工痕迹而合乎自然造化。这就是庄子所说"以天合天"的境界。

如果说"学"是"进道"的一个途径的话，那么"进道"的另外一个途径可以称为"克欲"。庄子说过"嗜欲深者天机浅"，涵养天机的过程也就是排除嗜欲的过程。"纯素之道，唯神是守；守而勿失，与神为一；一之精通，合于天伦。……能体纯素，谓之真人。""虚无恬淡，乃合天德。""澹然无极而众美从之。"也就是通过心灵的修养而排除心中的各种欲望、知识的干扰，达到"合天德"的境界。在这种境界中，将获得一种与世人享乐完全不同的"至乐""天乐"。庄子说："夫至乐者，先应之以人事，顺之以天理，行之以五德，应之以自然，然后调理四时，太和万物。四时迭起，万物循生；……圣也者，达于情而遂于命也。天机不张而五官皆备，此之谓天乐，无言而心说。"而要获得此乐，最重要的是排除"机心"。庄子说：

吾闻之吾师，有机械者必有机事，有机事者必有机心。机心存于胸中，则纯白不备；纯白不备，则神生不定；神生不定者，道之所不载也。（《庄子·天地》）

这里，庄子明确指出了"机心"的危害。

在人生修养问题上，《淮南子》继承了老庄尤其是庄子的思想，其核心观点是"遗物反己"与"养之以和"。其中《要略》篇概述全书思想内容时，多次点明修养的原则和目的："外物而反情"，"不以物易己"，"反其性命之宗"，等等。强调"贱物""遗物""外物"——排除物质利益、功名利禄等身外之物，目的是"反己"——恢复人类恬淡真朴的天性。《淮南子》反复抨击"淫于物""役于物"的功利倾向和以物易己、不知原心返性的非人现象,指出:"衰世凑(趋)学,不知原心反本,直雕琢其性,矫拂其情,以与世交;……钳阴阳之和,而迫性命之情,故终身为悲人。达至道者则不然:理情性,治心术,养以和,持以适,乐道而忘贱,安德而忘贫。"(《淮南子·精神训》)《淮南子·原道训》篇分析得十分深刻:"人生而静,天之性也。感而后动,性之害也。物至而神应,知之动也。知与物接,而好憎生焉,好憎成形而知诱于外,不能反己,而天理灭矣。故达于道者,不以人易天。外与物化,而内不失其情。"更加深刻的是,本篇还分析了"反己"与快乐的关系:

解车休马,罢酒彻乐,而心忽然若有所丧,怅然若有所亡也。是何则?不以内乐外,而以外乐内,乐作而喜,曲终而悲,悲喜转而相生,精神乱营,不得须臾平。

"以外乐内"者将心意倾注在一个外在的具体对象上,获得该物时则乐,丧失时则悲。在歌舞场所寻欢作乐者,一旦歌舞停止便更加空虚无聊,原因即在于此。与此相反,"以内乐外"者,则是凭借自己的内在德性体验到快乐,既然不刻意追求外物,也就没有得到或丧失的情绪波动,所以,能够得到更多的快乐。

对于道家的心性修养论,学术界的相关论述已经很多。但是,学术界对于儒家的相关论述却重视不够。我们这里重点来看儒家的"内圣外王"之道。《礼记·大学》提出了治国、平天下的"三纲领":"明明德""亲民""止于至善"。然后提出:"知止而后有定,定而后能静,静而后能安,安而后能虑,虑而后能得。"这几句话集中体现了中国古代思想的价值定向意识。

第一句是讲,知道要达到的最高目标、境界后,才会有确定的志向;然后讲,有了明确远大的志向,然后才能做到内心宁静,心无旁骛;接下来讲,内心宁静,才能做到遇事泰然安稳,才能行事思虑周详;最后表明,只有以上面的步骤为基础,才会"能得"——得到"道"的真谛。用孔子的相关言论来说,或许就是:只有"志于道"才能"得道"。以此为基础,我们可以对实现"三纲领"的"八条目"作出新的阐释。

"八条目"从"平天下""治国""齐家"开始落实到"修身",然后进一步向个体的心性方向推进:"欲修其身者,先正其心;欲正其心者,先诚其意;欲诚其意者,先致其知。致知在格物。"这一方向可以称为"由外而内"。紧接着,作者又进行了"由内而外"的相反方向的推演:"物格而后知至,知至而后意诚,意诚而后心正,心正而后身修,身修而后家齐,家齐而后国治,国治而后天下平。"这"八条目"概括了中国古代思想中极其著名的"内圣外王"之道,在中国古代思想文化中的地位非常重要。不管是从"平天下"逆推至"格物",还是从"格物"顺推至"平天下","格物"都占据突出地位。历代对于"格物"的解释相当混乱。郑玄说:"格,来也;物,犹事也。其知于善深,则来善物;其知于恶深,则来恶物。言事缘人所好来也。"(《十三经注疏·礼记正义·大学》)这个解释完全颠倒了"致知"与"格物"的关系,很不确切。孔颖达含糊其词,没有解释。朱熹则说:"致,推极也。知,犹识也。推极吾之知识,欲其所知无不尽也。格,至也。物,犹事也。穷至事物之理，欲其极处无不到也。"（《四书章句集注·大学章句》）这是一个知识论的思路，将"物"理解为一个知识对象。循此思路，"致知"将永远不可能，因为天下万物根本无法穷尽。王守仁早年读了朱熹的话，就对着一枝竹子细细地"格"起来，格了几天一无所获，反而累病了。于是，他恍然大悟说："物者，事也。凡意之所发，必有其事，意所在之事谓之物。格者，正也。正其不正，以归于正之谓也。"将格物理解为"正事"，而意之所发为事，因此，"正事"实际上就是"正意"。这颇有道理，起码可以解决朱熹的话中所包含的难题。但是，王阳明的解释也存在难题：以何为"正"与"不正"的标准？另外，王阳明将"致知"理解为"致吾心之良知"，即将本心天然具有的"良知"彰显出来。但是，通过"正事"如何能够"致知"？还有学者将"物"理解为"物欲"，释"格物"为"格去物欲之蔽"（杨宣骅《大学古本辑解》）。这种说法的思路似乎是天理与人欲之辨，其问题在于：在不知何者为欲、何者为理之前，如何"格"呢？

  笔者愿意将《大学》的这段话放在中国古代思想的整体中来理解，认为，问题的关键是何谓"物"。在笔者看来，"物"并非人们做的"事"，而是"道"。"物"本来是一个"大共名"，所指对象无所不包，老子明确地将"道"称为物，"有物混成""道之为物"云云，都可参证。联系孔子的相关言论以及《大学》对于"知止"的强调可见，古人极其重视价值定向。"道"正是中国古代思想的最高价值定向。因此，"格物"可以理解为"格道"，也可以称为"原道"，也就是对于"什么是道"这一核心、基本问题的思考。这一问题正是中国古代思想的核心问题，是中国古代"究天人之际"这一学术思路的集中体现。

古人认为："学不际天人，不足以谓之学。"（邵雍语）真正的思想家没有不穷究天人关系的，古今中外皆然。通过"原道"而设定"道"的内容、特性，中国古人认为，"道"即"生生之道"——创生宇宙万物的自然之道；以"生生之道"的"生生"精神——创生万物而不占据、宰制、奴役万物——为价值准则，即可以"致知"——明白自己的天良（良知）源自天道，从而可以"诚意"——以天道的"生生之诚"，来提升、诚实自己的心意，并将之作为内心的主宰，排除心中的种种杂念，达到"心正""身修"。所有这些，讲的都是人格修养问题。试想：没有最高的价值准则，如何培养理想人格？中国古代思想正是通过"原道"而"行道"来培养人格的。老子、孔子都强调"闻道"而"行道"。能否通过培养理想人格来"平天下"，我们暂且不追究，但是，古人的理论用心是值得"同情地理解"的：大到治理国家、平天下，小到协调家务、吟诗作画，无不以理想人格为根基。

康德有句名言："美是道德的象征。"叶秀山先生从卡西尔符号现象学的理论角度，将之改译为"美是德性的符号"。在康德那里，"德性"是绝对的、无条件的"善"，绝无相应的感性直观存在，因而永远是"理想的"（观念的）、不能成为真实的，不能用知性范畴去认识它。但是，这种本源性的德性也并非虚无缥缈、完全不可捉摸的，它可以在"美"（艺术）中显示出来。通过这种方式，显示出来的不是真实的世界，而是一个象征性的世界，也就是说，是那个真实世界的一个"符号"（象征）。① 我们认为，将"道德"改为"德性"，更加符合康德

---

① 叶秀山：《思·史·诗——现象学和存在哲学研究》，人民出版社1988年版，第13—14页。

的本意,且不易引起混乱。特别是随着现代道德观念的兴起,传统的"内在德性",已经让位给外在的"职业道德"。现代社会把遵循职业角色的道德规范,看作是合乎社会道德的要求的;传统德性——作为生活整体的道德要求的德性,因而丧失了践行的余地。① 中国古代的道德学说,是一种典型的内在"德性伦理"思想,我们称其为"内在德性",理论用心在于强化其"内在"之意。从我们以上的论述可知,古代文艺美学认为审美对象的生成前提是心本体的养成,也就是内在德性的培育。心本体发用流行,也就是说"随物赋形"所赋之"形",正是"德之文"——德性的符号、象征。

问题最终落在了"心体"上,用古代思想的术语说,就是"圣贤人格";用当代一般的美学术语来说,它就是"审美情感";而用现象学的概念来说,就是"情感先验"。那么,"情感先验"的培养方式及其特性,就成了文艺美学最为关心的关键问题。古人说过:"是真名士自风流。"所谓真名士,就是具有人格美的俊逸之士。审美对象,无非是具有人格美的主体在应接万物时的构成物。因此,我们说:美是德性的符号。

---

① 美国当代伦理学家麦金太尔对此有过深入研究,参见其《德性之后》,龚群等译,中国社会科学出版社1995年版。

第五章

意境：存在的澄明境界

在描述周围的世界时，我们常说：这里"有"一个"东西"，世界上"存在"各种各样的"事物"。这两句话中，"东西"与"事物"是一个意思，"有"与"存在"是一个意思。不过，"存在"还可以名词化，在"东西"与"事物"同义的意义上使用，这时，它的准确意义是"存在物"——东西。

在世界上种种不同的存在物（东西）当中，有一种被认为是特殊的存在，它就是"人"：一种"不是东西"的"事物"。说人"不是东西"是句粗野的骂人话，特别是在汉语语境中，它包含着强烈的情感内涵和价值论色彩。但是，这却是句大实话。如若不然，反过来说"人是东西"，照样不是一句好听的话。总之，人类是世界上唯一能够产生价值观念的事物，所以，看待自己时必然带着强烈的价值情感。正是价值意识使人类成为人：具有超越动物本能的生命存在。

中国古代有着这样一句名言：天不生仲尼，万古长如夜。其真实含义是说，孔子创立的价值学说，如同茫茫黑夜里的一束亮光，照亮了人的心灵，使人这种原本如同动物一样为本能驱使的动物，走出无限黑暗深渊，成为具有价值意识的人。在此基础上，冯友兰先生进一步指出，人心就是一盏"宇宙灯"。冯友兰称其新理学是"接着"程朱理学讲的。理学家张载有过这样几句话："为天地立心，为生民立命，为往圣继绝学，为万世开太平。"如果说中国的"往圣"有什么"绝学"的话，那就是通常所说的"内圣外王"之学：通过"为天地立心"而达到"为万世开太平"。因此，"立心"是中国传统哲学的基本旨趣，中国古代心性论所探讨的都是这一内容。《新原人》自序的开头，冯友兰首先引用了张载的这几句话以自期。《新原人》从追问"人生究竟有没有意义"这一问题开始，指出人之所以不同于禽兽而为人者，在于人有"觉解"；而"人之所以能有觉解，因为人是有心底"。人的心就是古代哲学所说的"知觉灵明"，"宇宙间有了人，有了人的心，即如于黑暗中有了灯"。①

这使我们很容易联系到西方基督教的《创世纪》：上帝创造天地之初，天地间黑暗一团，上帝说"要有光"，于是就有了光。中外"光喻"，使我们有理由认为：人的存在应该是一种被价值之光照亮的"澄明存在"。从哲理人类学的视野来说，"人"这一称谓本身就涵蕴着这一层意思：人"应该"在价值意识之光的照耀下，使自己进入"澄明境界"。这便是中国古代艺术意境论的底蕴，也就是本章的论题。

意境即文艺境界，是中国古代文论的重要范畴。20世纪中国美学与文学理论都很重视文艺境界问题，但由于世界观、思维方式等方面偏离了中国文化传统，一般在主客体对立统一的理论框架内进行思考，

---

① 冯友兰：《贞元六书》，华东师范大学出版社1996年版，第533页。

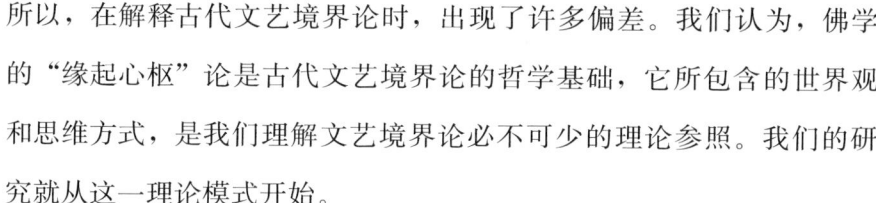

所以,在解释古代文艺境界论时,出现了许多偏差。我们认为,佛学的"缘起心枢"论是古代文艺境界论的哲学基础,它所包含的世界观和思维方式,是我们理解文艺境界论必不可少的理论参照。我们的研究就从这一理论模式开始。

第一节 佛学的"缘起心枢"论与境界论

弘一法师曾集《华严经》之句为一联:"安住真如地,普照智慧灯。"简单概括,佛学的理论旨趣,无非是用其"智慧灯"照亮"无明":愚痴、暗昧、不明真实。佛教诸乘宗,几乎皆以无明为众生生死流转的最终原因。为了超越无明,佛学立足于禅观提出了一整套关于身心世界的解释,其理论核心是"缘起心枢"论,该论认为:身心世界皆为一定条件的集合体,诸条件中以主体心识的作用为主、为枢、为本、为体。在佛学与文艺相互渗透的过程中,这一观念影响了文艺观念,促成了文艺境界及其相关理论的产生。

"境界"简称"境"。在佛教传入中国之前,"境"和"境界"都是中国古代典籍中的常用语,其含义有二:一指地理上的疆界、地域、国界,如《国语·鲁语》:"外臣之言不越境。"《孟子·公孙丑上》:"鸡鸣狗吠而达乎四境,而齐有其民矣。"《后汉书·仲长统传》:"当更制其境界,使远者不过二百里。""境"与"境界"的另一含义指精神现象,也就是人的心灵状态,主要出现在道家的有关著作中。如《庄子·逍遥游》:"定乎内外之分,辨乎荣辱之境,斯已矣。"《庄子·秋水》:"且夫知不知是非之竟,而犹欲观于庄子之言,是犹使蚊负山,商蚷驰河也,必不胜任矣。""竟"即"境"。《淮南子·修务训》论述人之"心意"是可以造就的,之后接着说:"且夫精神滑淖纤微,倏忽变化,与物推移,云蒸风行,在所设施。君子有能精摇摩监,砥砺其才,自试神明,览物之博,通物之壅,观始卒之端,见无外之境,以逍遥仿佯于尘埃之外,超然独立,卓然离世。此圣人之所以游心若此。"指出"圣人"可以"游心"于"无外之境"。

佛教传入中国后,佛教译经者用"境""境界"来翻译佛经,"境界"几乎成了一个佛教专用语。佛教的理论(佛学)一般从境、行、果三方面进行论述,其哲学思想主要表现在对"境"这一范畴的论述上。佛学对于境界的探讨非常细致深入,要准确理解文艺境界问题,必须首先理解佛学关于境、境界的理论。

与其他哲学思想相比,佛学有其独特的内在思路,正如有的学者所指出的那样,禅定是所有佛教思想的基调,一切佛教思想,无不是禅定思察的结果。① 佛教以了生死、入涅槃为宗旨,全部禅学无不紧紧围绕这一宗旨而展开。同时,佛学理论大都是禅定思察中所证悟的主观体验的逻辑外化。不仅真如、心性等最高范畴来自禅思的体验,就是关于宏观世界、微观世界以及生命流转之说,据称也都是根据禅定中所发天眼通、宿命通而来。释迦牟尼在成佛过程中苦修禅定,所说法中的哲学思想源于禅定思察。而且,后世发挥佛教哲学、创宗立派

---

① 木村泰贤:《大乘佛教思想论》第七章《佛教思想的开展和禅的考察》,转引自陈兵《佛教禅学与东方文明》,上海人民出版社1992年版,第29页。本节有关论述多参考陈著,不再另注。

的祖师高僧，也都深入禅定，所创学说与自己禅定中的体悟密切相关。如印度的龙树、无著，禅定之功十分深湛，中国的天台、华严、三论诸宗祖师，无不依禅观建立一宗之学。禅宗更是以从禅的调心所获得的顿悟为宗本。

禅是梵文Dhyana的音译，即禅那，意思是静虑。它本来是印度婆罗门教瑜伽中的一支。瑜伽即Yoga，是古代印度人的一种修行方法，用以持心制欲。释迦牟尼就曾向瑜伽师学习过禅法，后来佛学将之纳入佛法，释为寂静而又审虑之义，指一种通过锻炼而达到的寂静且又意识清明澄澈的心境。如《俱舍论》谓："由定寂静，能审虑故，虑体是慧，定有静用及生慧虑，故名静虑。"《法句经》云："无禅不智，无智不禅。"可以说，依据禅观体验创宗立说是佛学的根本特性。佛教真理的最终根据在于禅定体验，佛教不同派别的纷争，究其根源在于所据禅定之境的邪正深浅之差。这与西方哲学主要依据思辨是大不相同的。正因为佛学源于禅观中的超常体验及其对心识的内省观察，所以，佛学带有浓厚的唯心主义和心理主义的色彩。

佛学立足于禅观提出了一整套关于身心世界的解释，其理论框架大体可纳入"缘起心枢"论。"缘起心枢"意谓身心世界皆为一定条件的集合体，诸条件中以主体心识的作用为主、为枢，乃至为本、为体，在身心世界的构成及生死流转与涅槃解脱中起着关键性作用，其基本原理和大前提是缘起法则。缘起法则是佛教诸乘诸宗之学的基本原理和方法论，是全部佛学的核心。《造塔功德经》将之概括为一偈："诸法因缘生，我说是因缘，因缘尽故灭，我作如是说。"《阿含经》将此偈改为："此有故彼有，此生故彼生，此无故彼无，此灭故彼灭。"（又译为:"缘是有是,此起则起,此无则无,此灭则灭")意为宇宙万象都是由一定条件和关系组成的,离开所依的条件则不能存在。各缘起论所观察的对象都重在人心,都将出离生死之道归诸于"自净其心""如实知自心"。因此,佛学缘起论实为心的缘起,即"一心缘起",它从人的心理出发解释宇宙万象,包括客观存在的物理世界。禅思作为"如实知自心"的方法,又被称为"心学""意学"。

从缘起论出发,佛学用"根—识—境"相统一的三缘和合模式来说明世界万物。"根"指眼、耳、鼻、舌、身、意六根,相当于人的六种生理感官;"识"即心识,或者说"心法",它按照六根的不同功能分为六识,即眼识、耳识、鼻识、舌识、身识、意识,大体上相当于心理学所说的视、听、嗅、味、触、思维六种功能。佛典中的心即"集起"义,是六识的集合体。关于心识,小乘仅说六种识,大乘法相唯识学则进一步深掘潜意识层,说八种识或九种识。第七识为末那识,第八识为阿赖耶识,第九识为阿摩罗识,功能各不相同。前六识当中,意识的功能最为重要,它不仅可"外门转"而了别外境,还可"内门转"而省察自身,如灯的"回光返照"。六识所了别的对象称"六境"(又称"六尘")。它们也是缘起万物的不可或缺的条件,佛典中称之为"色法",相当于物理学中的物质。

佛学"根—识—境"三缘和合的模式,超越了一般的心、物二元对立论,是一种心物不二论,熊十力《佛家名相通释》将之概括为"根—识—物图式"。其"三科"(蕴、处、界)之一的"十八界"合六根界、六识界、六境界而言,成为佛学宇宙模式最完整的表述。其实质在于说明,根识境三缘、心色二法互相缘起而成世界万象,一切现象都是三缘和合而成的。三缘如三根相互支撑的芦苇，若去其一，其二必倒，正如《楞伽经》所说："三缘和合，幻相方生。"《大乘起信论》所说："从本以来，色心不二。"

承认心不离色，与唯物论相一致；但佛学于心、色二法中所重的是心，认为心是缘起万物的主枢。从原始佛教和小乘佛教起，佛学便强调心识在缘起中的主枢作用，如《杂阿含经》云："心持世间去，心拘引世间，其心为一法，能制御世间。"大乘佛学更是以心识统摄一切，"万法唯心""三界唯识"成为大乘千经万论的共同主题，如《华严经》云："应观法界性，一切唯心造。""三界所有唯是一心。""心如工画师，能画诸世间。五蕴悉从生，无法而不造。"《大乘本生心地观经》云："三界唯心，心名为地。"《大智度论》云："三界所有，皆心所作。""诸法如芭蕉，一切从心生。"《坛经》更云："一切万法，尽在自心中，何不于自心顿现真如本性！"明代释憨山将佛学概括为："佛祖慧命，只有八字包括无余：所谓'三界唯心，万法唯识'。"（《憨山老人梦游集·示周旸孺》）

需要提请注意的是，佛学讲万法唯识从其本意来说，并非否定客观存在的物质实在性，而是为了遮遣众生心外有实法的朴素实在论的执着。在唯识学说看来，这种执着是与生俱来的根本法执，是产生我执、导致生死流转的渊薮。《杂藏经》云："如世有良医，以妙药治病，诸佛亦如是，为物说唯心。"将众生执着外物比为病，佛说唯心正对此病而发。《成唯识论》云："识唯内有，境亦通外，恐滥外故，但言唯识。"这表明佛学还是承认外境实有的，只是强调对外境的认识离不开心识，其理论取向是矫枉过正式的"为物说唯心"。《百法论》将这一点表达得很明确:"云何唯识?以一切法不离识故,说识名唯,非谓唯有识故,方置唯言。一切法中,识用殊胜,推识为主,故首心法。"这实际上强调发挥心识的主观能动性,提高了心识在形成认识中的重要作用。同时,由于佛学强调禅定治心,将治心、制心视为成就世间、出世间一切事业之本,将能自主其心、征服自心的迷妄垢染者推崇为"大雄""雄猛大丈夫",这实际上是突出了自律的重要性,也有其积极意义。

由此可见,佛学所说境界一般有二义,一为"六根"所分别之"六境"(亦即"六尘"),它接近于外物,可称为"外境"。唐圆晖《俱舍论颂疏论本》解释得很简明:"功能所托,各为境界。"由于佛学极重心识,以至于认为"唯识无境(外境)""心外无物",境界只不过是心识所造,所以境界的第二种含义指"根—识—境"三缘和合之"幻相"境界,以区别于第一种意义上的"外境"。除了这两种意义之外,由于佛学对心识极度推崇,而心识在禅定修持时又有一个不断提升层次的过程,所以境界在佛典中又自然地引申出第三种含义,用于指称心识修养的层次,也就是今天所说的精神境界、心灵境界。丁福保《佛学大辞典》释之云:"自家势力所及之境土,又我得之果报界域,谓之境界。"并引用《无量寿经上》云:"比丘白佛:'斯义弘深,非我境界。'"这就专指造诣层次而言。综合起来,境界在佛学中就有三种虽然有联系但又不相同的含义。我们应该区别对待,最好分别称为"外境""境界""心灵境界(精神境界)",而不再混用。

由此可以考察一下"意境"的含义。根据以上所述,"意境"实际上是"意境界"的略语,它首先指"六根"之一的"意根"的功能

"意识"所了别之境,即"六境"之一。但意识作为心识的最重要的功能,它除了自己的独特功能之外,还能对其他各识发生作用。印顺法师《佛法概论》作过一个比喻:意识如同编辑,能够对其他五识所采集到的信息进行编辑加工。因此,意境又可泛指包括其他五境在内的一切境界。由此可见,意境对应于上述境界三种意义之中的第二种,在这种意义上,二者可以混用。

第二节　离形治心:中印思维方式的相通与融会

上文曾指出,中国古代文艺境界论是在佛学境界论的影响下产生、成熟与发展的,因此,在考察其哲学基础时,不能忽视佛学的"缘起心枢"论。

这一观点算不得新颖,但也是有感而发的。古典美学和古代文论界几乎普遍认为,中国古代文艺境界论的哲学基础在于先秦道家思想。比如叶朗先生认为:老子、庄子的道、象思想对于中国古典艺术意境的创造影响巨大,"成了意境说的最早的源头"。① 张少康先生也提出:老子的"大音希声,大象无形"论,"已为中国古代艺术意境理论的产生奠定了哲学和美学基础"。② 从根本上说,笔者同意这种观点,但是,如果因此而忽视佛学的"缘起心枢"论,那将有偏离历史事实的危险,

---

① 叶朗:《中国美学史大纲》,上海人民出版社1985年版,第29、131页。
② 张少康:《中国文学理论批评史教程》,北京大学出版社1999年版,第42页。

并且也无法真正深入理解文艺境界论。实际上，叶朗先生同时又认为，意境说"诞生于唐代"，其标志是"境"作为美学范畴的提出；[1] 张少康先生也进一步提出，王昌龄的诗歌意境论，"为意境理论的深化与扩展奠定了基础"，并较多地注意到佛学对于诗歌意境的渗透和影响。[2] 既然如此，我们这里所应该关注的是：先秦道家思想与佛学两大不同的思想，是怎样共同影响了中国古代文艺境界论的？分属于中印的两种思想，是否具有内在沟通的可能性？

中印两种思想的交流融合，是一个重大的思想史课题，笔者目前无暇、无力细究。这里想就两种思想的内在相似性、相通性进行一点探讨，以便理解它们何以成为中国古代文艺境界论共同的哲学思想基础。如果我们用佛学的"缘起心枢"论作为"前理解"去阅读中国先秦文献，就会惊奇地发现先秦思想的思维方式与此具有很大的相似性。老子写道：

五色，令人目盲；五音，令人耳聋；五味，令人口爽；驰骋畋猎，令人心发狂；难得之货，令人行妨。是以圣人为腹不为目，故去彼取此。（《老子》第12章）

"五色"指青、赤、黄、白、黑，老子认为它们使人眼花缭乱而损害眼睛；"五音"指角、徵、宫、商、羽，它们损害人的耳朵使人听觉不明；"五味"指酸、苦、甘、辛、咸，它们会使人产生口病；而像纵

---

[1] 叶朗：《中国美学史大纲》，上海人民出版社1985年版，第265页。
[2] 张少康：《中国文学理论批评史教程》，北京大学出版社1999年版，第173—179页。

横奔走打猎活动那样的纵情,则会使人心放荡不已。所以,圣人只求安饱而不求纵情声色,就像《老子》第 3 章所说:"不见可欲,使心不乱。是以圣人之治,虚其心,实其腹;弱其志,强其骨。常使民无知无欲。"老子的本意是抨击追求物欲的弊病,其主导观念在于保持心灵的宁静而与"道"合一。因此,老子又提出"涤除玄览","致虚极,守静笃","为道日损,为学日益"等主张,其主旨莫不如此。用佛学"缘起心枢"论来对照的话,老子之说涉及眼、耳、舌(口)、身(行)、心(意)五方面,与佛学"六根"相比,只不过少了"鼻"。并且,老子所追求的"虚静"境界,无疑可以对应于佛学的"精神境界"。

墨子认为,音乐艺术无论对于从事政治活动的统治者,还是对于从事生产劳动的被统治者,都没有任何益处,只能带来损失。所以,墨子提出"非乐"的主张,其相关论述涉及目、耳、口、身"四根":"且夫仁者之为天下度也,非为其目之所美,耳之所乐,口之所甘,身体之所安……虽身知其安也,口知其甘也,目知其美也,耳知其乐也,然上考之不中圣王之事,下度之不中万民之利,是故,子墨子曰:为乐非也。"其理论旨归在于倡导"仁政"。

另外一个以倡导"仁政"而闻名的是孟子,其相关论述则更加细致。齐宣王提到,自己将求自己"所大欲"。于是,孟子便反问其"大欲"是什么:"为肥甘不足与口与?轻暖不足与体与?抑为采色不足视于目与?声音不足听于耳与?便嬖不足使令于前与?"这几句话涉及口、体(身)、目、耳"四根"。从孟子的其他相关论述可知,这些都不是孟子认可的。《孟子·离娄上》篇提及圣人的"目力""耳力""心思"三方面，最终落脚点是"不忍人之政"，《孟子·告子上》篇则讲得更为详尽：

> 口之于味也，有同耆焉；耳之于声也，有同听焉；目之于色也，有同美焉。至于心，独无所同然乎？心之所同然者何也？谓理也，义也。圣人先得我心之所同然耳。故理义之悦我心，犹刍豢之悦我口。

孟子这段话的主旨在于说明"同类者举相似，圣人与我同类"，并以此为思想基础，说明人的道德意识的先验性。这涉及口、目、耳、心"四根"及其各自的天然本性。春秋以降，关于什么是乐的讨论相当热烈。如《左传·襄公十一年》记述魏绛的话说："夫乐以安德，义以处之，礼以行之，信以守之，仁以厉之。而后可以殿邦国，同福禄，来远人，所谓乐也。"《左传·襄公二十四年》则记述子产的话说："有德则乐，乐则能久。"这些乐都是实行德政、仁政而获得的政治性快乐。孟子对于乐的看法与此相近，也从道德价值方面来看待乐。他将人的感官区分为眼、耳、口、身（体）、心诸方面，指出眼的欲求是美丽的色彩，耳的欲求是美妙的声音，口的欲求是美味的食物，鼻的欲求是芬芳的气味，体肤的欲求是安逸的宫室、床椅、衣饰，最后，人心的欲求是仁义。在这些欲求当中，尽管孟子也把前五者视为人的本性，所谓与生俱来的"性也"，但他无疑更加重视心对于仁义的追求，提倡人们追求仁义之乐，将仁义之乐视为乐之"大者"："从其大体为大人，从其小体为小人。"在"生"与"义"不可兼得的时候，果敢地"舍身而取义"。同时，眼耳等五方面的感官之乐无异于"欲"，为了培养仁义之心则必须尽可能地排除感官欲望："养心莫善于寡欲。其为人也寡欲，虽有不存焉者，寡矣；其为人也多欲，虽有存焉者，寡矣。"这种意义上的"养心"，实际上也就是著名的"养气"。孟子提出，通过对"浩然之气"的培养，最后可以得到"充实之美""至诚之乐"。①这些论述表明，孟子也从人体感官与心灵境界的关系着眼，注重提升人的精神境界。只不过与老子的自然境界不同，孟子的最高境界是富有道德意味的"天地境界"（冯友兰语）。

与老子接近，庄子也追求自然境界，他也对感官欲求进行批判否定。《庄子·天地》篇指出：

失性有五：一曰五色乱目，使目不明；二曰五声乱耳，使耳不聪；三曰五臭薰鼻，困愜中颡；四曰五味浊口，使口厉爽；五曰趣舍滑心，使性飞扬。此五者，皆生之害也。

"五臭"指膻、薰、香、腥、腐，这五种气味从鼻冲入而激扰鼻腔。"趣舍"指是非好恶之情绪，它能够迷乱心弦使性情浮动。这五大方面都容易伤害人的本性，因而应该摒弃。《庄子·骈拇》篇又将"仁义"与"五味""五声""五色"放在一起进行否定，认为它们"残生伤性"，都是悖违"性命之情"的。庄子所说的"性命之情"也就是人的自然本性，其思想核心在于批判社会文明对于自然本性的斫伤，其"心斋""坐忘"等观点，旨在说明如何超越感官欲求、社会习俗的束

---

① 《孟子·尽心下》篇说过"充实之谓美"，《孟子·尽心上》篇说过"万物皆备于我矣，反身而诚，乐莫大焉"。这里的论述参考了张法的《中国美学史》，上海人民出版社2000年版，第66—70页。但对于张先生著作中的引文及解说略有纠正。

缚而复归天然本性。也正是在庄子的著作中，出现了意指精神境界的"境"（竟），如《庄子·逍遥游》篇说："定乎内外之分，辨乎荣辱之境，斯已矣。"庄子所说的"至大之域""无何有之乡"等，都是精神境界的形象化说法。

我们大体上搜罗了先秦哲学文献中与佛学"缘起心枢"足资参照的言论，意在显示中印两大思想传统的近似之处。概括说来，二者的理论模式是相似的，都在心与身体其他感官（诸如眼耳等五官）的关系中展开思路；同时，都对具有价值定向能力的"心"（即孟子所说的"心之官则思"的"心"）给予了最大程度的重视；从各自的最高价值追求（"体道"与"成佛"）出发，对人的感官欲求进行了批判否定，并将人的心灵境界奠定在这个基础之上。佛学的"禅定"与老庄的"虚静""心斋""坐忘"的相似之处自不必说，并且与孟子的"养气"说也有一致性。我国学术界有意无意夸大了所谓道家与所谓儒家之间的对立与差异，实际上无论儒、道，都重视"气"与"养气"，养的方式也近似，差别仅仅在于，儒家之气具有"仁性"这一道德色彩，而道家则无。①

当然，中国古代哲学观念中，与佛学的核心概念"空"最为接近的是老子的"无"。老子说过："天下万物生于有，有生于无。"庄子则进一步提出"无无"乃至"无无无"……拉开了无限的时空序列。搞清楚"空"与"无"的联系与区别，将是理解佛、道二家思想的关键。简单说来，道家的"无"并非"等于零"意义上的什么也没有，如一

---

① 这个问题可以参考白奚《稷下学研究——中国古代的思想自由与百家争鸣》第七章《孟子与稷下学》，生活·读书·新知三联书店1998年版。

第五章 意境：存在的澄明境界

般的英译 Nothingness，相反，是指作为化生宇宙万物之母力的"道"的"无限可能性"。从宇宙万物的最终根源上着眼，"道"只能是"有"而不是"无"，否则宇宙万物将失去存在的根据。从庄子的道论来说，庄子认为万物皆为"道"所生，而"道"又"无所不在"；并且，"以道观之，则物无贵贱"。万物都因有各自独立的特性而天然平等。这就意味着万物各有其"自性"。而佛学则认为"缘起性空"，就像佛学著名的比喻一样：三根芦苇互相支撑而成架，"架"性是"三缘"（三根芦苇）"合和"的结果。"架"性不存在于任何一根芦苇之中，所以说它是"空"的。佛学经常用"真空妙有"或"真空假有"来表述这个理论。既然如此，因缘合和而生的万物皆无"自性"，因而皆"空"。既然万法皆"空"，那就不应该执着。如此来看，道家对于"道"的不懈追求倒有点执着了。① 因此，中印思想的相通之处在于它们都注重"治心"，都重在价值玄设的导向下提升人生境界。

古代文论中普遍强调"治心"："礼乐不可斯须去身。致乐以治心，则易直子（通'慈'）谅之心油然生矣。易直子谅之心生则乐，乐则安，安则久，久则天，天则神。……心中斯须不和不乐，而鄙诈之心入之矣。"（《礼记·乐记》）在此值得一提的是关于陶渊明的一段学术公案。据汤用彤、方立天的考证，东晋高僧慧远立白莲社招陶渊明入社的说法是不足信的。但是，古代关于陶渊明和慧远白莲社的传说却历代不绝。旧题晋无名氏撰的《莲社高贤传》云："时远法师与诸贤结莲社，以书招渊明，渊明曰：'若许饮则往。'许之，遂造焉。忽攒眉

---

① 笔者曾请北京大学彭锋先生为我院研究生做过一个学术讲座，这里的论述曾受到彭先生的启发，特此说明，以志学术交谊。另外参考日本学者峰屋邦夫《老庄思想与空》一文，载作者《道家思想与佛教》一书，隽雪艳、陈捷等译，辽宁教育出版社 2000 年版，第 1—18 页。

而去。"黄庭坚《戏效禅月作远公咏》:"邀陶渊明把酒椀,送陆修静过虎溪。胸次九流清似镜,人间万事醉如泥。"我们当然不排除陶渊明与慧远交往的可能性,但后来者之所以在想象中希望陶渊明与慧远有比较密切的关系,用意或许是便于将陶渊明诗句与禅思更紧密地联系在一起。陶渊明在中国诗学史上的意义在于,他将日常生活中的生命感受,用不经意的方式点染出来,从而将自己"纵浪大化中,不喜亦不惧"的超然胸怀流露了出来,这与禅思的境界有相似之处。其名篇《饮酒》之五所表达的正是这种超然胸怀:"结庐在人境,而无车马喧。问君何能尔,心远地自偏。采菊东篱下,悠然见南山。山气日夕佳,飞鸟相与还。此中有真意,欲辩已忘言。"从哲学基础上来说,这首诗主要还是以道家思想为基础的,但后来的评论却往往从禅境着眼,著名的如苏轼《题渊明饮酒诗后》的评论:"'采菊东篱下,悠然见南山。'因采菊而见山,境与意会,此句最有妙处。近岁俗本皆作'望南山',则此一篇神气都索然矣。""见"与"望"虽是一字之差,但"望"表现的是作意之举,"见"流露的则是悠然自得、无拘无碍之心境。苏轼评论所用的术语和思路都是禅思。禅宗思想本来就与老庄思想有相似的地方,陶渊明的"心远"二字,正是中、印两种思想的契合点。陶渊明最早将淡远飘逸的人生境界寓于日常生活,所表现的无非是"心远"中所体味的"人境",创造了情深味浓的冲淡诗境。这大概就是其诗被后人禅思化的根本原因。元代方回的《心境记》一文对此有非常精彩的解说。

《心境记》认为,境以心为本,诗中所展现的种种境界无非是诗人的"心境"的流露。正因为如此,诗人大可不必舍日常生活之境而去追求什么"空妙超旷""幻世骇众"之境。陶渊明所处的"人境"与常人没有任何差异,但陶诗之所以能够创造出与常人迥然不同的境界,关键在于诗人的"心远"——诗人"宅心玄远",心灵境界不同于常人的功利境界:"顾我之境与人同,而我之所以为境,则存乎方寸之间,与人有不同焉者耳。……然则此渊明之所谓心也,心即境也。治其境而不于其心,则迹与人境远,而心未尝不近;治其心而不于其境,则迹与人境近,而心未尝不远。"①"治心"而使之玄远,是诗歌境界产生的根本条件。中国古代诗歌的境界大都不离生活常境,而又并非生活常境的简单再现,表现出"即世间而超世间"的特色,原因在于,包括道家、禅宗在内的古代哲学思想,大都是"治心"的学问。方回的这些论述深契于佛学的"缘起心枢"论,非常深刻地揭示了中国古代文艺境界论的创造原则:"心即境也","治其心而不于其境"。

"治心"又可称"内游"。有人以司马迁为榜样,认为司马迁《史记》之所以取得巨大成就,在于司马迁遍游海内,"能尽天下之大观"。郝经则认为这只不过是"游外",是导致司马迁历史著述重大失误的直接原因:"故欲学迁之游,而求助于外者,曷亦内游乎?身不离于衽席之上,而游于六合之外,生乎千古之下,而游于千古之上,岂区区于足迹之余、观览之末者所能也?持心御气,明正精一,游于内而不滞于内,应于外而不逐于外。常止而行,常动而静,常诚而不妄,常和而不悖。如止水,众止不能易;如明镜,众形不能逃;如平衡之权,轻重在我,无偏无倚,无污无滞,无挠无荡,每寓于物而游焉。"离开

---

① 方回:《桐江集》卷二,载《续修四库全书》第1322册,上海古籍出版社2002年版,第388页。

了"治心""内游",就不可能真正理解中国古代文艺境界论传统。

第三节　中国古代的文艺境界论传统

佛教传入中国后,其思想并没有马上被理解,魏晋名士们是在玄学的基础上接受佛学的。东晋文人开始普遍地习染佛教,禅思想和习禅生活开始进入诗歌。一方面,僧侣中出现了一批善诗的人,在《隋书·经籍志》中著录的,有支遁《晋沙门支遁集》八卷,慧远《晋沙门释惠远集》十二卷,等等;另一方面,文人中不乏喜读佛典并与禅僧交往者,如谢灵运与高僧慧远、慧严、慧观的交往,颜延之与慧静、慧彦的交往都著称于文坛。但这时期佛学对文学的影响还是肤浅的,与佛学有关的作品主要是阐释佛理,或表现宗教生活、宗教感情,与诗歌相关的新的思维方式、新的心态、新的表达方式还没有形成,也就是说,佛学的影响还是表层的。如谢灵运好佛,其山水诗的创作也与好佛有一定关系,但谢诗并没有将禅思与诗情和谐地统一起来,其诗歌往往流于"游览缘起—写景—议论"三者结合的模式,缺乏在体悟佛理后心灵的特殊感受。

佛教发展到唐代出现了众多派别,其中,受中华本土老庄思想很大影响的禅宗最为盛行。禅学向诗歌渗透的情形更加普遍,并且更加深入。有学者做过统计,盛、中唐诗人大多和禅学有关,仅在诗题上明显与佛寺禅僧有关的诗篇,孟浩然有 28 首,韦应物有 67 首,刘长卿有55首,钱起有25首,綦毋潜有9首(《全唐诗》共载其诗26首),裴迪有23首(裴诗共有29首)。[①] 唐代诗人中参禅最深且诗歌成就最大者首推"诗佛"王维。在他生前,友人就说他"当代诗匠,又精禅理"(苑咸《酬王维》)。后世更是经常地用"似禅""入禅"的话来评论他。

王维的少年时代,正是"东山法门"在中原兴盛、广为流行的时期;王维进士及第后,其友人中多有习"东山法门"禅法者,如裴迪、崔兴宗常与神秀弟子义福一起习禅,王维本人也与神会有着长期交往,并应神会所托作《能禅师碑》,为慧能立传。《旧唐书·王维传》说王维"退朝之后,焚香独坐,以诵禅为事"。王维诗中也到处可以见到"禅寂""安禅"一类的字眼,这表明王维禅观功夫颇深,对禅寂有着向往。其诗描写闭门"背境观心,息灭忘念"的句子很多,《酬张少府》中"晚年唯好静,万事不关心"所流露的正是这种心境。而《终南别业》一诗历来被认为是极富禅意的诗,其中的"行到水穷处,坐看云起时"经常被后来丛林用以谈禅。宋代文人习禅之风更为盛行,苏轼、黄庭坚甚至被列入灯录。可以毫不夸张地说,禅学与文学的紧密关系是唐宋以后最为重要的文学现象,不了解禅学就根本无法理解唐宋以后的诗学。

禅学向诗歌的大量渗透在中国诗学史上是件大事,其重大意义在于改变了中国诗学的哲学基础,形成了一种新的艺术思维模式,使诗歌境界、意境得以产生。在唐代以前的诗学理论中,诗歌的哲学基础主要是"气化论"。"气化论"认为"通天下一气耳"(庄子语),天地

[①] 参考周裕锴《中国禅宗与诗歌》,上海人民出版社1992年版,第61页。

万物皆为气生，人的心灵只不过是气的一种状态，与万物有着一致性，故能与万物相通、相感。在这种哲学观念的支配下形成了诗歌理论中的"物感"说，认为诗歌产生的本源在于心为外物所感而动。《礼记·乐记》对此有经典性表述："凡音之起，由人心生也。人心之动，物使之然也。感于物而动，故形于声。"虽然强调音由心生，但同时强调物对心的感动作用。后来的诗论大都采纳了这一说法，如刘勰《文心雕龙·明诗》篇说："人禀七性，应物斯感；感物吟志，莫非自然。"《文心雕龙·物色》篇说："诗人感物，联类不穷。"钟嵘《诗品·序》讲得更明确："气之动物，物之感人，故摇荡性情，形诸舞咏。"禅思改变了这种"心为物感"的物、心二元模式。特别是禅宗将自心视为万象之本，从而将传统佛学的"缘起心枢论"发展为"自心变现论"，这实际上否定了"根—识—境"三缘和合宇宙模式中的外境一缘，从而将此前诗学的物、心二元论改变为心一元论。因此，受禅思影响的诗歌尽管也写"景物"（相当于佛学的"外境"），但景物不是感动心灵的外缘，恰恰相反，外境是由自心变现的，所以，诗中不再有外境（景物），只有物我泯灭而合一的一片心境。诗境之所以浑然一体，根源在于心境的一体性。

诗禅交融的文学现象很快引起当时诗歌理论的注意，"境"这一术语开始大量出现在诗学著作中。如殷璠《河岳英灵集》选取开元二年（714年）至天宝十二年（753年）间的诗作进行评论，评王维的诗道："在泉为珠，着壁成绘，一字一句，皆出常境。"这是较早用"境"来评诗的例子。同时，殷璠说刘慎虚之诗"情幽兴远"，是"方外之言"，说綦毋潜之诗"善写方外之情"，表明他注意到佛禅对诗歌的影响。王昌龄的《诗格》更是较多地以境论诗，如他从诗歌创作的角度提出："思若不来，即须放情却宽之，令境生。然后以境照之，思则便来，来即作文。如其境思不来，不可作也。"又说："夫置意作诗，即须凝心，目击其物，便以心击之，深穿其境。"王昌龄最著名的是他的"三境"说："诗有三境：一曰物境，欲为山水诗，则张泉石云峰之境，极丽绝秀者，神之于心，处身于境，视境于心，莹然掌中，然后用思，了然境象，故得形似。二曰情境，娱乐愁怨，皆张于意而处于身，然后驰思，深得其情。三曰意境，亦张之于意而思之于心，则得其真矣。"这段话将"意境"与"物境""情境"并列在一起，表明"意境"只不过是诗之"三境"之一，其内涵不太容易被准确把握。需要说明的是，王昌龄与盛唐山水诗人的关系非常密切，王维、孟浩然、綦毋潜、常建、刘慎虚、裴迪等人都是他的诗友，他现存的一百多首诗中，光是诗题上有关僧寺的作品就有 11 首，这表明他对佛禅的基本了解。因此，我们可以推论，王昌龄的诗境论与佛禅有着密切关系。

唐诗发展到大历时期，"境"已经成为诗人们的口头禅，并常与佛寺连在一起，其中，诗僧皎然最爱用"境"字，有学者统计，其诗集中的"境"字有 33 处。[①] 其诗论著作《诗式》则从理论上探讨了诗境问题，如他提出"取境"："取境之时，须至难至险，始见奇句。""夫诗人之诗思初发，取境偏高，则一首举体便高；取境偏逸，则一首举体便逸。"中唐还有不少人讨论过诗境，如皎然的朋友、诗僧灵澈上人在《送道虔上人游方》一诗中说："律仪通外学，诗思入玄关。烟景随缘到，风姿与道闲。"诗人权德舆在《左武卫胄曹许君集序》中曾赞扬

---

① 参考周裕锴《中国禅宗与诗歌》第四章，上海人民出版社 1992 年版。

许经邦:"凡所赋诗,皆意与境会,疏导情性,含写飞动,得之于静,故所趣皆远。"诗人刘禹锡在《董氏武陵集纪》中说的一段话更为著名:"诗者,其文章之蕴邪!义得而言丧,故微而难能;境生于象外,故精而寡和。"其中"境生象外"一语备受后人重视。刘禹锡对禅境与诗境的关系也有明确的认识,如其《秋日过鸿举法师寺院便送归江陵引》中说:"梵言沙门,犹华言去欲也。能离欲则方寸地虚,虚而万景入,入必有所泄,乃形乎词。词妙而深者,必依于声律。故自近古而降,释子以诗闻于世者相踵焉。因定而得境,故翛然以清;由慧而遣词,故粹然以丽。信禅林之花萼,而诚河之珠玑耳。"尽管刘禹锡这段话的主旨在于解释僧人之诗高妙的原因,但"因定而得境""由慧而遣词"也可视为对一般诗境根源的探讨。

诗人习禅、禅僧赋诗的情形,促成了诗禅并举、以禅喻诗的社会风尚,并形成了以禅喻诗的诗论传统。禅学在宋代获得了新的发展,诗论家对于意境的探讨更为深入。"学诗如参禅""参禅学诗无两法""欲参诗律似参禅"这些话语表明,以禅喻诗几乎成了南宋流行的口头禅。就是在这种风气中,诞生了严羽的《沧浪诗话》。严羽自谓《沧浪诗话》的目的是"定诗之宗旨",论诗方法是"借禅以为喻"。他认为:"以禅喻诗,莫此亲切。"(《答出继叔临安吴景仙书》)严羽或许有自视过高的地方,不过他的《沧浪诗话》的确是中国古代最有系统性、理论性的诗话之一,是中国古代以禅喻诗风尚的最著名的代表。其中"盛唐诸人,唯在兴趣"一段话借用佛教用语,描绘了如同"空中之音,相中之色,水中之月,镜中之象"的诗歌境界,是古代诗境论的新发展。

第五章 意境：存在的澄明境界

从理论形式来看，佛学"缘起心枢"论所强调的是"根—识—境"三缘和合，但由于六根也是属于人的，与识可以合言，所以佛学有时候只讲"心"与"境"二缘，如佛经中所说："凡夫取境，道人取心。心、境双忘，乃是真法。"这是在突出心的重要性的同时，又强调超越包括心在内的一切执着，达到空的境界。朱棣《金刚经集注》则从心与境的关系讲解："众生之心本无所住，因境来触，遂生其心。不知触境是空，将谓世法是实，便于境上住心，正犹猿猴捉月，病眼见花。"这些论述从主客两方面展开，它们所包含的"心识—外境"二元，与物感说中包含的"心—物"二元具有某种对应性，都可以抽取出"情（心识、心、意）"与"景（外境、物、境）"二要素，所以中国古代诗学通常将两种理论模式混合起来，从"情、景"二要素及其关系着眼来讨论诗歌。这种情形在中唐时期已经出现，比如署名白居易的《文苑诗格》，将诗歌区分为"先境而入意"和"入意而后境"两种情况，认为古诗"路远喜行尽，家贫愁到时"二句之中，"家贫是境，愁到是意"；"残月生秋水，悲风惨古台"二句之中，"月、台是境，生、惨是意"。在白居易看来，前二句诗是"先境而入意"，后二句诗为"入意而后境"。不管这种解说是否确切，但他将"境"与"意"二要素对举来讨论诗歌，表明了一种值得重视的理论倾向。释皎然《诗式》则表现出杂糅物感说与缘起论的特点，他的一段论诗之语将"境象""景""心""色"等概念并举："夫境象不一，虚实难明，有可睹而不可取，景也；可闻而不可见，风也；虽系乎我形，而妙用无体，心也；义贯众象而无定质，色也。""象""景"是物感说中的概念，而"境""心""色"则是佛学范畴。晚唐司空图《与李生论诗书》，借用戴容州谈论"诗家之景"的"蓝田日暖,良玉生烟"之喻,提出了"象外之象、景外之景"的命题。

宋代诗学一方面通过"参禅喻诗"的方式推进诗歌境界研究;另一方面,一些诗论家或许出于维护传统诗学正统性的考虑,尽可能不沾染禅学,而将注意力集中在诗歌的情景关系上,从情景关系的角度探讨诗歌的各种技巧、法则,具有代表性的是范晞文《对床夜语》在研究杜甫诗歌时的论述。他认为,杜诗"天高云去尽,江迥月来迟。衰谢多扶病,招邀屡有期"两联中,"上联景,下联情";"身无却少壮,迹有但羁栖。江流绕城郭,春风入鼓鼙"两联中,"上联情,下联景";而"水流心不竞,云在意俱迟"二句是"景中之情也";"卷帘唯白水,隐几亦青山"二句是"情中之景也"。并且在杜甫最优秀的诗句中,总是"情景交融而莫分也"。总结这些情景关系,范晞文提出了"景无情不发,情无景不生"的著名论断。元代方回《瀛奎律髓》也强调情景结合,认为杜甫的佳句常常是"景在情中,情在景中"。从此以后,古人论诗谈词,几乎无不着眼于情景关系,"情景交融"成为论述意境最为常用的命题。

明清两代的有关论述不胜枚举,如明人谢榛《四溟诗话》曾提出了一系列论断,诸如"诗乃模写情景之具","情景相触而成诗","景乃诗之媒,情乃诗之胚,合而为诗",等等。清初王夫之的情景论集古代情景论之大成,他一方面仍然着眼于诗歌的情景要素;另一方面,针对宋元以来诗歌理论中将情景关系浅薄化甚至模式化的流弊,王夫之又强调"兴会"和"现量",重点探讨了诗歌情景交融的基础——诗人的心灵境界。所以我们很容易发现王夫之的有关讨论并非仅仅针对情、景，而是也包含着"兴""意"等范畴的，"兴""意"在某种程度上更受王夫之重视。如《姜斋诗话·诗译》说："兴在有意无意之间，比亦不容雕刻。关情者景，自与情相为珀芥也。"《姜斋诗话·夕堂永日绪论》说："夫景以情合，情以景生，初不相离，唯意所适。截分两橛。则情不足兴，而景非其景。"《唐诗评选》中评论杜甫《野望》诗说："写景诗，只咏得现量分明，则以之怡神，以之寄怨，无所不可，方是摄兴观群怨于一炉锤，为《风》《雅》之合调。"

综合以上论述可知，今天用"情景交融"四字来概括意境本来是不错的，这一概括符合当代占据主流地位的主客体对立统一的思维模式。但是，这一命题的局限性也是非常明显的，就像王夫之诗学所表明的那样，它无法将"情""景"二要素"交融"的基础显示出来，而这一基础才是古代诗歌理论的真正着眼点之所在。在研究古代诗论中的意境时，如果只注意了"情""景"二要素而忽略了"兴"与"意"，那真的是"买椟还珠"了。这是我们在研究文艺境界论时必须注意的。同时，时下众多的论著大都将古代文艺境界论的哲学基础判定为先秦道家的"道象"论，而相对忽视了佛学的影响，这也是需要慎重对待的。

第四节　境界论传统的现代裂变与复归

我们这里所说的现代主要指20世纪。

20世纪是个什么样的世纪？从不同的角度会有不同的概括。比如有人说，20世纪是"战争的世纪"，空前惨烈的两次世界大战最容易使人想到庄子的话："千世之后，其必有人与人相食者也。"别有用心的人会说，20世纪是"社会主义的世纪"，这意味着进入21世纪后，社会主义将不复存在。关心环境问题的学者，则把20世纪概括为全球规模"环境破坏的世纪"：人类已经到了可持续发展的边缘，其灾难性前景是"不可持续"。

对于中国而言，20世纪是传统与现代之间尖锐冲突的世纪：中国传统文化在百年间遭到西方文化体系的全面冲击，使得中国文化在传统与现代、东方与西方、现代与后现代之间，面临重重困境和总体危机。传统与现代的矛盾一直困扰着20世纪的学术思想。在全球化日益加剧的现实语境中，民族性与世界性的矛盾将长期存在，传统与现代的关系依然是一个无法回避的论题。能否找到一个集中体现传统与现代关系的具体问题，通过它来切实反思这一百年难题呢？

我们找到了20世纪中国文艺境界论。

我们前面简略地介绍了中国古代诗学的境界论传统。考虑到诗歌在中国传统文化中居于正统的突出地位，我们可以说其他艺术门类中的境界论无非是诗歌境界论的渗透与延伸。比如明清两代，文论家们也曾用境界、意境来评论戏曲，但着眼点并非戏曲的故事情节，而仍然是与诗歌相似的曲辞。那么，这一境界论传统所体现出的"传统性"——传统的特性、本性是什么？换言之，这种孕育于传统文化之中，以传统文化为母体的文艺美学，体现了什么样的文化精神？正确把握这一点，是我们确切理解文艺境界论现代命运的必要前提。

第五章　意境：存在的澄明境界

文化是相对于自然而言的。从人类文化的整体历史来看，文化产生于自然，自然条件决定着最初的文化形态，并最终制约着文化的发展方向和发展程度。孕育中国传统文化的自然环境最主要的特点是：四季分明，周而复始；幅员辽阔，景色秀丽。以农耕为主要生活方式的古人，处处遵循四时轮转和昼夜变更的规律，春种秋收，日出而作，日入而息，与大自然保持着无限的亲密。在古人的眼里，自然（又称"天地"）如同一个具有无限灵性的宏大生命，包括人在内的天地万物产生于斯，而又复归于斯。人生的最高目标在于"原天地之美而达万物之理"（庄子语），在于"赞天地之化育"（《中庸》）。古人认为，产生于天地之间的人是"天地之心"，与其他万物相比，唯独人是"有心之器"（刘勰语）。这样，人的"心"便是"天地之心"，也可以称为"自然之心"。诗歌作为人心的活动，其最终存在的根据在于表达能够体现"天地之心"的"诗心"。清人朱庭珍《筱园诗话》将这一思想表达得非常明确。

《筱园诗话》清理了中国古代山水诗与各地山水的对应关系，如谢灵运之诗境像永嘉山水一样"奇丽"，杜甫的诗境像西蜀水川般"雄险"，柳宗元的诗境像柳州山川一样"幽峭"。这些对应是不能随便调换的，"略一转移，失却山川真面"。但是，如果仅止于此，"犹是外面工夫，非内心也"，离真正的诗歌创作距离尚远。这表明朱庭珍所强调的不是外肖，而是内心："夫文贵有内心，诗家亦然，而于山水诗尤要。盖有内心，则不惟写山水之形胜，并传山水之性情，兼得山水之精神，探天根而入月窟，冥契真诠，立跻圣域矣。"山水有其独特的性情、精神，也可以说有其独特之"心"，诗人必须以自己之内心来体会山水之心，做到人心与山水之心心心相契，这样才能把山水写活。更进一步说，山水与天地具有一致性："山者天地之筋骨，水者天地之血脉，而结构山水，则天地之灵心秀气，造物之智慧神巧也。山水秉五行之精，合两仪之撰以成形。其山情水意，天所以结构之理，与山水所得于天以独成其奇胜者，则绝无相同重复之处。"由此可见，山水并非死东西，而是一个与人相同的、具有独特情意的活体。游览山水并非观赏山水的外在形貌，而是与山水"谈心"或"心心相印"——体悟山情水意。正因为这样，创作山水诗就不是一个简单的文章写作问题，而是一个"心心相印（证）"的过程："以人所心得，与山水所得于天者互证，而潜会默悟，凝神于无朕之字，研虑于非想之天，以心体天地之心，以变穷造化之变。""必使山情水性，因绘声绘色而曲得其真，务期天巧地灵，借人工人籁而毕传其妙，则以人之性情通山水之性情，以人之精神合山水之精神，并与天地之性情、精神相通相合矣。"这些论述颇有神秘色彩，不过其思路是清楚的：天地自然如同一个最大的艺术家，它造化的包括山水在内的天地万物都各具独特的情意、精神、灵性；用诗歌来描绘山水，首先必须体悟自然造化这一山水的"用心"何在，也就是"以心体天地之心"——以诗人之心体悟天地造化山水之心，将诗人自己的心灵与天地之精神契合在一起。因此，诗人并非一个独立的个体，他本质上只不过是天地自然这位大艺术家的"助手"，天地自然借他之手来表露自己的心迹，他帮助天地自然成就一件件各具性情的艺术品。这正是古人所说的"赞天地之化育"之真谛所在。"赞"者，助也，助天地造化万物而已，诗人自己又何尝"创造"什么？朱庭珍总结说："造诣至此，是为人与天合，技也进于道矣，此之谓诗有内心也。"这里化用《庄子·养生主》中庖丁所言"臣之所好者道也，进乎技矣"一语，表达的正是庄子"以天合天"的思想——以人之天，合天之天。这正是古代哲学的基本主题：天人合一。

如此说来，古代诗学所关注的并非一般的技巧、规则等"形而下"的末节问题（"技"或"艺"），而是"形而上"的"人与天合、技进于道"，也就是朱庭珍所说的"有内心"。从常识上说，人生来就有其心，但在古人看来，这个心只不过是"人心"，而不是与天地之心相合的"道心""天心"。作为诗学命题的"有内心"所要求的，在于通过"治心"的方式，以使"人心"合于"道心"；在此基础上进行的文学创作，就是刘勰所说的"原道心以敷章"，所做的作品就不再是一般的"人文"，而是"道之文"——自然之道自然造化的结果（《文心雕龙·原道》）。明乎此，就不难理解古人为什么总是将"自然"标举为最高的审美理想。

综上所述，我们将方回和朱庭珍的有关论述结合在一起，可以将体现中国传统文化精神的文艺境界论概括为一句话："治心以有内心。"儒家的"养气、尽性"论，道家的"心斋、虚静"论（也是一种养气论），佛学的"参禅、禅定"论，说起来无非都是"治心"以求"有内心"的种种方式而已。这些"治心"方式具有共同的特点：从积极方面说，它们致力于开掘深藏于心灵底层的"良心"（儒）、"真心"（道）或"本心"（禅），从而提高心灵境界；从消极方面看，提升心灵境界的过程实际上同时又是"克欲"的过程——克制种种身体感官欲望，超越各种社会性的名缰利锁。总之，中国传统文化走的是一条"内存超越"之路。

"治心以有内心",这就是中国古代文艺境界论传统的"传统性"。不管你欣赏与否,这就是一种客观的历史存在。如果真的像古人所希望的"天不变,道亦不变"那样,这朵艺术之花可以永远地开放下去,尽管其颜色可能越来越减退、陈旧。但是,在一种空前巨大的外力冲击下,天、道皆变,天崩地解,"无可奈何花落去"的残局出现了,这种强大的外力就是现代性。中国古代文艺境界论在20世纪的命运,就是漂泊于现代性之上的命运。

简单说来,现代性就是现代现象的特性、本性。在西方文化史上,现代首先是一种与古代相对的时间性概念。与中国古代周而复始、循环往复的时间观念迥然不同的是,现代时间观认为,历史是不断向前发展、进步的,历史过程是一个由新的、高级的、先进的事物,不断取代旧的、低级的、落后的事物的过程。进程等于进步,这就是现代时间观的逻辑。受这种逻辑支配,反传统、与传统决裂是必然的历史选择,因为传统意味着旧的、落后的。因此,必然出现传统与现代的二元对立,对于那些具有悠久历史的文化传统来说,这种二元对立将更加剧烈。

从人与自然的关系角度而言,现代性造成了人与自然的尖锐对抗。前期现代(通常所说的近代)哲学家在追问"科学知识如何可能"的问题时,发现必须预设能够保持自我统一性的认知主体,也就是"先验自我"。于是,文艺复兴时期所发现的经验意义上的亦即感性主体,便转换为理性主体,它在启蒙哲学那里表征为"自我"以主体性方式的确立。而自我的突出和确立,同时意味着作为其对象性规定的客体的被建构。因此，主、客之间对象性关系的生成是现代性的逻辑要求。这种主、客二分的认知关系将作为客体的对象置于从属地位，将对象视为手段和工具。于是，自然不再是自具灵性的宏大生命体，而是可供人类开采各种能源的"自然界"。人与自然的关系也不再像中国古代的"我—你"亲和式，而变成"我—它"利用式。"征服自然""改造自然"成为体现人类乐观自信的响亮口号。人的主体性来自对自然限度的突破和超越，"人为性"而不是"自然性"成为现代性的重要特征。

现代性的产生并非偶然的，而是有其深刻的社会基础的，即整个社会的市场化和工业化。在以自然经济为基础的农业时代，人类的主导取向是顺应自然，农业时代的技术是从属于自然过程的，并未构成对自然的主宰，也没有改变自然的节奏。而在工业时代，这一切都发生了根本变化，科学技术的广泛运用和日新月异的发展，使人类有足够的能力控制自然，自然节奏被完全打破；作为人的欲望的具体载体的资本，凭借其自身的力量延伸到社会生活的各个方面，使资本的逻辑成为整个生活的支配性逻辑；资本的力量又渗透到世界各地区，将分散的世界史变成统一的世界史。与中国古代"治其心而不于其境"的价值取向截然相反，现代性的价值取向是"纵其欲以掠其境"。

按照欧洲启蒙思想家的原初设想，现代性本来是一项伟大的工程设计，是一套有关人类社会健康发展的理性蓝图。韦伯将这一理想社会描述为：社会将由科学、道德和艺术三个领域组成，它们分别由认知（工具）理性、道德（实践）理性、艺术（表达）理性三种力量分别支配。这三种理性力量彼此默契地协调运转，构成一个和谐有序、严密精致、自由、平等、博爱的现代社会。遗憾的是，在三种力量当中，发展最迅速、力量最强大的工具理性控制了社会生活各个领域，使人变成机器、工具；人类的道德水准并没有随着物质生活的丰富而同步提高，反而遵循资本的逻辑使欲望无限膨胀。总之，人类工具化、欲望化的程度日益加深，和谐的社会理想变异出畸形的社会现实。应运而生的现代艺术，尽其所能地展现为工具理性无法控制的潜意识、个体肉欲感觉，所揭露、批判、反思的，正是现代性设计的畸形后果，也就是说，审美现代性所批判、所否定的，正是现代性所造成的日常生活。这样，在西方就出现了"现代性否定现代性"的悖论——审美现代性否定社会现代性。

现代性带给中国人的又是什么？首先是灾难和屈辱、断裂和冲突。从1840年鸦片战争开始，西方列强在资本逻辑的驱动下，凭借其现代化的武器，向古老的中国发动了一次又一次的侵略战争。中国人被迫接受自己非常陌生的事物：现代性。百余年来，中国人被动地进行着现代性追求，努力使自己的国家现代化。与西方审美现代性所批判的社会现代性相比，中国社会的现代化程度非常低下，因此，中国最主要的现代性诉求是建立独立自主的现代民族国家，这一诉求必然导致重群体、轻个体，重工具理性、轻艺术理性。如果简单地以西方现代性所包含的悖论来套的话，中国的审美现代性很可能是"无的放矢"——中国社会并没有出现西方现代性所针对的社会现实。这就提醒我们必须着眼于中国现代性诉求的独特之处，揭示中国审美现代性的独特内涵。

从人生存的基本结构来说，个人生存于社会生活当中，"忧生"与"忧世"具有某种一致性。但是，建立现代民族国家始终是20世纪的思想主潮,"忧世""救世"成为仁人志士无法躲避的宿命。在这种总体历史背景下,中国的审美现代性表现出有别于西方的特点。包括蔡元培、鲁迅、朱光潜、宗白华在内的众多思想家,一方面引进西方的审美领域独立自主的思想,宣扬艺术对社会的超越性,主张艺术自律;但另一方面,强烈的忧世救世情绪又使他们难以忘记社会层面的现代化追求,反而主张发扬艺术的非功利特性来改造人心(国民性),进而促成中国的现代化建设。于是,"非功利(艺术本性)的功利性(救世)"成为中国审美现代性的独特悖论(当然,王国维可能是个例外)。单纯从改造人心这一点来说,中国审美现代性与文艺境界论传统的"治心"并不矛盾,但从治心的终极目的来说,古代文艺境界论的旨归在于提升心灵境界,而中国审美现代性则重在救世,亦即"治境"。更何况在20世纪还出现了完全否定艺术独立的"极端工具论",这种"极端工具论"在很长一段时间内处于独尊的地位。凡此种种,无疑注定了文艺境界论在20世纪的漂泊命运:它无法与社会的整体价值取向达成一致。

总体上来说,20世纪中国文艺境界论的理论行程是一个蜕变、断裂与复归的过程。蜕变阶段以王国维、朱光潜、宗白华、冯友兰为代表。王国维最早借鉴西方现代美学观念,从理论上对意境构成要素进行分析,并且明确标举"境界说"。在不算太多的论述中,王国维涉及了文艺意境与境界问题(二者不可混同)的几乎所有方面,并且在每一方面都有精辟的论述。在王国维之后的文艺境界论研究中,不管是正面的肯定,还是反面的批评修正,几乎所有的论著都曾引证过他的相关言论,我们甚至可以说,在20世纪有着一部论述颇丰的"王国维接受史"，或者可以说，20世纪中国文艺境界问题研究，基本上是在他的论述的基础上展开的。这位倡导文艺境界论的美学家，最终以自杀的方式结束了正当盛年的人生，其自杀或许是文艺境界论在20世纪命运的一个隐喻，促使我们不断地深思、回味。如果说王国维"境界说"里西方美学的痕迹还不太明显的话，那么自称其美学思想是"以王国维的《人间词话》为基础"的朱光潜，则更多地引进了西方相关理论，其美学理论大量出现了诸如直觉、表现、心理距离、移情等美学概念，它们如同"车轮战"一般，从不同角度解释文艺境界的方方面面。这种"以西释中"的理论策略一方面加深了对文艺境界的分析深度，但同时也在某种程度上掩盖了境界论传统的精神实质。比如以"移情"论来解释"情景交融"，固然可以使现代人理解为什么自然事物会有感情，但是，"移情"的理论前提是将人的感情向外"投射"到没有生命的"死物"上，而中国传统"情景交融"说的思想背景则是有机宇宙观，宇宙万物皆为富有生命活力的有机体，所以可以心心相印、息息相通。忽视宇宙观的差异是朱光潜文艺境界论的突出问题，境界论传统在他那里的"蜕变"最为明显。比较而言，同样精通西方美学理论的宗白华，就较好地避免了"以西释中"的弊端。在宗白华的艺境论中，西方美学只是"比较美学"（最恰当的说法应该是"美学的跨文化研究"）的理论背景，其主要功能在于开拓学术视野，以便更加清晰、准确地揭示中国文艺境界论传统的特征与精神实质。宗白华成功地做到了这一点，他对于传统文艺境界论的哲学基础、艺术特征等方面的揭示都是高屋建瓴式的，代表了20世纪中国文艺境界论研究的最高成就。

学术界对冯友兰的哲学思想比较重视，但是一般都忽视了他的"新理学"中的美学维度。冯友兰依据"觉解"的层次高低，将人生区分为自然境界、功利境界、道德境界与天地境界四个层次，其中的天地境界基本上也就是审美境界。冯友兰在论述达到天地境界的途径时，明确地将"进于道"的诗境作为形而上学的"负的方法"来看待，这深得中国境界论传统的精髓。注重人生境界与诗境的关系，是冯友兰对文艺境界论最大的理论贡献。

进入当代后，文艺境界论传统开始出现"断裂"。在1957年发表的《"意境"杂谈》一文中，李泽厚首先将意境区分为"境"与"意"，将"意境"改造为"境意"，然后又将"境"区分为"形"与"神"，将"意"区分为"情"与"理"。从表面上看，李泽厚的论述大量借鉴了中国古代的相关言论，这在当时是极其难能可贵的，但是，将"意境"颠倒为"境意"绝非一个简单的论述次序的变更，而是理论观念的根本变化："境"侧重于社会生活，首先论述客观存在的社会生活，无疑是"生活是文艺的唯一源泉"这一权威论断的曲折表达，理论重心从而由"心"转为"物"乃至"唯物"。物、心二元对立这一典型的西方近代观念在这里得到了集中体现。另外，李泽厚的论述框架完全是当时盛行的"典型化"理论，用塑造典型形象的思路来研究"意境"后来风行了近30年。只不过，李泽厚的高明之处在于其形、神、情、理四要素的有机统一论，这使他的意境论在某种程度上保持了与文艺境界论传统的些微联系。直到20世纪80年代中期，李泽厚的意境论"一统天下"，我国几乎所有的文学理论与美学的境界论，基本上都是对他的意境论的照搬。

"反者，道之动。"20世纪80年代中期以来，文艺境界论有一个明显的"复归"倾向。从大的学术背景来看，包括中国古代佛学在内的传统文化受到较多的重视，这对于学者们理解文艺境界论传统的底蕴非常有利。有的学者如张文勋、蒋述卓明确从佛学角度研究古代文艺境界论，张节末则深入地研究了禅宗美学，从而使中国文艺境界论传统得到了基本恢复。[①] 而从美学学科本身来看，"美在境界"论的出现，则标志着一种美本体论的新生。基本同时提出"美在境界"论的，有两位学者，一位是陈望衡，另外一位是彭锋。

我们用"漂泊在现代性上的文艺境界论"一语，来概括中国20世纪文艺境界论的基本特点，旨在追问一个有关人生的根本问题：在传统与现代、中国与西方、心灵境界与感官欲望等种种对立的历史语境之中，心灵境界何以可能？这无疑是一个涉及终极关怀的、有关安身立命的重大问题。带着这一追问来梳理总结20世纪中国文艺境界论问题，其理论底蕴实际上也是在追问：在现代性的冲击下中国文化精神的历史命运。20世纪90年代以来，旨在弥合传统与现代裂痕的诸如"创造性转换"（林毓生）、"转换性创造"（李泽厚）、"古代文论现代转换"等论题不绝如缕。因此，总结20世纪文艺境界论的整体情形，实际上也是在总结作为中国古代文艺美学核心范畴的境界（意境），在中国现代性追求中是如何进行现代转化的，其经验与教训何在。以此为基础，可以为我们探索古代文论传统的现代转化提供有效途径，为我们更加深入地反思传统与现代的关系，提供有益的借鉴。

[①] 参考张文勋《儒道佛美学思想探索》，中国社会科学出版社1988年版；蒋述卓《佛教境界说与中国艺术意境理论》，载《中国社会科学》1991年第2期；张节末《禅宗美学》，浙江人民出版社1999年版。

结语 走向生生美学

我们曾经表示，本书的最终目的是阐述一种新的美学观念。

在我们的相关论述中，针对"什么是美"这一传统问题，我们的回答是：美即心象，美即境界，美即物自身（康德的"物自体"），美即现象本身（现象学式的）。① 这一美学观念的本体论是与价值论一体的本体论：生生本体论。着眼于这一本体论基础，我们又可以说：生生之谓美。我们论证的美学是一种"生生美学"：一种追求生生之德，亦即仁德的美学，一种追求德性的美学。

一、"生生"之谓美

从浩瀚的宇宙空间看，地球是一颗微粒般细小的蓝色发光体。"蓝

---

① 参见张祥龙《从现象学到孔夫子》，商务印书馆2001年版，第368—407页。

色"意味着生命,迄今为止尚未发现地球以外生命存在的迹象。有人推算(尚不知根据为何):宇宙中出现生命的几率是 10 的 200 次方分之一到 10 的 400 次方分之一,所以,"地球拥有生命"本身就是一种"绝对价值"。① 另据研究,地球的寿命约为 40 亿年,现在大约处于 20 多亿年的中年期。人类约 5000 年的文明史、近 300 年的现代科技文明史,相对于地球的寿命只不过是短暂的瞬间。

不过,这短暂的瞬间人类对地球产生了巨大威胁:大气层受损、自然资源迅速枯竭、核战争……都使"地球毁灭""世界末日"等说法不仅仅是极度悲观者的危言耸听,而很可能都成为被人类大大缩短的、地球自然消亡过程的预言。如果我们从"生命灭绝"的意义上理解"地球毁灭"的话,地球上大量生命种类的迅速灭绝,或许正是地球毁灭的前兆。果真如此,我们可以设问:作为地球上唯一具有意识的物种的人类,应该为自己的行为所导致的后果负什么样的责任?

全球化问题成为时下国内学术热点,但是,大多数学者关注的仅仅是经济全球化引发的文化全球化或政治全球化等问题,也就是说,经济、文化、政治仍然是人们最为关心的问题,生态问题尚处于次要乃至不起眼的位置。实际上,生态全球化才是全球化的首要题中之义。人类共同生存于地球上的生物圈整体之内,生态并无国家、民族等人为界限。生态问题,高度概括了全人类前途、命运休戚与共的同一性,任何国家都不可能独善其身,而成为可以逃离生态灭绝的诺亚方舟。② 1972 年,由联合国有关机构组织编写的《只有一个地球——对一个小

---

① 参见鲁枢元《文学艺术批评的生态学视野》,载《学术月刊》2001 年第 1 期。
② 参见陈敏豪《生态文化与文明前景》,武汉出版社 1995 年版。

小行星的关怀和维护》一书问世,该书第一部分就以"地球是一个整体"为标题,隐含着鲜明的生态全球化思想。我国随即翻译出版了该书,但出版的目的,却是批判"迎合超级大国和垄断资本集团需要"的"错误的、反动的论点"。[①] 应该说,全球生态问题是各种意识形态、不同文化传统之间最容易达成共识的领域,人类的"类意识"(或曰不同于猪性、狗性的"人性")在这一领域最容易觉醒:人类都是同一个自然界的一部分,无论是谁,都必须依赖同一个生态系统而生存。

1866年,德国科学家E. 海克尔最早提出生态学概念。他把生态学定义为研究有机体和它们所处环境之间相互关系的科学,认为外部世界是广义的生存条件。该术语ecology的词源由两个希腊字构成:oicos是"房子""住所"的意思,logos则是"科学"的意思。这表明:生态学是关于"生物住所"——生物生存环境的科学。从生物学意义上来说,过去人们对生命现象的认识只限于有机体本身,着重从解剖学、生理学、分类学的角度入手,但生态学表明,生物离开环境就是死物,而所谓"生命",某种意义上就是"有机体与外部环境的经常的相互作用",研究现实的生命必须结合其生存环境。所以,1860年,柏纳尔在定义生命时认为,生命不仅同地球而且同宇宙环境相互作用。[②] 20世纪后半期以来,随着生态灾难、生态危机的空前频繁和加剧,生态经济学、生态伦理学、生态哲学、生态神学、生态文艺学等诸多以生态为视野的人文学科不断涌现,并出现了生态美学、生态

---

① 巴巴拉·沃德、雷内·杜博斯主编:《只有一个地球——对一个小小行星的关怀和维护》,国外公害资料编译组译,石油工业出版社1981年版。
② 参见余谋昌《生态学哲学》,云南人民出版社1991年版,第12—14页。

文艺学。①

我们可以同情地表示：生态美学不仅是生态学研究的新的生长点，而且是美学研究的新生点。它将解决以往的美学，特别是在国内占主导地位的"实践美学"所难以解决的问题（如所谓"自然美""人化自然"等），是促使美学走出目前低迷状态的主要学术取向。不过需要说明的是，我们并不认为生态美学是一门独立的美学学科，而是将之理解为"由生态危机引发的美学思考"，也就是以全球性的生态灾难为思考背景的美学。

正如哲学家贝塔朗菲所言，任何范围广泛的理论都是一种世界观，任何改变了我们对世界看法的科学的重大发现都是自然哲学。生态学似乎与美学有着难解之缘。美学是反思人的生存状态、追问人的存在价值与存在意义的学问。在地球上生存的所有生命当中，只有人才会追问生命存在（生存）的价值与意义。但这并不意味着人比其他生命种类更"优越"，实际上，人与任何生命完全一样，必须与外部环境发生"经常的相互作用"。某种程度上说，人的生命比其他生命对环境的依赖性更强，比如，人比任何一种动物对水的质量要求都更苛刻。正如罗马俱乐部主席佩切伊所说："人类变得越'文明'，它抵抗外部困

---

① 参见鲁枢元《走进生态学领域的文学艺术》，载《文艺研究》2000年第5期。该文以"生态文艺学"为关键词提出该学科的初步设想，生态美学与生态哲学等，则被视为目前生态学研究的一些新的生长点。陕西人民教育出版社于2000年12月推出的"生态文化丛书"，包括鲁枢元《生态文艺学》、徐恒醇《生态美学》两本。另有曾永成《文艺的绿色之思——文艺生态学引论》，人民文学出版社2000年版。2001年10月，"全国首届生态美学研讨会"在西安召开，有关情况，可参考《美学视野中的人与环境——"首届全国生态美学研讨会"综述》，载《中华美学学会通讯》2001年第2期；《首届全国生态美学研讨会综述》，载《文艺研究》2002年第2期。笔者曾参加研讨会，并提交会议论文《生生之谓美——中国古代文论视界与生态美学建设》。本节论述即根据会议论文的主体部分修改而成。

苦的能力就越小。"① 我们经常在比喻的意义上说地球是人类存在的"家园",人类又经常追寻着"灵魂家园"。"生态学"术语所隐含的"住所"的意思正好与此对应。因此,"生态"在某种程度上可以被理解为"人的生存状态",从美学角度关注生态问题,正是人类"家园"意识的具体化与深化。

生态灾难是伴随着世界范围内的现代化狂潮而日益加剧的,它是人类文化目前最为明显的"病象"。由这一病象引发的美学思考,正是我们所说的"文化病理学"——诊断文化病因、病象的学说。所以,反思、批判、超越现代性价值观念将是美学的唯一使命:它是现行文明模式的反思批判者,而非注释者。

一团烈火炙烤着水壶,沸腾的水蒸气将壶盖推掀得乱动。据说,这一普通的生活景象被一个叫作瓦特的人看到了。他凭借天才般的灵感,发明了蒸汽机,从此拉开了人类工业革命的序幕。这是一个巨大的隐喻,人类从此走向了以蒸汽机为"喻体"的时代:资本意识形态就是那烈火,它不断地炙烤着人的欲望;无限膨胀的欲望以强大的力量,推动着社会大机器向前狂奔,改变着自然,也塑造着人类自身。这一过程被社会学家称为"现代化"。可以毫不夸张地说,现代工业文明的主导观念是"杀生":对自然无情地掠夺,对人自身任意地宰制。一切都似乎成了社会大机器向前狂奔所需要的消耗原料,自然资源是这样,人又何尝不是如此。既然工业文明本质上是采掘和利用天然化学物质的文明,那么,天然化学资源的限度就是这一文明的极限,更

---

① 余谋昌:《生态学哲学》,云南人民出版社1991年版,第213页。

何况还有另外一个限度：地球承载化学污染的能力。不难设想达到极限对于人类意味着什么：切断能源供应，任何豪华的建筑都将是奢华的坟墓。我们有必要重温中国先哲的话：

> 人生而静，天之性也。感于物而动，性之欲也。物至知知，然后好恶形焉。好恶无节于内，知诱于外，不能反躬，天理灭矣。夫物之感人无穷，而人之好恶无节，则是物至而人化物也。人化物也者，灭天理而穷人欲者也。于是有悖逆诈伪之心，有淫佚作乱之事。是故强者胁弱，众者暴寡，知者诈愚，勇者苦怯，疾病不养，老幼孤独不得其所，此大乱之道也。是故先王之制礼乐，人为之节。（《礼记·乐记》）

这段话的本意是在"论"证礼的产生根源及其必要性，玄学诗人孙绰将之概括为精炼的诗句："天生而静，物诱则躁。全由抱朴，灾生发窍。"（《赠谢安》）后二句隐括老子与庄子的话，指出了"抱朴"对于"全身"的重要性以及凿"窍"对于人性的伤害。宋代理学家以之为据而提出"天理人欲不容并立"的观念，并进一步提倡"穷天理，灭人欲"的极端化主张，这受到戴震特别是五四激进思想家的强烈批判。我们可以从人的社会化这一角度进行新的解释。"理"按照郑玄《礼记注》，即"性"。人初生之时，只有基本的生理需要（性），而没有复杂的欲望（欲）。但是，在社会化的过程中，简朴的天性受到各种各样的刺激，种种欲望随之产生，更有甚者导致人性扭曲。社会环境不断刺激欲望的结果就是人的"化物"：人不再是人自身，而是人所追求的物。人类文化创造的本来目的是提高、升华人的自然本性而达到健全的人性，但是，文化却走向了自己的反面，不仅成为塑造欲望的工具，而且成为残害他人、奴役他物的利器，导致人间悲剧的不断上演。

从中国古代医学的角度来看，过度的欲望往往被视为精神和肉体受到损害的重要病因，如中医学理论基石《黄帝内经·素问·汤液醪醴论》说："嗜欲无穷，而忧患不止，精气弛坏，荣泣卫除，故神去之而病不愈也。"在讨论"今时之人"半百而衰的原因时，《黄帝内经》也将之归为"纵欲"。考虑到欲望是客观存在的，《黄帝内经》提出应该"适欲""少欲"，如说："是以志闲而少欲，心安而不惧，形劳而不倦，气从以顺，各从其欲，皆得所愿。……是以嗜欲不能劳其目，淫邪不能惑其心，智愚贤不肖，不惧于物，故合于道。所以能年皆度百岁，而动作不衰者，以其德全不危也。"（《黄帝内经·素问·上古天真论》）这几句话上升到哲学高度，从"合于道""德全"方面论述健康长寿的原因，更有助于我们理解"文化病理学"。历代医学家多从儒家"正心""诚意""养心"的角度论述医学，如明代高濂《遵生八笺》一书，被当时人认为能"昭儒家之功令"（《遵生八笺》柴应南序），此书遵照理学意旨论述养心戒欲之说，如其卷一《清修妙论笺》说："嗜欲连绵于外，心气壅塞于内，蔓衍于荒淫之波，留连于是非之境，鲜有不败德伤生者矣。"将儒学与医道结合起来。

如果说过度的欲望是病因的话，那么老庄的一些言论就有了病理学的色彩："五色令人目盲，五音令人耳聋，五味令人口爽，驰骋畋猎令人心发狂，难得之货令人行妨。""盈嗜欲，长好恶，则性命之情病矣。"正因为如此，老子清静寡欲、顺乎自然的思想也为传统医学所汲取,比如,中国传统医学所强调的顺时养生、调神养生、惜精养生、谨和五味的养生原则和方法,都深受老子思想的影响。《素问·上古天真论》篇是《黄帝内经》论述养生原则和方法的主要篇章,其中所写"恬淡虚无,真气从之"云云,明显地来源于老子的思想。《老子》第77章云:"天之道,其犹张弓与!高者抑之,下者举之;有余者损之,不足者补之。"这一思想成为传统医学"寒者热之,热者寒之,虚则补之,实则泄之"治疗法则的哲学基础,《黄帝内经·素问·至真要大论》篇据此提出传统医学的治病大法:"高者抑之,下者举之,有余者折之,不足者补之,佐以所利,和以所宜,必安其主客,适其寒温,同者逆之,异者从之。"历代医学家也都十分重视研读《老子》,其中杨上善、孙思邈、徐大椿等人还曾为《老子》作注。以《老子》为思想基础的道教追求"根深蒂固,长生久视"之道,以"道生合一"为其基本教义:"道不可见,因生而明之;生不可常,因道以守之。若生亡,则道废,道废则生亡。生道合一,则长生不死。"(《太上老君内观经》)这几句话最为集中地体现了自然之道的"生生"内涵。

受老庄思想很大影响的《淮南子》,根据"天地之气莫大于和"的宇宙和谐论思想,追求"游神于和""万物和同"的"至和"境界,认真分析了破坏"和"的原因及其恶果:"夫喜怒者,道之邪也;忧悲者,德之失也;好憎者,性之过也;嗜欲者,性之累也。人大怒破阴,大喜坠阳,薄气发瘖,惊怖为狂,忧悲多恚,病乃成积。好憎繁多,祸乃相随。"(《淮南子·原道训》)它提出人类的病、祸之根在于种种欲望破坏了"清静之至德"。这与中医理论也是契合的。从道家的宇宙观、人生论出发，《淮南子》还对人类历史盛衰过程作了分析，认为原始真朴的"至德之世"是最理想的社会，"群生莫不颙颙然仰其德以和顺"；伏羲时期是"至德之世"向"衰世"的过渡期，人们"皆欲离其童蒙之心"，"是故其德烦而不能一"；发展到昆吾、夏后时，"嗜欲连于物，聪明诱于外，而性命失其得"；到了周室就完全衰败了，"浇淳散朴，杂道以伪，俭（通'险'）以行，而巧故萌生"。毋庸讳言，这段话的立论基点是"清静之至德"，其"历史退化"论色彩极其浓厚，基本上完全否定了人类文明史。但是，它从一个方面显示：人类的文明史的确是欲望膨胀、巧诈增强的历史。恩格斯就曾经指出："自从种种社会阶级的对立发生以来，正是人的恶劣的情欲——贪欲和权势欲成了历史发展的杠杆。"（《费尔巴哈与德国古典哲学的终结》）当我们以"进步""发展"的价值判断论说历史时，我们也应该想到中国古代影响极大的"历史退化"论所揭示的历史真相及其理论用心：批判"进步"花环掩盖下的阴暗性。

  超出基本需要的欲望是后天的社会文化塑造的，因此，人的疾病不仅是生理方面的问题，而且有心理、精神方面的原因。西方医学纯粹从生理方面考虑疾病，所针对的是"人的病"；而中医则从生理、心理、精神等方面综合起来辨症施医，所针对的是"病的人"。《红楼梦》中林黛玉之病绝对不是单纯的生理问题，而是"人心"问题，是典型的"文化病"。据说有精通医学的红学家已经考证出林姑娘的确切病症，不妨视之为红学的一个进展，但是，如果不改变林姑娘的生存状态与生存环境，任何良药肯定都无济于事。

  从生态角度思考美学问题，正是出于对人类前景的严重关切。必须改变"杀生"的文明模式,以新的文明理念挽救人类自己。这一新的文明理念就是:"生生"。《黄帝内经》中曾指出因经脉不通而肢体没有痛痒等感觉现象为"不仁",宋代理学家从《黄帝内经》血脉之"仁"体会到宇宙的"生生之仁":人和万物都来源于宇宙的生生之理,所以它们之间有着密不可分的内在联系;但人既是自然界的产物,又是"万物之灵"与"天地之心",所以,人应该体验到与天地万物同体,体验到作为宇宙万物本体的"仁"——生生。恰如程颢所说:"学者须先识仁。仁者浑然与万物同体。"在请谢良佐为自己切脉诊病时,程颢说:"切脉最可体仁。"从有关著述可知,程氏兄弟对脉学很有研究,所以才有切脉"体仁"之说。他们还经常用医学作比喻来谈论儒学,如说:"医书言手足痿痹为不仁,此言最善名状。仁者,以天地万物为一体,莫非己也。""医家言四体不仁,最能体仁之名也。"(《二程遗书》)在理学家的言论中,心、仁、生三者是同一回事:"心者何也?仁是已。仁者何也?活者为仁,死者为不仁。今人身体麻痹,不知痛痒,谓之不仁。桃杏之核可种而生者,谓之桃仁杏仁,言有生之意。推此仁可见矣。"(《上蔡语录》)此后,以仁论医成为医学家的口头禅,如明人龚信《明医箴》开篇即言:"今之明医,心存仁术。"明人潘楫《医灯续焰》更是明确提出"医乃仁术",痛斥那些"计一时之利"者,"戕贼仁义之心,甚与道术相反背,有乖生物之天理"。将仁义之心与"道术""生物之天理"联系在一起,从而站在宇宙本体论的高度来谈论医学。我们提出关心人类前途命运的美学是"文化病理学",中医理论给我们提供了足够的理论资源和依据。

我们倡导生生本体论,将以之为基础的美学称为"生生美学":它不仅关注人类的生存，而且关注人类的"优存"——优化人类的存在。这表明，我们最终要论证一种新的文明理念。针对动物性的"适者生存"，有学者曾提出"美者优存"。以"适"求"生"是人与动物的共性，但它只是人类低层次的生物特性；而人类的生命活动是基于"适者生存"的"美者优存"："人类的生命形态在本性上趋向寻找某种文化的形态和审美的形态，而且只有当它取得某种文化的形态和审美形态的时候，人之为人的生命活动才真正开始。"① 在人类生存的可能性遇到严峻挑战的今天，提倡"美者优存"更加迫切。甚至可以说，如果不"优存"，就难以"生存"。"生生美学"，任重而道远。

但愿能长远！

二、追求内在德性与普世伦理

当代美国伦理学家 A. 麦金太尔于 1984 年出版了一本名著：*After Virtue*。由于 After 一词一语双关，兼具"在……之后"和"追求"两义，所以，这本书一方面批判现代社会丧失了传统的德性而处在"德性之后"，另一方面表明了作者"追求德性"的价值立场。我们这里所提出的"追求内在德性"的价值立场，是批判反思现代美学演变历史的结果。概括地说，德性的丧失使美学走向了自己的反面："反美学"。

人类的审美活动、审美观念古已有之，但直到 1750 年德国哲学家

---

① 张涵、史鸿文：《中华美学史》，西苑出版社 1995 年版，"导论"第 1 页。

鲍姆嘉登的《美学》出版，美学才作为一个独立的学科走上人文舞台。这是一个意味深长的"现代性事件"。作为社会现代性（诸如经济增长模式、社会管理模式等）对立面的"审美现代性"，旨在以审美的原则批判和反思社会现代化运动的理性化、制度化和体制化，以彰显人的感性存在和内在心灵世界。（美学的本义即感性学）。约略在美学学科出现的同年，法国人夏尔·巴托的《简化成一个单一原则的美的艺术》出版，它在前辈学者的基础上，更明确地确立了"美的艺术"概念的权威性并将之系统化，以音乐、诗歌、绘画、雕塑和舞蹈组成了一个完整的艺术体系。W. 坦塔基威兹认为1750年是西方艺术观念史上关键的一年，从这一年开始，古代的艺术观念让位于现代的艺术概念：美的艺术。但1750年并没有发生对艺术概念的变化具有重要意义的历史事件。[①] 笔者猜测：W. 坦塔基威兹将1747年改为1750年，或许是为了呼应1750年出版的鲍姆嘉登的《美学》。尽管美学意义上的"美"绝不仅仅等同于"美的艺术"中的"美"，但美作为一种感性观念，总是指涉着种种正面价值：美丽、美好、愉悦、和谐、光明……我们可以认为："美学"与同时出现的"美的艺术"观念一道，表达了现代人类对于正面价值的向往和诉求。总之，美学中的"美"与伦理学中的"善"、宗教中的"神圣"、经济学中的"成功"一样，无疑应该是美学学科的一元化价值概念。

然而，令人惊讶的是：西方美学勃兴以后的美学理论及艺术实践逐渐离"美"远去，走向了"丑"乃至"荒诞"，这在现代化基本完

[①] 最早提出"美的艺术"（FINE ART）概念的是文艺复兴时期的弗朗西斯科·达·奥兰达。参见朱狄《当代西方艺术哲学》，人民出版社1994年版，第27—33页。

成、物质文明空前繁荣的20世纪更是臻于极致,"审美"——对作为正面价值之"美"的追求走向其反面"审丑","美的艺术"的理想完全破灭。在法国诗人波德莱尔对"恶之花"的夜莺般的歌唱中,一直作为美的附属和陪衬的"丑"一跃成为主角;德国美学家罗森克兰茨撰写出《丑的美学》(1853年),开始对丑进行正面讨论,认为丑是作为美的否定而存在的,丑所寻求的"令人厌恶"的快感是病态时代的特征。20世纪西方美学主潮总体来说是走向美的否定方面的美学史,美学成了反美学,艺术成了反艺术,各种本能式欲望、莫名的情绪、梦魇、毁灭、暴力、死亡……一切可以称为"丑"或"荒诞"的东西成为艺术的主要内容,而不定型、不合规则、不自然、畸形、混乱、模糊不清、粗野……则成为丑的形式特点。

反思这种悖论或精神文化现象的工作已经进行了很多,笔者这里尝试着从审美与德性的关系这一角度进行一些思考。在中西美学思想史上,审美与道德的关系一直是理论家们关心的问题,中国古代的"尽善尽美"(孔子)说、西方的"寓教于乐"(贺拉斯)说等都是明证。在美学作为独立学科出现后,康德仍然提出了著名的"美是德性的符号"的口号。在其哲学体系中,真之追求为奠基石,善之追求则为最高的哲学境界。虽然康德把美作为联结真与善的桥梁,但在道德判断和审美判断的类比中,审美判断始终处于从属的状态。也就是说在康德那里,审美判断只不过是达成文化理念的方式,是走向真正意义上的人——具有完善道德人格的人的路径。因此,美学(康德实际上并没有专门的美学)是通向"道德神学"的津梁。在主张重视"美学本身的独立性"的学者看来，这种理论倾向是"把美学伦理化"。①

应该承认，科学（真）、道德（善）与艺术（美）三大领域的分工自治，是现代启蒙思想家的美好愿望。现代启蒙思想家不满足于古典时期以德性——目的论为特征的道德体系的神学——形而上学基础，企图为道德寻找世俗的、哲学的、"人性的"基础。于是，各种摒弃德性——目的论的现代道德哲学不断出现，其总体特征可概括为"规则论"。现代性规则论道德主要是"基于权利的道德"。权利的本质是个人主体对特定价值的自主要求，效率、利润、财富等构成了生活在现代世俗化社会中的人们对目的性价值的基本理解，这样一种价值理解又得到了现代科学技术的工具理性的配合与支援。因此，个人不再认同共同的内在的"好"，不再把社会看成内在的共同体，而是看成保护个人利益追求的外在屏障，人与人之间成为操纵式的关系，一切以"功利""规则"为准。同时，以普遍性知识论形式出现的伦理学，又将传统的美德伦理和情意审美维度当作"不可公度的""非科学的知识"搁置起来，使"良心"等成为无法验证的玄设。另外，现代道德哲学（伦理学）取消了宇宙预设而只相信人类自己，个人自我中心主义与人类中心主义奇特地交织着，只注意自然生态的工具性价值及其有效利用。总之，现代性道德既缺乏完整的人格认同（常常遗忘心性的内在目的或个人美德），也缺乏充分的整体认同（常常忘记他人），亦缺乏真正普遍的生命认同（常常忘记人类以外的存在者）。所以许多伦理学家，如《德性之后》的作者麦金太尔认为，"启蒙运动"之"道

---

① 俞吾金：《美学研究新论》，载《学术月刊》2000年第1期。

德谋划"是失败的。①

以上所述表明,人类存在着古典时代的"德性伦理"和现代的"规则伦理"两种形态,这是我们思考审美与道德的关系时所要分辨清楚的。古典的"德性伦理"无论是其论证方式(非知识论),还是其实质内涵(注重内在美德、情意、仁爱等),都与审美活动相通乃至一致。我们将这种道德称为"内在德性",并进而认为没有内在德性的审美是不可理喻的。现代西方"美"的"丑"化、"荒诞"化,根源在于内在德性的泯灭。这样说的根据在于:现代西方美学所高扬的非理性主体,主要是人的本能式的原欲冲动乃至死亡欲望,所开掘的是无限幽暗的人性深渊(如弗洛伊德),在现代西方艺术中极少看到内在德性的踪影。因此,要使美学"美"化,恢复人的内在德性是必由之路。

站在现代性价值立场上看,那些"前现代"的文明,或许还"不配"那么"丑"、那么"荒诞"。诚然,现代西方美学与艺术展示了人性的另一个维度,对于我们深入理解人类的本性,自有其存在的意义与价值,但是,如果不甘于认为人类的命运只能是继"上帝之死"之后出现的"人类死亡"的话,"知其不可为而为之"式的奋起拯救是必然选择。在拯救现代性道德方面,麦金太尔和泰勒的方案是以传统资源来解救。这表明传统资源是摆脱人类文明困境的有益参照。中国传统伦理就其主导倾向而言是一种典型的内在"德性伦理",中国文论传统又极其重视德性与审美的关系,甚至经常将二者等同。所以,中国

---

① 这里的论述参考了万俊人《"现代性"道德价值理念的建构与解构(论纲)》,载《学术月刊》2000年第9期;包利民、M.斯戴克豪思《现代性价值辩证论——规范伦理的类型学及其资源》,学林出版社2000年版。以下的论述还有参考这两份文献的地方。

文论传统可以构成我们建构生态美学的"视界"之一：一种价值观念，一种思路，一种文明理念方面的启迪。这绝不是简单的"药方还贩古时丹"。

在回答人的内在德性本源时，先秦思想家都以"究天人之际"的方式，在"天人之辨"的思路框架中展开，基本一致认为：人为天（道）所生，人的德（性）为天（道）所命。这样的言论从西周到战国不绝如缕，择要列举如下：

> 天生烝民，有物有则。民之秉彝，好是懿德。（《诗经·大雅·烝民》）
> 天生德于予。（《论语·述而》）
> 德者，得也。（《礼记·乐记》）
> 天命之谓性。（《礼记·中庸》，宋代程颢释曰："天道降而在人，故谓之性。性者，生生之所固有也。"）
> 道生之，德畜之，物形之，势成之。是以万物莫不尊道而贵德。（《老子》第51章）
> 尽其心者，知其性也。知其性则知天也。（《孟子·尽心上》）
> 泰初有无，无有无名。一之所起，有一而未形，物得以生谓之德。（《庄子·天地》）

由于春秋以降的天道论源自三代的宗教观，故儒家孔孟一系思想尚有神学迹象。但应该看到，即使在以"自然之道"为宗的老庄学说中，自然之道也是充满神奇乃至神秘意味的：我们今天难道不仍然觉得宇宙力量充满神奇、神秘吗？没有这种感觉的人，只能是那些受现代机械自然观影响太深的狂妄者。正是出于对宇宙创造力量的敬畏、观察、体悟、向往乃至皈依，《周易》构造出了体现"生生之德"的宇宙模型。

中国古代贤哲用形而上学的方式"玄设"了天（道）作为宇宙万物的本体（本原、本根），在解决人之为人、人生的价值和意义时，他们或者认为应该扩充自己先天的德性（仁），不失"赤子之心"而"上下与天地同流"（孔孟），或者认为应该尽可能地摒弃社会文化的后天影响，"返朴归真""复归于婴儿"，从而与道合一进入"逍遥游"之境（老庄）。他们都认为："得"之于天（道）之"德"才是"真我"，而视后天的社会化过程所形成的"我"为"小我"。因此，孔子强调"毋意、毋必、毋固、毋我"，庄子追求"吾丧我"。（一般用"吾"指代"真我"一词，如孟子也说"我善养吾浩然之气"，"小我"才用"我"来指代）用今天的理论术语来表述，即每个人都要通过"自我认同"来建构出一个"我"来，而自我认同往往要凭借"他者"来实现。因此，自我认同本质上是"认同他者"。"榜样的力量是无穷的"是句名言，它很好地概括了社会化过程中自我认同的特点：认同自我之外的他者——榜样。正因如此，人在社会化过程中所建构的"我"并非"我"，而是"他"，往往是社会意识形态、主导价值观所崇尚的人物，在现代社会中主要是那些"成功者"：经济大亨、政坛名流……我们将这种认同方式称为"外逐认同"——向外追逐一个理想化的偶像。

与此截然不同的是，中国古代先哲将目光由外逐转向了内省、内返。孔子提出"吾日三省吾身"，老子提出"返朴归真"。他们认定的"真我"乃是得之于天（道）的"德性"：孔孟一般根据天之仁性将之理解为"仁",而老庄则根据道法自然将之理解为"自然性分",两家的分水岭仅在于认为天地"仁"与"不仁"。因此从本质上看,中国古代先哲要通过扩充、彰显、张扬自己的德性而上达天道,恰如孔子所概括的"下学而上达"。我们将这种自我认同方式称为"内返认同"——"返朴归真","反者,道之动"。自我认同的完成,实际上就是"天地境界"的达成。这种境界既是道德境界,又是审美境界,是真、善、美的合一。《礼记·中庸》的一段话概括得极为精辟:"唯天下至诚,为能尽其性。能尽其性,则能尽人之性。能尽人之性,则能尽物之性。能尽物之性,则可以赞天地之化育。可以赞天地之化育,则可以与天地参矣。"总之,"做一个人世间的宇宙人",这就是古代先哲的人生理想、人生追求。在这样的人生追求中,自然会产生仁民爱物,"无一物非我","民吾同胞、物吾与也"(张载语)的宇宙情怀。

外逐认同与内返认同不仅是认同方向的差异,从本质上看也是一种价值意识的区别。前者以社会性的名利财富为取向,而后者则追求个体性的终极关怀,祈求一己之生命与宇宙生命合为一个整体。说到底,是一种社会价值意识与宇宙价值意识的区别。中国古代哲人认为,人们如果专注于外物就容易丧失其自然本性,反过来,如果要保持淳朴本性,则必然要放弃对于外物的追逐。庄子说过:"凡重外者内拙。"《淮南子·说林训》表达了同样的观点:"所重者在外,则内为之拙。"所以,古人强调要"遗物反己"——放弃追逐外物而返回自己的清静本性,主张"不以身役物,不以欲滑和"。人生修养贵在"自得""得诸己",也就是返回本真的自我。自得者自立而不拘于俗、不役于物、不隶于人,与天地同化:"是故大丈夫恬然无思,澹然无虑;以天为盖，以地为舆，四时为马，阴阳为御；乘云陵霄，与造化者俱。纵志舒节，以驰大区。……刘览偏照，复守以全。经营四隅，还反于枢。"（《淮南子·原道训》）这是中国古代最高人生理想的集中表达。

人的一切活动都是在一定价值意识指导下进行的，一种文明模式一般都有一个主导性的价值取向。中国古代先哲在设想人类文明模式时，大都以"生生之德"作为"价值定向"。在他们看来，自然（又称为"天""天地""乾坤""道"）是宇宙普遍生命大化流行的境域，它充满着无穷的创造力，生生不息。如孔子说过："天何言哉？四时行焉，百物生焉。天何言哉！"老庄则视"道"为生天育地、衣养万物的母体，上文已引其言。《礼记·中庸》说："天地之道，可一言而尽也：其为物不贰，则其生物不测。"《易大传》将天地的"生生之德"论述得最清楚，如《系辞传》说"生生之谓易"，即言阴阳之道化育万物，新陈代谢不已；又认为乾的特性是"大生"，坤的特性是"广生"，"广大配天地，变通配四时"。又说："天地之大德，曰生。"即言天地的最大功能是化生万物。宋代程颢最为推崇《易大传》的"生生"思想。他认为："生生之谓易，是天之所以为道也。天只是以生为道，继此生理者，即是善也。"又说："万物之生意最可观，此元者善之长也，斯所谓仁也。"（《二程遗书》）重视天地生生特性的言论在古代不胜枚举，如程颐说："天地以生物为心。"戴震说："气化之于品物，可以一言尽也：生生之谓欤！"我们上文提到儒道二家均承认天地（自然之道）的"生生"特性，只不过道家从彻底的自然主义立场出发，认为自然之道生化万物只不过是"自然而然"而已，无所谓"仁"与"不仁"，如《老子》说过"天地不仁"的话，但是，儒家为了寻找人的价值本源,将天地的"生生"功能拟人化而称为"仁"。因为"生生"的化育特性代表了抚育、慈爱、温暖等,这的确是一种"仁"性,所以,儒家使用"生生之德"来说明化生万物的仁性,并将之作为君子的理想追求。这是一种本体论与价值论合一的致思路向。这种追求可用《礼记·中庸》中的一句话来概括:"致中和,天地位焉,万物育焉。"

受这种宇宙意识、自然意识支配,中国古人认为美产生的前提是"人与天调":"人与天调,然后天地之美生。"(《管子·五行》)而最高的"美"是天地的"无言之美":"天地有大美而不言,四时有明法而不议,万物有成理而不说。"(《庄子·知北游》)"大美配天而华不作。"(王弼《老子道德经注》)艺术家的根本使命在于像庄子所说的"圣人"那样,"原天地之美而达万物之理",而"原"与"达"的途径在于,超越世俗功利、知识的"虚静""心斋""坐忘"(《庄子·人间世》)。这一切表明:中国古人的宇宙是美、善一体的生机宇宙,而中国古典美学精神就是这种宇宙论精义的具体体现。因此,"生机""生气""生意""生趣""天工""化工""自然"……一系列与自然造化密切相关的术语成为中国古典美学的关键词。我们可以将这种美学称为"生生美学"——以"生生之德"为价值定向、以天地大美为最高理想的美学。①

针对全球生态危机的思想文化根源,我们有必要反思现代文明自我认同的外逐认同模式,正是它造成了现代文明的"逐物"倾向,在对自然资源疯狂掠夺的"杀生"过程中将人类推向灭顶之灾的边缘。

---

① 方东美先生的专著《生生之德》(台北黎明文化事业公司1978年版)对"生生之德"有精辟论述。我们这里的论述参考了收录其《生生之德》主要篇目的论著《生命理想与文化类型——方东美新儒学论著辑要》,中国广播电视出版社1992年版。

借鉴中国文论传统中的内返认同模式及其"生生之德"理念，建设一种与"杀生"相反的、以"生生"为价值定向的"生生美学"，将是美学的可行思路。从"生生美学"的观点出发，以往美学范式中的理论难题如"自然美"，将得到合理的解释和更准确的定位；国内占据主导地位的所谓"实践美学"之缺陷与弊端，也将得到更有效的批判纠正。更加重要的是，我们希望自己的"生生美学"能够为当前的"普世伦理"思潮作出一定的贡献。

普世伦理（The Universal Ethics）又译"普遍伦理""全球伦理""世界伦理"。有感于现代社会和现代人已经陷入了一场深刻的道德危机，20世纪90年代以来，国际上一场"走向普遍伦理"和促成"世界伦理宣言"的运动方兴未艾。按照当代普世伦理的主要倡导者之一、德国著名神学家孔汉思的解释，普世伦理应当是"由所有宗教所肯定的、得到信徒和非信徒支持的、一种最低限度的共同的价值、标准和态度"。[①] 孔汉思从宗教出发谈论普世伦理的做法，或许难以为宗教意识淡薄的学者接受，但是，重建一种新的普遍主义伦理或可普遍化的价值体系未必不可能。通过这种方式来克服现代性道德危机，却应当是我们的理论旨趣。我们可以修改孔汉思的话，将普世伦理称为："由所有地球人肯定和支持的、一种最低限度的共同的价值、标准和态度。"在我们目前所能够想到的所有思想学说之中，"生生"——化育生命、创造生命，或许是所有宗教、文化传统所最容易达成共识的价值观念，同时又是挽救人类毁灭命运的最佳价值观念。

---

① 参见赵景来《关于"普遍伦理"若干问题研究综述》，载《中国社会科学》2000年第3期。

总之,"生生美学"有助于回答普世伦理如何可能、普世伦理的理论底线及其内容等问题,它在寻求"普世伦理"这一过程中所可能发挥的理论作用,就是美学在人类文化系统中的价值功能的集中体现。

主要参考文献

（以作者姓氏汉语拼音所对应的英语字母为序）

C

陈伯海，主编. 近400年中国文学思潮史. 上海：东方出版中心，1997.

陈鼓应. 老庄新论. 上海：上海古籍出版社，1992.

陈鼓应. 老子注译及评介. 北京：中华书局，1984.

陈鼓应. 庄子今注今译. 北京：中华书局，1983.

成复旺. 神与物游——论中国传统审美方式. 北京：中国人民大学出版社，1989.

崔大华. 庄学研究——中国哲学一个观念渊源的历史考察. 北京：人民出版社，1992.

D

戴震. 孟子字义疏证. 北京：中华书局，1982.

邓晓芒. 冥河的摆渡者——康德的《判断力批判》. 昆明：云南人

民出版社，1997.

杜书瀛，主编. 文艺美学原理. 北京：社会科学文献出版社，1998.

杜书瀛，钱竞，主编. 中国20世纪文艺学学术史. 上海：上海文艺出版社，2001.

杜卫. 走出审美城——新时期文学审美论的批判性解读. 北京：东方出版社，1999.

F

冯友兰. 贞元六书. 上海：华东师范大学出版社，1996.

傅伟勋. 从西方哲学到禅佛教. 北京：生活·读书·新知三联书店，1989.

H

胡经之. 文艺美学. 北京：北京大学出版社，1999.

胡经之. 胡经之文丛. 北京：作家出版社，2001.

胡经之，主编. 中国古典文艺学丛编. 北京：北京大学出版社，2001.

黄克剑. 百年新儒林——当代新儒学八大家论略. 北京：中国青年出版社，2000.

黄克剑. 人韵——一种对马克思的读解. 北京：东方出版社，1996.

黄克剑. 心蕴——一种对西方哲学的读解. 北京：中国青年出版社，1999.

L

李泽厚，刘纲纪，主编. 中国美学史. 北京：中国社会科学出版社，1987．

M

牟宗三．心体与性体．上海：上海古籍出版社，1999．

P

彭锋．美学的意蕴．北京：中国人民大学出版社，2000．

Q

强以华．存在与第一哲学——西方古典形而上学史研究．武汉：武汉大学出版社，1997．

R

汝信，王德胜，主编．美学的历史——20世纪中国美学学术进程．合肥：安徽教育出版社，2000．

T

唐明邦，主编．周易评注．北京：中华书局，1995．

X

徐复观．中国人性论史·先秦篇．上海：上海三联书店，2001．

徐复观．中国艺术精神．沈阳：春风文艺出版社，1987．

徐仪明．性理与岐黄．北京：中国社会科学出版社，1997．

Y

阎国忠．走出古典——中国当代美学论争述评．合肥：安徽教育出版社，1996．

杨柳桥．庄子译诂．上海：上海古籍出版社，1991．

叶朗．胸中之竹——走向现代之中国美学．合肥：安徽教育出版社，1998．

叶朗. 中国美学史大纲. 上海：上海人民出版社，1985.

叶维廉. 中国诗学. 北京：生活·读书·新知三联书店，1992.

俞吾金. 寻找新的价值坐标——世纪之交的哲学文化反思. 上海：复旦大学出版社，1995.

俞宣孟. 本体论研究. 上海：上海人民出版社，1999.

Z

张节末. 禅宗美学. 杭州：浙江人民出版社，1999.

张立文，主编. 心. 北京：中国人民大学出版社，1993.

张祥龙. 从现象学到孔夫子. 北京：商务印书馆，2001.

张祥龙. 海德格尔思想与中国天道——终极视域的开启与交融. 北京：生活·读书·新知三联书店，1996.

赵敦华. 西方哲学的中国式解读. 哈尔滨：黑龙江人民出版社，2002.

朱光潜. 朱光潜全集. 合肥：安徽教育出版社，1987—1992.

宗白华. 宗白华全集. 合肥：安徽教育出版社，1994.

跋 生命故事与思想事件

生命是什么？

我觉得，凡是有生老病死的东西，都是生命现象，都讲述着一个个生命故事。生生死死，死死生生，宇宙似乎处在永恒的生死流转之中。当我读到种种有关宇宙演化假说的文章时，我觉得那讲的就是一个关于"至大者"的故事；当我观看《科技博览》中有关细胞的节目时，一个关于"至小者"的故事就会印在我的心中。曾经是浩瀚海洋的喜马拉雅山至今仍在不断增高，使人感受到"世界屋脊"这个生命的成长与壮大；而曾经激发诗人写下"黄河之水天上来，奔流到海不复回"的母亲河，近年断流时间长达约300天，断流河段竟然延伸到中游地区——我的故乡河南境内，则使人联想到一个生命的衰竭与消亡。至于电视节目《动物世界》，更是演绎着一个个激动人心的生命故事：动物们各显神通，用各自的高超本能，展示了种种生命样式，呈现了种种生存方式。它们让我了解到，有那么多的生命，在以那样奇妙的方式生存着；使我清楚地意识到，人的生命只不过是众多生命样式之一，人只不过是一种可以选择自己生存方式的动物而已。

人之所以能够选择生存方式，关键原因大概在于人是"有心"的动物。在漫长的自然演化过程中，大自然这位最伟大的创造者，只将"有心"的特性赋予了人，使人能够运用心灵能力，将自己的生命过程作为反思对象，呈现在自己的意识当中，从而使自己超越本能状态而成为不再是"禽兽"的人。因此，人的生命故事便空前复杂起来：或跌宕起伏、惊心动魄，或缠绵悱恻、回肠荡气……崇高、卑鄙，伟大、渺小，善良、罪恶，澄明、浑浊……如同乱麻，交织成一团团难解之谜，吸引着一代代的善思者，殚精竭虑，苦思冥想，用他们的生命故事，孕育出一个个思想事件。

阅读古人的伟大著作，无非就是将历史文本还原为思想事件，进而还原为一个个的生命故事，与故事的主人公心心相印，休戚与共。这样一来，前代的思想家，便作为一个个故事角色，走进后来的读者心中，使他的生命故事横跨古今中外，进而变得丰富多彩、绚丽多姿。当然，这是最理想的阅读，起码是我自己认可的阅读：阅读等于和人打交道，使书中的主人公成为自己生命故事的角色。如此说来，阅读还可以有另外一种含义：在自己的人生历程中，平平淡淡地度过每一天，认认真真地做好力所能及的每一件事，细心观察、品味遇到的众多人情世象，这就无异于阅读一本本故事书——没有形成文本的故事书。

我真的难以完全理解，阅读这两类故事何以竟然成了自己的主要活动，成了自己生命故事的主要情节。若干年之后，我试图剔除故事细节，将自己的生命故事编辑成一个思想事件，并用汉语将之书写成一个文本，于是，就有了这本书。

回想起来，这本书的起因与思路，都有其非常偶然的地方。1998年的春天，对于我来说是一个最神奇的春天。2月19日，最精彩的故事发生了：一个天使般的男婴降临到我的生活之中，一切似乎都被他带来的幸运光华所笼罩，而随之精彩起来。3月中旬，我以"中国古代文心论的现代阐释"为题，仓促地填报了一份国家社科基金申报表，大致论证了中国古代发达的文心论传统及其现代意义，根本没有抱什么希望。可是，故事毕竟又发生了：这个课题幸运地得以立项，获得2万元的项目资助。从那时起，文心问题和儿子一样，充盈在我的生命里，一天天蓬勃发育、蓬勃成长着，带给我许多辛劳，更给我带来无限的快乐与幸福。儿子两岁半的时候，课题的初步成果，通过了夏之放、李衍柱、杨守森、马龙潜、谭好哲五位教授的评审，顺利结了项。夏之放、李衍柱两位前辈从为人与为学两方面给予我许多教导，守森给了我兄长般的鼓励与关怀，提出了宝贵的修改意见。马龙潜、谭好哲两位学长则是我的同事，朝夕相处中，给予我潜移默化的影响。2000年12月，山东大学文艺美学中心被批准为教育部人文社科重点研究基地，我的学业从此与文艺美学结下不解之缘，促使我从文艺美学的角度修改书稿，将之写成了一本文艺美学专著。胡先生拨冗赐序为拙稿增色，无疑又大大加深了我们的学术缘分。

将要把书稿交给出版社的时候，我的深切感受是：书是"生"成的，而不是"写"成的。种下一颗问题的种子，辛勤地浇水施肥，像盼望儿子快快成长一样，盼望它尽快地发芽、开花、结果。但与书为伴的生活方式，习惯上却被人称为"做学问"，好像书是"做"成的一样。我想反问：儿子难道是"做"出来的吗？

当我意识到自己的学问与理论纠缠在一起后，康德的几句话就时常萦绕在我的脑际："我学会了来尊重人，认为自己远不如寻常劳动者之有用，除非我相信我的哲学能替一切人恢复其为人的共同权利。"对于自己的学问，敢抱如此宏伟的奢望吗？说老实话，我真的不抱。据说，晚年的尼采行走在街头的时候，遇到了一匹拉着大车的老马。这位"超人"走上前去，抱着马头，泪流满面，不久就疯了。中国的一位诗人，曾经写下这样的关于老马的诗句："总要叫大车装个够／它横竖不说一句话／背上的压力往肉里扣／它把头沉重地垂下"。这匹老马承受着重压，"眼里飘来一道鞭影"，还要忍受赶车者的鞭子抽打。我虽然很少遇到这样的场景，但是，祖辈、父辈如同牛马般劳作的身影，却经常浮现在我的眼前。面对人世间的那些被侮辱与被损害者，我没有发疯，足以显出我不是超人，而是个庸人。对于我那早已解脱尘世桎梏的长辈来说，我现在的所作所为更是没有丝毫作用。

明知无用，还"做"这劳什子干嘛？唐代张彦远的话最使我茫然："或曰：终日为无益之事，竟何补哉？既而叹曰：若复不为无益之事，则安能悦有涯之生？"人生有涯，而其知却无涯；以有涯追无涯，殆也。庄子早有先见之明，道出了治学者的一般苦恼。但是，最大的苦恼还在于：所苦苦追求的东西到底有什么意义？或许，人生的意义仅仅在于追求本身，追求的过程赋予了人生一些意义。为了安抚有涯的短暂人生，还要一如既往地追求下去。因此，对于那些带给我快乐、关怀、安慰的人，包括我的亲人、师长、朋友、同事，还有各个层次的学生们，我心中充满真诚的感激。我虽然不善写诗，当代的诗歌也读得极少，但在书稿完成后的一种特定心境里，竟然写下了几行长短句。尽管不足以示人，却便于表达我的心情：

如果没有月亮，
冰凉的夜空会凉得多么冷漠；
如果没有星星，
幽深的夜空会深得多么寂寞。
你是新月一弯，
你是小星一点。
闪烁在我心的银河。

最后的一句话，我想写给儿子三南：南南，爸爸心中最亮的星星，但愿爸爸这本与你一起成长的书，没有辱没你，配得上你的聪明、漂亮、好学、健康，还有最重要的：善良。

程相占

2002年10月28日

于济南千佛山脚寓所、透窗而入的深秋暖阳下

再版后记

1998年，我申请的国家社会科学基金青年项目"中国古代文心论的现代阐释"有幸获准立项（批准号98CZW001），结项成果于2002年由山东大学出版社正式出版，书名为《文心三角文艺美学——中国古代文心论的现代转化》。这次再版，直接用项目名称"中国古代文心论的现代阐释"作为书名。

古人有"悔其少作"的传统，我对自己20年前的这本书也并不完全满意，但为什么还要再版这本书呢？我觉得主要是为了回应"双创说"。

习近平总书记曾指出：中国特色社会主义文化，源自于中华民族五千多年文明历史所孕育的中华优秀传统文化。对于中华优秀传统文化，我们应该进行"创造性转化与创新性发展"，简称"双创"。习近平总书记指出：创造性转化，就是要按照时代特点和要求，对那些至今仍有借鉴价值的内涵和陈旧的表现形式加以改造，赋予其新的时代内涵和现代表达形式，激活其生命力；创新性发展，就是要按照时代的新进步新进展,对中华优秀传统文化的内涵加以补充、拓展、完善,增强其影响力和感召力。应该说,这是非常精辟的论断。

中国古代文心论就是一个非常优秀的文论传统,我当时就想借助当代语言哲学和文艺美学的视野对之进行现代阐释,在阐释的基础上建构出符合当代需要的文艺美学理论。这本书建构的标识性术语有两个,一个是"文心三角",另外一个是"生生美学"——全书的"结语"就是"走向生生美学"。前者至今仍然沉寂在这本书当中,没有引起学术界的任何注意;后者的命运则要好很多,我本人于2012年出版了《生生美学论集——从文艺美学到生态美学》(人民出版社),学界前辈曾繁仁先生从2017年在《人民日报》发表《生生美学具有无穷生命力》(10月20日17版)开始,在很短的时间内发表了一系列以"生生美学"为题的文章,大力倡导"生生美学",并且于2021年出版专著《生生美学》(人民出版社)。客观地说,"生生美学"的提出和发展,为中国传统"生生"思想的"双创"提供了一个比较成功的个案。我一直坚信,古代文论研究应该分为四个层次:还原、阐释、转化、发展。

鲁迅先生在《集外集》序言中曾写道:"中国的好作家是大抵'悔其少作'的","但我对于自己的'少作',愧则有之,悔却从来没有过","况且如果少时不作,到老恐怕也未必就能作,又怎么还知道悔呢?"我觉得鲁迅先生的这些话非常中肯。今天回顾这本20年前的旧作,"愧"在当时搜集的"文心"资料非常有限,只能凭借有限的阅读来获取资料。我曾经设想,如果借助今天庞大的电子数据库,以"文心"为关键词进行搜索,肯定能够快速地获取很多有价值的资料,肯定能够写得更加充实。

这本书背后隐藏着一段"龙学"故事。1988 年，我在郑州大学中文系上大三时，决定报考研究生。一天中午，平时交往并不多的金葵同学来找我，特意送给我一本书，他说他去中文系办公室的时候，正好遇到处理图书，就花了一块钱购买了一本，听说我要报考山东大学中文系，就特意送给我。我很惊喜，接过一看，是牟世金所著的《雕龙集》。金葵很神奇，竟然知道牟先生是山东大学中文系主任，他建议我说，你要是想考研究生，就报考牟先生的。我当即答应说，那好吧。这本书今天还放在我家客厅的书架上，扉页上用铅笔写着一个"金"字，目录页右上角则写着"88. 12. 19—12. 26. 一周"，表明我用一周时间读完了这本书。后来我就给牟先生写信联系考研，每次都是戚良德老师回的，说牟先生身体欠佳，就由他代为回信。牟先生重视基础，让我读一些古代文论的原著和名篇。我们当时并没有开设中国文学批评史这门课程，于是我就购买了夏传才先生编著的《中国古代文学理论名篇今译》（南开大学出版社，1985 年版），逐字逐句研读，用铅笔在上面写画得密密麻麻的。1989 年 9 月，我顺利考入了山东大学中文系，但万分不幸的是，牟先生当年 6 月份就因病去世了，于是我转入滕咸惠先生门下攻读硕士学位。2022 年 8 月 8 日上午，山东大学文学院主办了"《牟世金文集》出版暨牟世金学术座谈会"，我参会并做了简短发言，讲的就是这段学术故事。

2021 年 11 月 27 日，由山东大学文学院、山东大学文艺美学研究中心、安徽教育出版社联合主办的"吕荧先生美学文艺学思想研讨会暨《吕荧全集》新书发布会"在济南举行。安徽教育出版社何客副总编辑、江舟主任和徐鹏编辑来济南参会。会议期间并没有得到机会跟三位说一句话，只是在送他们上车去车站的时候寒暄几句，交换了联系方式。不久，江舟跟我联系讨论学术选题，谈到当今学术大势的时候，"三大体系""双创"自然就成了绕不过去的话题，于是自然而然地提起了我的这本书。江舟鼓励我再版这本书，何客副总编辑建议我改回项目的原名。我欣然接受了他们的建议，于是，这部20年前出版的旧作，得以以新的面貌呈现到读者面前。

程相占

2022年10月2日于泉城济南千佛山脚下寓所